Sophie Lark

Príncipe brutal

Traducción de
Olivia Cruz

montena

Papel certificado por el Forest Stewardship Council®

Título original: *Brutal Prince*

Primera edición: abril de 2025

Printed in Spain – Impreso en España

ISBN: 978-84-10395-96-1
Depósito legal: B-2.660-2025

Compuesto en Compaginem Llibres, S. L.
Impreso en Rotativas de Estella, S. L.
Villatuerta (Navarra)

GT 9 5 9 6 1

Este libro es para todas las personas que me han dicho que Aida les inspiró a ser fuertes. Aida es el espíritu inquebrantable que todas llevamos dentro. Es la determinación de seguir riendo cuando la vida es dura y de no ser otra cosa más que vosotras mismas. Seguid liándola, preciosas

Besos

BANDA SONORA

1. «Hate Me», Nico Collins
2. «You Don't Own Me», SAYGRACE
3. «Boyfriend», Selena Gomez
4. «Midnight Sky», Miley Cyrus
5. «Somethin' Bad», Miranda Lambert
6. «Sweet but Psycho», Ava Max
7. «Love the Way You Lie (Part II)», Rihanna feat. Eminem
8. «Ballroom Blitz», The Struts
9. «Poison & Wine», The Civil Wars
10. «Falling Slowly», Glen Hansard
11. «Make You Feel My Love», Adele
12. «Gnossienne: N.º 1», Erik Satie

La música es una parte importante de mi proceso de creación. Estas canciones me han inspirado para escribir las páginas de esta novela.

1

AIDA GALLO

Los fuegos artificiales estallan sobre el lago, quedan suspendidos en el aire claro de la noche y luego descienden en brillantes nubes hasta diluirse en el agua.

Mi padre se estremece a la primera explosión. No le gustan las cosas escandalosas o inesperadas. Por eso a veces yo le saco de sus casillas: porque puedo ser ambas cosas, incluso cuando trato de no hacerlo.

Le veo el ceño fruncido iluminado por las luces azules y doradas. Ajá. Sip, es la misma expresión que pone cuando me mira.

—¿Quieres que comamos dentro? —le pregunta Dante.

Como es una noche cálida, estamos todos sentados en la terraza. Chicago no es Sicilia: siempre que se puede, hay que aprovechar la oportunidad de comer al aire libre. Aun así, si no fuera por el ruido del tráfico, se podría llegar a pensar que estamos en un viñedo italiano. La vajilla de gres se trajo del Viejo Continente hace tres generaciones, y la pérgola del techo está cubierta por completo con las uvas de raposa que papá plantó para dar sombra. No se puede hacer vino con las uvas de raposa, pero al menos sirven para mermelada.

Mi padre niega con la cabeza:

—Aquí se está bien —se limita a decir.

Dante vuelve a meterse un trozo de pollo en la boca con un gruñido.

Mi hermano es tan grande que el tenedor parece enano en su mano. Come como si no le hubiesen alimentado en meses, devorando sobre el plato.

Dante es el mayor, así que se sienta a la derecha de mi padre.

Nero está a la izquierda y Sebastian a su lado. Yo estoy en la otra cabecera, que es donde se sentaría mi madre si aún viviera.

—¿Qué festivo es? —dice Sebastian mientras se eleva hacia el cielo otra tanda de fuegos artificiales.

—No es un día festivo. Es el cumpleaños de Nessa Griffin —le digo.

La inmensa propiedad palaciega de los Griffin se encuentra justo al borde del lago, en el corazón de la Gold Coast. Han decidido rematar la fiesta con fuegos artificiales para asegurarse de que absolutamente todo el mundo en la ciudad sepa que su princesita está de cumpleaños, como si no lo hubiesen anunciado ya a los cuatro vientos al nivel de los Juegos Olímpicos y los Oscar juntos.

Sebastian no lo sabe porque todo lo que no sea baloncesto le importa tirando a poco. Es el más pequeño de mis hermanos. Y el más alto. Le han dado una beca completa en la Universidad Estatal de Chicago. Debe de ser muy bueno, porque, cada vez que voy al campus a verlo, me doy cuenta de que a su paso va dejado miraditas y risitas por parte de las chicas. A veces se arman de valor y le piden que les firme las camisetas.

—¿Cómo es que no nos han invitado? —dice Nero muy sarcástico.

No nos han invitado porque odiamos a los putos Griffin. Y ellos a nosotros.

La lista de invitados estará confeccionada al detalle, repleta de miembros de la alta sociedad, políticos y cualquier otra persona que pueda ser de utilidad o con un caché. No creo que Nessa conozca a ninguno de ellos.

Tampoco es que Nessa me dé lástima precisamente. He oído que su padre ha contratado a Selena Gomez para que actúe. No es Halsey, pero sigue siendo bastante buena.

—¿Qué novedades hay sobre la Oak Street Tower? —le dice papá a Dante al tiempo que corta meticulosamente su pollo a la parmesana.

Sabe perfectamente cómo va la Oak Street Tower, porque sigue al milímetro todo lo que hace Gallo Construction. Solo cambia de tema porque le cabrea que los Griffin estén bebiendo champán mientras cierran todo tipo de tratos con la alta sociedad de Chicago.

Me importa una mierda lo que hagan los Griffin. A mí lo que no me gusta es que alguien se divierta sin mí.

Así que, mientras mi padre y Dante parlotean sobre la torre, le murmuro a Sebastian:

—Deberíamos ir.

—¿Adónde? —dice tragándose un vaso entero de leche de una sentada.

Los demás estamos bebiendo vino. Sebastian está intentando mantenerse en plena forma para hacer regates y abdominales o lo que coño haga su equipo de desgarbados ogros en los entrenamientos.

—Deberíamos ir a la fiesta. —Trato de no levantar la voz.

Nero se anima. Siempre le apetece meterse en movidas.

—¿Cuándo?

—Justo después de cenar.

—No estamos en la lista —protesta Sebastian.

—Madre mía. —Pongo los ojos en blanco—. A veces me pregunto si de verdad eres un Gallo. ¿También te da miedo cruzar la calle con el semáforo en rojo?

Mis dos hermanos mayores son gángsteres de pies a cabeza. Se encargan de las partes más chungas del negocio familiar. Sebastian por el contrario cree que va a ir a la NBA. Vive en una realidad completamente paralela a la del resto de nosotros. Intenta ser un buen chico, un ciudadano respetuoso con la ley.

Aun así, es el más cercano a mí en edad y probablemente mi mejor amigo. Aunque yo quiero a todos mis hermanos. Al final me sonríe.

—Que sí que voy, ¿vale?

Dante nos lanza una mirada severa. Sigue hablando con nuestro padre, pero sabe que estamos tramando algo.

Como todos nos hemos terminado el pollo, Greta saca la panacota. Es nuestra ama de llaves y lleva en casa desde hace unos cien años. Es mi segunda persona favorita del mundo después de Sebastian. Es corpulenta y guapa, aunque ahora ya tiene el pelo más gris que rojo. Me ha hecho la panacota sin frambuesas porque sabe que no me gustan las semillas y a ella le da igual que yo sea una malcriada. Le cojo la cabeza y le planto un beso en la mejilla mientras deja el postre delante de mí.

—¡Vas a hacer que se me caiga la bandeja! —Intenta zafarse de mí.

—No se te ha caído una bandeja en la vida.

Mi padre tarda la puta vida en comerse el postre. Da sorbitos al vino y no para de hablar del sindicato de electricistas. Me apuesto a que Dante está alargando esto a propósito para cabrearnos al resto. En las cenas tan formales como esta, papá quiere que nos quedemos todos hasta el final. Tampoco se permiten teléfonos en la mesa, lo cual es básicamente una tortura, porque el móvil me vibra una y otra vez en el bolsillo, con mensajes de a saber quién. Espero que no de Oliver.

Rompí con Oliver Castle hace tres meses, pero no lo debe de haber pillado. Puede que al final tengan que darle un buen mazazo en la cabeza si no deja de molestarme.

Papá acaba al fin de comer. Recogemos todos los platos y bandejas que nos caben en los brazos y los apilamos en el fregadero para que Greta los lave más tarde.

Después papá va a su despacho a tomarse su segunda última copa, y Sebastian, Nero y yo bajamos a hurtadillas.

Nos deja salir los sábados por la noche. Al fin y al cabo, todos somos adultos —bueno, en mi caso, no demasiado—. Pero, aun así, no queremos que papá nos pregunte adónde vamos.

Nos apiñamos en el coche de Nero, un Chevy Bel Air del 57, porque será mucho más divertido pasearnos con él con la capota bajada.

Nero arranca el motor. El resplandor de los faros revela la silueta corpulenta de Dante, que allí plantado, con los brazos cruzados, parece Michael Meyers a punto de asesinarnos.

Sebastian pega un brinco. Yo suelto un chillido.

—Nos estas bloqueando el paso —dice Nero con sorna.

—Esto no es buena idea —dice Dante.

—¿Por qué? —Nero puede hacer que su voz suene inocente incluso cuando ni una sola persona de este planeta pensaría que lo es. Pero para nada—. Solo vamos a dar una vuelta.

—¿Sí? —dice Dante, sin moverse—. Por Lake Shore Drive, ¿a que sí?

Nero cambia de táctica.

—¿Y qué pasa? Solo es una fiesta de los Dulces Dieciséis.

—Nessa cumple diecinueve años —le corrijo.

—¿Diecinueve? —Nero pone cara de asco—. ¿Y por qué le…? Da igual. Seguro que por alguna chorrada irlandesa. Con tal de fardar…

—¿Podemos irnos ya? —dice Sebastian—. No quiero estar fuera hasta muy tarde.

—¡Sube o quítate de en medio! —le grito a Dante.

Se queda mirando un minuto más y luego se encoge de hombros.

—Está bien. Pero yo voy de copiloto.

Me paso al asiento de atrás sin rechistar y le dejo a Dante la parte delantera. Un pequeño precio que pagar a cambio de que mi hermano mayor forme parte del Club Jodefiestas.

Bajamos por LaSalle Street, disfrutando del aire de principios de verano que entra en el coche. Nero tiene un corazón oscuro y un carácter violento, pero por su forma de conducir sería imposible adivinarlo. En el coche, es tan suave como el culito de un bebé, y conduce con calma y cuidado.

Quizá sea porque adora el Chevy y le ha dedicado unas mil horas de trabajo. O puede que porque conducir sea lo único que lo relaja. En cualquier caso, me encanta verlo con el brazo estirado sobre el volante, el viento echándole el pelo liso hacia atrás y los ojos entrecerrados como los de un gato.

La Gold Coast no está lejos. En realidad, somos prácticamente vecinos. Nosotros vivimos en Old Town, que está justo al norte. Aun así, los dos barrios no se parecen demasiado. Sí, ambos son elegantes a su manera. Nuestra casa da directamente al Lincoln Park y la suya al lago. Pero el Old Town es, bueno, lo que su nombre indica: la hostia de viejo. Nuestra casa se construyó en la época victoriana. Nuestra calle es tranquila y está llena de viejos robles macizos. Estamos al lado de la iglesia de Saint Michael. Mi padre cree de corazón que la iglesia se salvó del gran incendio de Chicago por la intervención directa del mismísimo Dios.

Por otro lado, la Gold Coast está a la última en todo. Está llena de tiendas y restaurantes de lujo y alberga las mansiones de los cabrones más ricos de Chicago. Venir hasta aquí es como avanzar treinta años en el tiempo.

Sebastian, Nero y yo pensábamos colarnos por la aparte de atrás de la propiedad de los Griffin, y robar algunos uniformes de los del catering. Dante, por supuesto, no está dispuesto a hacer ninguna de nuestras tonterías. Se limita a deslizarle al guardia de seguridad quinientos pavos para que «encuentre» nuestro nombre en la lista, y el tipo nos deja pasar.

Sé cómo es la casa de los Griffin antes de verla porque cuando la compraron, hace unos años, apareció en todas partes. En aquel momento, era la vivienda más cara de Chicago. Mil cuatrocientos metros cuadrados por la friolera de veintiocho millones de dólares. Recuerdo que mi padre se mofó y dijo que era propio de los irlandeses hacer alarde de pasta. «Un irlandés se pondría un traje de mil doscientos dólares, aunque no tuviese dinero ni para pagarse una pinta».

Los Griffin pueden pagarse muchas pintas. Tienen dinero hasta para quemarlo si quieren, que es literalmente lo que están haciendo ahora mismo, en forma de espectáculo de fuegos artificiales que podría dejar Disney World a la altura del betún.

A mí me la sudan las chispas de colores. Lo que yo quiero es el champán de lujo que llevan en las bandejas los camareros, seguido de lo que se sea que esté en una torre en la mesa del bufet. Voy a llevar a la bancarrota a estos capullos pretenciosos comiéndome mi peso en patas de cangrejo y caviar.

La fiesta es al aire libre, en el inmenso y verdísimo césped. Es la noche perfecta para ello: una prueba más de la suerte de los irlandeses. Todos ríen y conversan, se atiborran a comer e incluso bailan un poco, aunque todavía no actúa Demi Lovato, sino una DJ normal y corriente.

Igual me tendría que haber cambiado de ropa. No hay ni una sola chica a la vista sin un vestido brillante de fiesta y taconazos. Pero no debe de ser muy cómodo que se te claven los tacones sobre la hierba blanda, así que me alegro de ir con sandalias y pantalones cortos.

Veo a Nessa Griffin, rodeada de gente que la felicita por el monumental logro de haber llegado viva a los diecinueve años. Lleva un bonito vestido de verano color crema, sencillo y bohemio. Tiene el pelo castaño claro suelto alrededor de los hombros, está algo bronceada y con algunas pecas de más en la nariz, como si hubiese estado en el lago toda la mañana. Se la ve muy feliz, muy dulce y colorada por tanta atención.

La verdad es que, de todos los Griffin, Nessa es la mejor. Fuimos al mismo instituto. No éramos lo que se dice amigas, ya que ella iba un año por detrás de mí y era un poco monja. Pero parecía bastante maja.

Su hermana, en cambio…

Puedo ver a Riona ahora mismo, regañando a una camarera hasta que la pobre se echa a llorar. Riona Griffin luce uno de esos vestidos entallados y tiesos que quedarían mejor en una sala de juntas que en una fiesta al aire libre. Su pelo está aún más tieso que el vestido. Nunca a nadie le ha sentado tan mal el pelo rojo fuego. Es como si la genética hubiese intentado hacerla divertida y Riona hubiese dicho: «No me voy a divertir en toda mi vida, así que muchas gracias, pero no».

Está escudriñando a los invitados como si quisiera embolsar y etiquetar a los más importantes. Me doy la vuelta para rellenar mi plato antes de que me vea.

Mis hermanos han hecho la bomba de humo en cuanto hemos llegado. Veo a Nero ligar con una guapa rubia en la pista de baile.

Dante ha ido directamente a la barra porque ese champán de pitiminí no se lo va a beber. Sebastian ha desaparecido totalmente, cosa nada fácil de hacer cuando mides dos metros. Supongo que habrá visto a algunos conocidos; Sebastian le cae bien a todo el mundo y tiene amigos en todas partes.

Y yo..., yo tengo que hacer pis.

Los Griffin han instalado retretes al aire libre, muy discretos, en el extremo opuesto de la finca y protegidos por un toldo de gasa. No pienso mear en un meadero portátil, por muy de lujo que sea. Voy a mear en un baño Griffin como Dios manda, justo donde aposentan sus blancos traseros. Además, así podré cotillear en su casa.

Esto me lo voy a tener que currar un poco más, porque alrededor de la entrada a la casa tienen mucha más seguridad, y yo ando escasa de dinero para sobornos. En cuanto me echo una servilleta de tela al hombro y robo la bandeja que ha dejado abandonada la camarera a la que Riona ha hecho llorar, solo tengo que cargar unos cuantos vasos vacíos y me cuelo en la cocina del servicio.

Pongo los platos en el fregadero, como una buena empleada, y luego me cuelo dentro de la casa.

Madre mía, la casa es la leche de bonita. Ya sé que se supone que somos enemigos a muerte y todo eso, pero sé cuándo veo un sitio mejor decorado que cualquier cosa que haya visto en *House Hunters*. Incluso en *House Hunters International*.

Es más sencilla de lo que imaginaba: paredes lisas en tonos crema y madera natural, muebles bajos modernos y lámparas con un rollo de arte industrial.

También hay mucho arte del de verdad: cuadros que parecen bloques de color y esculturas hechas con montones de formas. Tampoco soy una completa ignorante: sé que ese cuadro es un Rothko o se le parece. Pero también sé que yo no podría hacer que una casa tuviese este aspecto así de bonito, aunque me dieran cien años y un presupuesto ilimitado para ello.

Ahora sí que me alegro de haber entrado para mear.

Encuentro el baño más cercano al final del pasillo. Por supuesto, es una oda al lujo: jabón de lavanda, toallas suaves y esponjosas y agua que sale del grifo a la temperatura perfecta, ni demasiado fría ni demasiado caliente. Quién sabe, en un lugar tan inmenso, a lo mejor la primera persona que pone un pie aquí soy yo. Probablemente cada Griffin tenga su propio cuarto de baño. De hecho, lo más seguro es que se pierdan en este laberinto cuando se emborrachan.

Cuando termino, sé que debo volver a salir. Ya me he aventurado y todo eso, pero no tiene sentido tentar a la suerte.

Pero al final acabo subiendo sigilosamente por la amplia escalera en curva hasta el piso superior.

La planta baja era demasiado formal y antiséptica, como si fuese una casa de exposición.

Yo quiero ver dónde vive realmente esta gente.

A la izquierda de la escalera, encuentro un dormitorio que debe de pertenecer a Nessa. Es dulce y femenino, lleno de libros, peluches y material de arte. Hay un ukelele en la mesilla de noche y varios pares de zapatillas de deporte metidas a toda prisa debajo de la cama. Lo único que no está limpio e impoluto son las zapatillas de ballet colgadas del pomo de la puerta por las cintas: están completamente destrozadas y llenas de agujeros en las puntas de satén.

Frente a la habitación de Nessa hay otra que probablemente pertenezca a Riona. Es más grande y está ordenada a la perfección. No veo rastro de aficiones en ella. Tan solo unas preciosas acuarelas asiáticas colgadas de las paredes. Me decepciona que Riona no tenga estanterías llenas de antiguos trofeos y medallas. La verdad es que tiene pinta de ser de esas.

Más allá de las habitaciones de las chicas está la suite principal. Bueno, ahí sí que no voy a entrar. Me parece pasarse ya. Tiene que haber algún tipo de línea que no cruce cuando me cuele en casa de alguien.

Giro en dirección contraria y me encuentro en una biblioteca enorme. Esta es la clase de movida misteriosa por la que he venido.

¿Qué leerán los Griffin? ¿Estará la biblioteca llena de clásicos encuadernados en cuero o son fans secretos de Anne Rice? Solo hay una forma de averiguarlo…

Parece que predominan las biografías, los tochos de arquitectura y, sí, efectivamente, todos los clásicos. Hasta tienen una sección dedicada a los escritores irlandeses más famosos de todos los tiempos, como James Joyce, Jonathan Swift, William Butler Yeats y George Bernard Shaw. No hay ni rastro de Anne Rice, pero al menos veo a Bram Stoker.

Anda, mira, si incluso tienen un ejemplar firmado de *Dublineses*. No me importa lo que diga la gente. No hay quien entienda ese puto libro. Y los irlandeses pretenden que nos traguemos que es una obra maestra de la literatura, cuando estoy convencida de que a ellos les suena a chino, igual que al resto.

Además de las estanterías de libros que van del suelo al techo, la biblioteca está llena de sillones de cuero acolchados, tres de los cuales se han dispuesto alrededor de una gran chimenea de piedra. A pesar del clima cálido, hay un fuego encendido. Pero es pequeño. Es de troncos de abedul, que huelen fenomenal. Encima de la chimenea cuelga un cuadro de una mujer muy guapa. Debajo hay un reloj de carruaje y un reloj de arena. Y entre los dos, un viejo reloj de bolsillo.

Lo recojo de la repisa. Me sorprende lo pesado que es y que el metal resulte cálido al tacto en lugar de frío. No sé si es de latón o de oro. Parte de la cadena sigue sujeta, aunque parece que está rota a mitad de la longitud original. El estuche está tallado, pero tan desgastado que no sabría decir qué imagen tenía antes. Ni sé cómo abrirlo.

Estoy jugueteando con el mecanismo cuando oigo un ruido en el pasillo: un tintineo muy sutil. Me meto el reloj en el bolsillo y me escondo detrás de uno de los sillones, el que más cerca está de la chimenea.

Entra un hombre en la biblioteca: alto, moreno, de unos treinta años. Lleva un traje perfectamente hecho a medida y va muy bien peinado. Guapo, pero con aspecto rudo, como si no tuviese ninguna duda a la hora de tirarte de un bote salvavidas en el caso de que no hubiese asiento para él. O incluso en el caso de que te hubieras olvidado de lavarte los dientes.

A este tío no lo he visto nunca, pero estoy bastante segura de que es Callum Griffin, el mayor de los hermanos Griffin. Lo que significa que es la peor persona que podría pillarme en la biblioteca.

Por desgracia, parece que ha entrado con intención de quedarse un tiempecito. Se repanchinga en un sillón casi enfrente de mí y empieza a leer correos electrónicos en el teléfono. Tiene un vaso de whisky en la mano y le da un sorbito. Ese es el sonido que he oído: el tintineo de los cubitos de hielo.

Detrás del sillón casi no hay sitio. La alfombra que cubre el suelo de madera no es lo que se dice mullidita, y tengo que hacerme un ovillo para que no se me vean la cabeza y los pies por los lados. Además, hace un calor de narices tan cerca del fuego.

¿Cómo coño voy a salir de aquí?

Callum sigue sorbiendo y leyendo. Sorbito. Lectura. Sorbito. Lectura. El único sonido es el crepitar de los troncos de abedul.

¿Cuánto tiempo va a estar sentado aquí?

No puedo quedarme para siempre. Mis hermanos empezarán a buscarme dentro de un minuto.

No me gusta estar atrapada. Estoy sudando del calor y del agobio.

Qué refrescante parece el hielo del vaso de Callum. Joder, quiero una copa y quiero largarme.

Pero ¿cuántos putos correos electrónicos tiene este tío?

Cabreada y nerviosa, urdo un plan... que debe de ser el más estúpido que haya tramado en mi vida.

Alargo la mano hacia atrás y cojo la borla que cuelga de las cortinas. Es una gruesa borla dorada sujeta a unas cortinas de terciopelo verde.

Si tiro de ella hasta el tope, puedo meterla por el borde de la rejilla de la chimenea, directamente a las brasas.

Mi plan es hacer que eche humo, lo que distraerá a Callum y me permitirá escabullirme por el lado opuesto del sillón y salir por la puerta. Ese es mi plan genial.

Pero, como esto no es una puta novela de Nancy Drew, lo que ocurre en su lugar es esto:

Las llamas trepan por el cordón como si estuviese empapado en gasolina, y casi me achicharran la mano. Dejo caer el cordón, que vuelve hacia la cortina. La cortina empieza a arder. Y el fuego llega al techo en un santiamén.

En realidad, consigo mi propósito de distraer a Callum Griffin. Este pega un alarido, se levanta de un brinco y el sillón donde está sentado se cae. Sin embargo, la distracción se produce a costa de toda sutileza por mi parte, porque yo también tengo que abandonar mi escondite y salir pitando de la habitación. No sé si Callum me ha visto o no. Me la suda.

Pienso si debería buscar un extintor, agua o algo. También pienso que debería largarme de aquí inmediatamente.

Gana la segunda idea: bajo las escaleras a toda leche.

Al final de la escalera, choco con otra persona. Es Nero, con la rubia guapa justo detrás. Está despeinado y con el cuello lleno de carmín.

—Joder, ¿es un nuevo récord? —Estoy convencida de que no hace ni ocho segundos que la conoce.

Nero se encoge de hombros, con un atisbo de sonrisa en ese rostro de demonio que tiene.

—Probablemente.

El humo empieza a asomar por encima de la barandilla. Callum Griffin sigue gritando desde la biblioteca. Nero mira hacia la escalera.

—Pero ¿qué es…?

—No importa. —Le agarro del brazo—. Tenemos que salir de aquí.

Mientras tiro de él en dirección a la cocina de servicio, no logro seguir mi propio consejo. Echo una mirada hacia atrás por encima del hombro. Callum Griffin está de pie al final de la escalera, lanzándonos una mirada asesina.

Corremos por la cocina, derribamos una bandeja de canapés y salimos por la puerta, de vuelta al jardín.

—Tú busca a Sebastian; yo buscaré a Dante —dice Nero.

Deja ahí a la rubia sin decir palabra y se marcha corriendo por el césped.

—Oye, ¿pero qué…? —dice ella.

Yo salgo disparada en dirección contraria, a ver si logro encontrar la figura larguirucha de mi hermano menor.

Dentro de la mansión, empieza a sonar una alarma de incendios.

2

CALLUM GRIFFIN

La fiesta de Nessa empieza dentro de menos de una hora. Y yo sigo encerrado con mis padres en el despacho de mi padre, que es una de las habitaciones más grandes de la casa, mayor incluso que la suite principal o la biblioteca. Y viene que ni pintado, porque en mi familia todo gira en torno a los negocios: es el objetivo principal del clan Griffin. Estoy prácticamente convencido de que mis padres tuvieron hijos solo para poder asignarles funciones dentro de su imperio.

Desde luego, sí tenían intención de que fuéramos más. Yo le saco cuatro años a Riona, y Riona le saca seis a Nessa. En esos impasses, hubo siete embarazos fallidos, que o bien acabaron en aborto natural o en mortinatos.

Así que el peso de todos esos niños no nacidos recae sobre mis hombros. Soy el mayor y el único chico. El trabajo de los hombres Griffin solo puedo hacerlo yo. Soy el que debe continuar nuestro nombre y nuestro legado.

A Riona le enfurecería oírme decir eso. Se cabrea sobremanera ante cualquier insinuación de que pueda haber una diferencia entre los dos porque yo soy mayor que ella y varón. Jura que nunca se casará ni cambiará de nombre. Ni tendrá hijos. Y eso es, a su vez, lo que indigna muchísimo a mis padres.

Nessa es mucho más flexible. Le gusta complacer a la gente y no haría nada que molestara a sus queridos padres. Por desgracia, vive en un puto mundo de fantasía. Es tan dulce y tierna que no tiene ni la más remota idea de lo que hace falta para que esta familia se mantenga en el poder. Así que, en la práctica, es inútil.

Eso no significa que Nessa no me importe. Es tan buena que es imposible no quererla.

Me alegra verla así de feliz hoy. Está encantada con la fiesta, aunque apenas tenga nada que ver con ella. Va de un lado a otro probando todos los postres, admirando la decoración…, completamente desconocedora de que el único motivo de esta celebración es granjearme apoyos para mi campaña a concejal del distrito 43.

Las elecciones son dentro de un mes. El distrito 43 incluye toda la orilla del lago: Lincoln Park, Gold Coast y Old Town. Salvo por la alcaldía, no hay cargo más poderoso en toda la ciudad de Chicago.

Durante los últimos doce años, el cargo lo ocupó Patrick Ryan, hasta que ingresó en prisión. Antes de eso, su madre, Saoirse Ryan, estuvo en el puesto dieciséis años. Se le dio de maravilla lo de ser concejal, y evidentemente mejor que a su hijo lo de que no la pillaran con las manos en la masa.

En muchos sentidos, ser concejal es mejor que ser alcalde. Eres el emperador de tu distrito. Gracias a los privilegios de concejal, tienes la última palabra sobre zonificación y desarrollo inmobiliario, préstamos y subvenciones, legislación e infraestructuras. Puedes ganar dinero de frente, bajo cuerda y de soslayo. Todo pasa por ti, y todo el mundo te debe favores. Es casi imposible que te pillen.

Y, sin embargo, estos cabrones codiciosos tienen tan poco cuidado que aun así consiguen que los trinquen.

Pero a mí no me pasará. Porque yo me haré con el control del distrito más rico y poderoso de Chicago para luego hacer lo mismo cuando pase a ser el alcalde de la maldita ciudad entera.

Porque eso es lo que hacen los Griffin. Construir nuestro imperio. Nunca nos detenemos. Y nunca nos atrapan.

El único problema es que el puesto de concejal está bastante codiciado. Y no me extraña, porque es la joya de la corona del poder en esta ciudad.

Los principales contendientes son Kelly Hopkins y Bobby La Spata. Hopkins no debería ser un problema. Es una candidata anticorrupción, que se presenta con promesas de mierda sobre hacer una limpieza en el ayuntamiento. Es joven, idealista y no tiene ni idea de que está nadando en un tanque de tiburones con un traje de carne puesto. A esa me la quitaré de encima sin problema.

Lo de La Spata ya es más complicado.

Tiene muchos apoyos, incluidos los de los sindicatos de electricistas y bomberos, además de los italianos. En realidad, no le cae bien a nadie: es un puto chulángano que se pasa la mitad del tiempo borracho y la otra mitad pillado con una nueva amante. Pero sabe cómo untar las manos adecuadas y lleva mucho tiempo en esto. Y mucha gente le debe favores.

Paradójicamente, será más difícil deshacerse de él que de Hopkins. La pobre Hopkins confía en su imagen pulcra; en cuanto saque a relucir algún trapo sucio sobre ella (o me invente alguno), estará hundida. Sin embargo, los defectos de La Spata son *vox populi*. Es un crápula de tal categoría que nadie espera nada mejor de él. Voy a tener que abordar el tema desde otro ángulo si quiero acabar con él.

Y de eso estoy discutiendo con mis padres.

Mi padre está apoyado en su escritorio, con los brazos cruzados sobre el pecho. Es alto, está en forma, tiene el pelo gris cortado con estilo y unas gafas de pasta que le dan aspecto de intelectual. Cualquiera diría que se crio como un matón, rompiendo rótulas en el Horseshoe cuando la gente no pagaba sus deudas…

Mi madre es delgada y menuda, con una elegante melenita rubia. Está junto a la ventana, mirando cómo disponen el catering en el jardín. Sé que está deseando salir cuanto antes, pero no dirá ni mu hasta que acabe la reunión. Puede que parezca una elegantísima y pulcra mujer de la alta sociedad, pero está igual de metida en los entresijos de nuestro negocio que yo.

—Asegúrate de hablar con Cardenas —dice mi padre—. Controla el sindicato de bomberos. Tendremos que sobornarle. Sé sutil. Le gusta fingir que está por encima de ese tipo de cosas. Marty Rico necesita que le prometamos que vamos a cambiar la zonificación de Wells Street para que pueda incluir sus edificios. Renunciaremos al requisito de vivienda asequible, no queda otra. Leslie Dowell también va a venir, pero no estoy seguro de qué…

—Quiere que se amplíen las escuelas concertadas —responde mi madre—. Si le concedes eso, tendrás asegurado el apoyo de todas las mujeres del consejo de educación.

Sabía que mi madre estaba poniendo la oreja.

—Riona se puede encargar de William Callahan —le digo—. Hace tiempo que siente algo por ella.

Mi madre aprieta los labios. Cree que es indigno para nosotros usar el atractivo sexual como gancho. Se equivoca. Si funciona, no hay nada demasiado bajo para nadie.

Una vez que hemos repasado la lista de personas con las que tendremos que codearnos en la fiesta, estamos listos para pasar a la acción y ponernos a trabajar.

—¿Algo más? —le digo a mi padre.

—Esta noche no. Pero en algún momento, más pronto que tarde, tenemos que hablar de la Braterstwo.

Hago un mohín.

La mafia polaca se me está atragantando cada vez más. Putos salvajes que no entienden cómo se hacen las cosas en la era moderna. Siguen viviendo en los tiempos en que las disputas se resolvían cortándole las manos a un hombre y arrojándolo al río.

Claro que yo también lo haré si es necesario, pero al menos intento alcanzar un acuerdo antes de llegar a ese punto.

—¿Qué pasa con ellos?

—Tymon Zajac quiere reunirse contigo.

La cosa va en serio. Zajac es el gran jefe: el Carnicero de Bogotá. No quiero que venga a mi oficina.

—Ya lo vemos mañana —le digo a mi padre.

Esta noche no me puedo permitir pensar en ese tema.

—Bien. —Se endereza y se pone el dobladillo de la chaqueta en su sitio.

Mi madre le echa un vistazo para asegurarse de que está impoluto y luego me mira a mí.

—¿Eso es lo que vas a ponerte? —me dice mi madre al tiempo que levanta una ceja perfectamente cuidada.

—¿Qué le pasa?

—Es un poco formal.

—Papá lleva traje.

—Lo que quiere decir es que pareces un enterrador —comenta mi padre.

—Soy joven. Quiero parecer más mayor.

—Te falta aún un poco de estilo —dice.

Suspiro. Soy muy consciente de la importancia de la imagen. Todos mis trajes están hechos a medida. Siguiendo el consejo de mi ayudante, hace poco empecé a llevar el pelo de la cara bien arreglado. Aun así, resulta agotador cambiarse de ropa tres veces al día para tener siempre el aspecto perfecto en cada ocasión.

—Le pondré solución —prometo.

Al salir de la oficina, veo a Riona en el pasillo. Ya está vestida para la fiesta. Me mira con los ojos entrecerrados.

—¿Qué hacíais ahí dentro? —Odia que la dejen fuera de todo.

—Estábamos repasando la estrategia para esta noche.

—¿Y por qué a mí no me han invitado?

—Porque quien se presenta a concejal soy yo.

Le aparecen en las mejillas dos puntos de color brillantes, señal inequívoca desde que éramos niños de que está que trina.

—Necesito que hables con Callahan por mí —le digo para suavizar la situación… y para hacerle saber que sí que la necesitamos—. Me apoyará si se lo pides tú.

—Sí, claro que lo hará —dice Riona con altivez. Sabe que tiene al jefe de policía comiendo de la palma de su mano—. No está mal. Lástima de aliento.

—Pues entonces no te acerques demasiado.

Asiente. Riona es una soldado de primera. Nunca me ha defraudado.

—¿Dónde está Nessa? —le pregunto.

Se encoge de hombros.

—Por ahí, Dios sabe dónde. Deberíamos ponerle un cascabel.

—Si la ves, mándamela.

Todavía no he felicitado a Nessa por su cumpleaños ni le he dado mi regalo. He estado demasiado ocupado.

Subo las escaleras trotando y luego recorro el pasillo hasta mi suite. No me gusta el hecho de seguir viviendo con mi familia a los treinta años, pero hace que sea más cómodo trabajar juntos. Además, para ser concejal hay que vivir en el distrito. Y no tengo tiempo para buscar casa.

Por lo menos, mi cuarto está en el extremo opuesto de la casa respecto a la suite principal. Es grande y cómodo; derribamos un tabique cuando volví de la universidad, con lo que me gané mi propia suite y un despacho contiguo. Es casi como un apartamento, separado de las otras habitaciones por la enorme biblioteca.

Oigo a los primeros invitados, que ya están llegando al jardín. Me pongo mi traje Zegna más nuevo y bajo para mezclarme con los demás.

Todo va sobre ruedas, como siempre que mi madre se encarga de las cosas. Puedo ver su elegante melena rubia al otro lado del césped y oír su risa suave y culta mientras se esfuerza por relacionarse con todos los invitados más aburridos e importantes.

Por mi parte, me voy abriendo camino a mi lista particular de Cardenas, Rico y Dowell a medida que van llegando.

Al cabo de una hora, empiezan los fuegos artificiales. Se han programado para que coincidan con la puesta de sol, de modo que las brillantes explosiones resalten sobre el cielo recién oscurecido. Es una noche tranquila y el lago es tan liso como el cristal. En el agua los fuegos artificiales se reflejan por partida doble.

La mayoría de los invitados se giran para contemplar el espectáculo, con el rostro iluminado y la boca abierta por la sorpresa.

Yo ni me molesto en mirarlos y aprovecho para escrutar la multitud en busca de alguien con quien tuviese pensado hablar y que se me haya pasado por alto.

Pero, en lugar de eso, veo a una persona que definitivamente no estaba invitada: un chico alto de pelo oscuro, de pie con un grupo de amigos de Nessa. Les saca la cabeza a todos. Debe de medir 1,95 como mínimo. Y estoy bastante seguro de que es un puto Gallo. El pequeño.

Me distraigo porque Leslie Dowell viene a abordarme otra vez. Cuando vuelvo a mirar al grupo, el chico alto ya se ha largado. Tendré que hablar con seguridad y decirles que estén atentos.

Lo primero, la comida. Hoy apenas he tenido tiempo de comer. Cojo unas gambas del bufet, y miro a mi alrededor en busca de una bebida decente.

Los camareros circulan entre la multitud con copas de champán. A mí esa mierda no me va. Y la cola de la barra es demasiado larga. Lo que de verdad quiero es el Egan's Single Malt de diez años que tengo en mi despacho.

Bueno, ¿y por qué no? Ya he hecho la ronda con las personas más importantes. Por un momento que me escabulla, no pasa nada.

Ya bajaré otra vez cuando llegue la cantante pop. Ha sido un derroche de papá. No sé si ha sido para hacer feliz a Nessa porque es su ojito derecho o solo por fardar. En cualquier caso, a los invitados les va a encantar.

Volveré con tiempo de sobra.

Me dirijo al interior antes de subir las escaleras hasta mi parte de la casa. Tengo un pequeño bar en mi despacho; nada ostentoso, solo unas cuantas botellas de alcohol del bueno y una mininevera. Saco un vaso bien grande, echo tres cubitos de hielo gigantes y vierto una buena medida de whisky. Inhalo el embriagador aroma a pera, madera y humo. Luego me lo trago y disfruto de la cálida sensación en la garganta.

Sé que debería volver a la fiesta, pero, sinceramente, ahora que estoy aquí arriba, en paz y tranquilidad, voy a disfrutar del descanso. Hay que tener un cierto nivel de narcisismo para querer ser político. Debes nutrirte de complacencia y atención.

A mí todo eso me importa una mierda. Solo me mueve la ambición. Quiero poder. Riqueza. Influencia. Quiero ser intocable.

Hacer campaña me agota.

En lugar de ir a las escaleras como pretendía, me voy a la biblioteca.

Esta es una de mis estancias favoritas de la casa. Casi nadie entra aquí, excepto yo. Es tranquila. El olor a papel, cuero y troncos de abedul es relajante. En beneficio mío, mi madre mantiene el fuego encendido por las tardes. El resto de la casa tiene tanto aire acondicionado que nunca hace demasiado calor como para tener un pequeño fuego en la chimenea.

Sobre la repisa está el cuadro de mi tatarabuela, Catriona. Llegó a Chicago en plena hambruna de la patata de Irlanda. Con quince años, cruzó sola el océano con tres libros en la maleta y dos dólares en una bota. Se puso a trabajar como criada para un hombre rico de Irving Park. Cuando él murió, le dejó la casa y casi tres mil dólares en efectivo y bonos. Los periódicos decían que debían de tener una relación secreta. Los hijos de él dijeron que ella lo había envenenado y falsificado el testamento. Catriona se quedó con la casa y la convirtió en una taberna.

Fue la primera Griffin de Estados Unidos. A mis padres les gusta decir que descendemos de los príncipes irlandeses del mismo nombre, pero yo prefiero la verdad. Somos el sueño americano: una familia que asciende desde el servicio doméstico a la alcaldía de Chicago. O eso espero.

Me siento un minuto a saborear mi bebida, y luego me pongo a revisar mis correos electrónicos. Soy incapaz de estar sin hacer nada mucho tiempo.

Oigo un ruido y me detengo un momento, pensando que debe de ser alguien del personal que está en el pasillo. Como no escucho nada más, vuelvo al teléfono.

Ocurren dos cosas a la vez:

Huelo algo que me eriza el vello de la nuca: humo. Pero no es el humo limpio del fuego, sino algo molesto y químico.

A continuación, un sonido parecido a una respiración súbita, pero diez veces más fuerte. Luego, un destello de luz y de calor cuando se prenden las cortinas.

Pego un brinco del sillón gritando Dios sabe qué. Estoy confuso y presa del pánico, no sé qué demonios está pasando ni qué debo hacer al respecto.

Entonces se impone el sentido común.

Las cortinas están ardiendo, probablemente por una chispa que ha saltado a través de la rejilla. Tengo que coger un extintor antes de que arda toda la casa.

Eso tiene sentido.

Hasta que un completo desconocido salta de detrás de un sillón y pasa a toda pastilla por delante de mí.

Darme cuenta de que no estaba a solas en la biblioteca es un golpe brusco. Estoy tan sorprendido que ni siquiera veo bien al intruso. Lo único que llego a ver es que es alguien de estatura media y pelo oscuro.

Pero tengo que volver de nuevo la atención a las llamas, porque se están expandiendo a toda velocidad. Ya van por el techo y la moqueta. Como no haga algo, en unos minutos toda la biblioteca estará ardiendo.

Corro por el pasillo hasta el armario de la ropa blanca, donde sé que guardamos un extintor. Vuelvo corriendo a la biblioteca, quito la anilla de seguridad y rocío todo el lateral de la estancia con espuma hasta que no queda ni una brasa.

Cuando termino, la chimenea, las sillas y el retrato de Catriona están empapados de espuma química blanca. Mi madre se va a poner hecha un basilisco.

Lo que me recuerda a la otra parte implicada en este desastre. Me voy corriendo a la parte de arriba de la escalera, justo a tiempo para ver a tres personas que escapan: una chica rubia que se parece muchísimo a Nora Albright, una morena que no conozco y el puto Nero Gallo.

Sabía que los Gallo se habían colado.

La pregunta es por qué.

La rivalidad entre nuestras familias se remonta casi hasta Catriona. Durante la Ley Seca, nuestros bisabuelos lucharon por el control de las destilerías ilegales del extremo norte. Ganó Conor Griffin. Y, desde entonces, nuestra familia se ha alimentado de ese dinero.

Pero los italianos no se rinden así como así. Cada vez que Conor preparaba un cargamento de alcohol, Salvator Gallo esperaba para secuestrar sus camiones, robar el licor e intentar vendérselo de nuevo al doble de precio.

Más adelante, los Griffin se hicieron con el control de las apuestas en el hipódromo de Garden City, mientras que los Gallo dirigían las quinielas ilegales en la ciudad. Cuando el alcohol volvió a ser legal, ambas familias pasaron a llevar pubes, clubes nocturnos, locales de estriptis y burdeles rivales.

Hoy en día, los Gallo están presentes sobre todo en el sector de la construcción. Les ha ido bastante bien. Por desgracia, nuestros intereses siempre parecen estar enfrentados. Como ahora, que apoyan a Bobby La Spata para el puesto de concejal que debo ostentar yo. Quizá porque les cae bien. O a lo mejor porque quieren tocarme las narices una vez más.

¿Habrán venido esta noche a hablar con los invitados más indecisos con el voto?

Me encantaría ponerle las manos encima a alguno de ellos para preguntarle. Pero, cuando localizo a los de seguridad que hemos contratado esta noche, los Gallo ya se han largado, incluido el larguirucho.

Me cago en la puta.

Vuelvo a la biblioteca para evaluar los daños. Es un puto desastre: un desastre humeante, apestoso y mojado. Han destrozado mi parte favorita de la casa.

¿Y por qué estarían aquí?

Me pongo a mirar por toda la biblioteca, intentando averiguar qué buscaban.

Aquí no hay nada importante; cualquier documento o registro valioso estaría en el despacho de mi padre. El dinero y las joyas están guardados en las cajas fuertes repartidas por toda la casa.

Entonces ¿qué sería?

Justo en ese momento me fijo en la repisa salpicada de espuma de encima de la chimenea. Veo el reloj de carruaje y el reloj de arena. Falta el reloj de bolsillo de mi abuelo.

Busco por el suelo e incluso entre las brasas de los troncos de abedul, por si se hubiese caído detrás de la rejilla.

Nada. No está en ninguna parte.

Esos cabrones lo han robado.

Ahora, el que echa humo soy yo al volver al piso de abajo, donde la fiesta se acaba de reanudar tras la interrupción de la alarma de incendios. Nessa se está riendo con algunas de sus amigas. Podría preguntarle si ha invitado a Sebastian Gallo, pero ni ella es tan despistada como para hacer algo así. Parece muy contenta a pesar de la conmoción. No quiero molestarla.

Pero no voy a tener tantos miramientos con el resto de sus amigas. Al ver a Sienna Porter, la cojo del brazo y la alejo un poco de Nessa.

Sienna es una pelirroja delgaducha que va a la misma universidad que mi hermana. La he pillado mirándome a hurtadillas alguna que otra vez. Y lo que es más importante: estoy bastante seguro de que era una de las chicas que han estado hablando con Sebastian esta noche.

Sienna no protesta cuando me la llevo. Se pone colorada como un tomate y me dice:

—Ho… Hola, Callum.

—¿Antes has estado hablando con Sebastian Gallo? — exijo.

—Bueno, más bien me estaba hablando él a mí. Quiero decir, a todos nosotros. No a mí en concreto.

—¿Sobre qué?

—Sobre el campeonato de la división uno de baloncesto, principalmente. Ya sabes que su equipo jugó la primera ronda…

La corto al segundo con un movimiento de cabeza:

—¿Sabes quién le ha invitado esta noche?

—N-no —tartamudea con los ojos como platos—. Pero, si quieres, podría preguntárselo…

—¿Qué quieres decir?

—Creo que hemos quedado todos en Dave and Buster's después.

—¿A qué hora? —Le aprieto el brazo, igual demasiado fuerte.

—¿Como a las diez?

Hace un gesto de dolor. Bingo. La suelto. Ella se frota el brazo con la otra mano.

—Gracias, Sienna.

—De nada —dice ella totalmente alucinada.

Saco el teléfono y llamo a Jack Du Pont. Somos amigos desde la universidad. Trabaja de guardaespaldas personal y sicario cuando lo necesito. En teoría, como habíamos contratado a toda una empresa de seguridad para hoy, él no iba a venir. Pero estos tipos han demostrado ser unos putos inútiles, así que a quien quiero ahora es a Jack.

Descuelga tras un solo timbrazo.

—Hola, jefe.

—Ven a recogerme. Ahora mismo.

3

AIDA

Volvemos a apretujarnos en el coche de Nero y nos alejamos de la casa de los Griffin tan rápido como podemos sin atropellar a ningún asistente a la fiesta. Nero y yo vamos dando alaridos de alegría, Dante frunce el ceño y Sebastian parece solo un poco curioso.

—¿Qué coño has hecho? —me exige Dante.

—¡Nada! —le digo.

—Entonces ¿por qué vamos a la misma velocidad que iríamos si tuviésemos a diez polis detrás?

—No corremos. Simplemente me acaba de pillar en su casa... Callum Griffin.

A Dante se le dispara la alarma inmediatamente.

—¿Y qué te ha dicho?

—Nada. Ni siquiera hemos hablado.

Nos mira fijamente a Nero y a mí. Tiene las cejas tan gruesas y fruncidas que parecen formar una única línea recta encima de los ojos. Nero se hace el loco y mantiene la vista puesta en la carretera. Sebastian parece completamente inocente porque lo es: lo único que ha hecho ha sido beberse una Coca-Cola Light con una pelirroja.

Estoy convencida de que Dante lo va a dejar estar.

Entonces se abalanza sobre mí, me agarra del pelo y tira con fuerza hacia él. Como tengo el pelo pegado a la cabeza, salgo disparada hacia delante, entre los asientos.

Dante inhala y me empuja hacia atrás, asqueado.

—¿Por qué hueles a humo?

—No lo sé.

—Me estás mintiendo. He oído sonar una alarma en esa casa. Dime la verdad ahora mismo o llamo a papá.

Le respondo con el ceño fruncido. Me gustaría ser tan grande como Dante y tener esos brazos de gorila capaces de hacerte trizas. Entonces, ya veríamos quién sería más intimidante de los dos.

—Bueno… —digo al fin—. Estaba en la biblioteca de arriba. Y ha empezado un pequeño incendio…

—¿UN PEQUEÑO INCENDIO?

—Sí. Deja de gritar o no te diré nada más.

—¿Y cómo ha empezado el fuego?

Me retuerzo en mi asiento.

—Puede que…, por accidente, yo… haya dejado que las cortinas se metieran un poco en la chimenea.

—*Porca miseria*, Aida —me suelta indignado Dante—. Solo hemos ido a bebernos su alcohol y ver sus fuegos artificiales, ¡no a quemarles la puta casa!

—No se va a quemar —digo, aunque no esté del todo segura de esa afirmación—. Te lo he dicho, Callum estaba allí.

—¡Eso no lo suaviza precisamente! —estalla Dante—. ¡Ahora sabe que lo hiciste tú!

—Puede que no. Puede que ni siquiera sepa quién soy.

—Lo dudo mucho. No es tan idiota como todos vosotros.

—¿Por qué se me incluye a mí en esto? —protesta Sebastian.

—Porque eres idiota —dice Dante—. Aunque esta noche en concreto no hayas hecho nada.

Sebastian se ríe. Es imposible ofenderle.

—¿Y tú dónde estabas? —le pregunta ahora Dante a Nero.

—Estaba en la planta principal —dice Nero con calma— con Nora Albright. Su padre es el dueño del Fairmont, en Millennium Park. Una vez me llamó «pequeño criminal asqueroso». Así que me he follado a su hija en el comedor principal de los Griffin. Una especie de venganza que ha matado dos pájaros de un tiro.

Dante niega con la cabeza sin dar crédito.

—No me lo puedo creer. Os comportáis como unos niñatos de mierda. Nunca debí dejaros ir.

—Ay, cállate ya. —Nero le va a aguantar las gilipolleces a Dante, aunque acaben a leche limpia—. ¿Desde cuándo eres tú un buen chico? Odias a esos capullos irlandeses tanto como nosotros. ¿A quién le importa si les hemos arruinado la fiesta?

—Pues, para empezar, a ti como Callum Griffin salga elegido concejal. Nos va a inflar a burocracia y cerrará todos nuestros proyectos. Nos enterrará.

—¿Ah, sí? —dice Nero entrecerrando sus ojos negros—. Entonces tendremos que ir a hacerle una visita con una picana y un par de tenazas. Y negociaremos con él hasta que se muestre dispuesto a colaborar. A mí los Griffin no me asustan.

Dante sacude la cabeza, demasiado cabreado como para intentar siquiera razonar con nosotros.

Y yo estoy dividida con todo esto. Por un lado, sí que se nos ha ido la olla un poco. Por otra, la cara que ha puesto Callum Griffin cuando se ha incendiado la biblioteca ha sido impagable.

—Gira aquí —le dice Sebastian a Nero, apuntando con el dedo.

Nero gira a la derecha en Division Street.

—¿Adónde crees que vas? —dice Dante, que sigue cabreado.

—Algunos de los chicos van a salir después de la fiesta. Les he dicho que me reuniría con ellos —contesta Sebastian.

—Y una mierda. Tenéis que iros todos a casa.

Nero ya ha acercado el coche a la acera. Sebastian sale de un salto del descapotable, pasando sus largas piernas por el lateral con la misma facilidad con que se levanta de la cama.

—Lo siento, hermanito mayor —dice amablemente—. Yo no tengo toque de queda. Y tú no eres mi *mamma*.

Nero parece dispuesto a hacer lo mismo, pero no le queda otra que llevar a Dante a casa. Al verle la cara de cabreo a mi hermano mayor, y ante la perspectiva de que me delate a papá, supongo que la mejor idea es la de Sebastian. Me muevo por el asiento y salto del coche.

—¡Vuelve aquí ahora mismo! —grita Dante.

Ya estoy corriendo detrás de Sebastian, así que le contesto por encima del hombro:

—¡Volveré a casa dentro de un par de horas! ¡No me esperéis despiertos!

Sebastian frena cuando me oye llegar. Con esas malditas piernas kilométricas que tiene, tengo que correr para seguirle el ritmo aunque él solo vaya caminando tranquilamente.

—¿De verdad que ha sido un accidente el incendio? —me pregunta.

—Más o menos. —Me encojo de hombros.

Se ríe por lo bajini.

—Ni siquiera he llegado a ver el interior de la casa. Seguro que es bonita.

—Sí, si te gustan los colores pastel.

Sebastian se mete las manos en los bolsillos y seguimos paseando. El pelo le cae sobre los ojos. Es el que más rizado lo tiene de todos. Probablemente podría dejárselo crecer rollo afro si quisiera.

—Nessa estaba muy guapa.

—Sí, lo estaba —le doy la razón—. Pero no te hagas ilusiones, porque a papá se le reventaría un vaso sanguíneo.

—Ah, no, no me las hago —dice Sebastian—. Ya sabes lo que decía siempre mamá: «El agua mansa no necesita más agua: necesita viento para mover las velas». Así que lo más seguro es que tenga que encontrar a una pequeña maníaca como tú.

Le sonrío con picardía.

—Si yo me caso, seguro que será con alguien que no me toque las narices. ¿Te imaginas pasar de ser mangoneada por Dante a ser mangoneada por otra persona? Y una mierda. Preferiría estar soltera para siempre. De hecho, no me importaría en absoluto.

Estamos llegando a Dave and Buster's. Veo por el ventanal que los amigos de Sebastian aún no están.

—¿Qué hacemos mientras tanto? —me pregunta Sebastian.

—¿Hay heladerías por aquí?

—¿No has comido nada en la fiesta?

—Sí. —Vuelvo a encogerme de hombros—. Pero de eso ya hace mucho rato.

Seb se ríe.

—No seré yo quien le diga que no a un helado.

Caminamos un poco más hacia el lago hasta que encontramos un sitio en el que los venden. Sebastian coge una tarrina y yo un cucurucho. Nos vamos al paseo, y caminamos por el muelle para poder mirar el agua.

El lago es tan grande que parece un océano. Igual que el mar, tiene olas y tormentas. Pero hoy no. Ahora, el agua está más tranquila que nunca. Hemos andado hasta el final del muelle, hasta la parte que sobresale más sobre el lago.

Sebastian termina su helado antes de tirar la tarrina a la papelera más cercana. Yo sigo zampándome el cucurucho.

Hablamos de sus clases en la universidad y de las mías. Estoy estudiando en Loyola un poco de todo: Psicología, Ciencias políticas, Economía, Marketing, Historia... Me gusta cursar lo que me interesa en cada momento. Desgraciadamente, no tengo claro cómo se va a acumular todo eso para poder sacarme un título de algo. Y creo que papá se está empezando a mosquear conmigo. Sé que quiere que termine y vaya a trabajar con él a tiempo completo. Pero no me va a dejar hacer las cosas interesantes o difíciles; para eso ya tiene a Dante y a Nero. A mí me va a encerrar en un aburrido despacho a hacer cosas de oficina. Y eso me parece una puta pesadilla.

Soy la pequeña de la familia y la única chica. Nadie ha puesto nunca demasiadas expectativas en mí. Quizá, si mi madre viviera, sería diferente. Pero básicamente llevo toda la vida portándome como un potro desbocado. Y, mientras no me metiese en demasiados problemas, mi padre tenía cosas más importantes de las que preocuparse.

Mis hermanos son buenos amigos míos, pero cada uno tiene su vida.

En realidad, nadie me necesita.

Y no me quejo por ello. Me gusta esta vida fácil y libre. Como ahora, que estoy pasando el rato con Seb, comiendo helado y disfrutando de una noche de verano. ¿Qué más necesito?

Pero la satisfacción dura unos cinco segundos. Entonces levanto la vista y veo a dos hombres que caminan hacia nosotros. Uno lleva traje; el otro, sudadera con capucha y vaqueros. El del traje tiene el pelo oscuro, muy corto, y los puños apretados a los lados del cuerpo. La expresión de furia de su rostro me resulta demasiado familiar... porque la he visto por última vez hace unos cuarenta minutos.

—Seb —susurro para que mi hermano se ponga erguido.

—¿Ese es Callum Griffin? —murmura.

—Sip.

—Mira tú quién anda por aquí —dice Callum. Su voz es grave, fría y llena de rabia. Tiene los ojos extremadamente azules, pero no hay nada bonito en ellos. Son tan intensos que duelen. Como todo él.

No sé quién es el tipo que está junto a Callum. Tiene una pinta chunguísima, eso sí, con la complexión de un boxeador, la cabeza rapada y la nariz ligeramente aplastada, como si hubiese recibido uno o dos golpes. Y me apuesto a que ha repartido muchos más.

Sebastian se acerca a mí y se coloca un poco por delante, como para protegerme con su cuerpo.

—¿Qué quieres? —le dice a Callum.

Sebastian no intimida tanto como Dante ni es tan despiadado como Nero. Aun así, es más alto que Callum y su matón. Y la voz le sale más seria de lo que nunca le he oído.

Callum se limita a resoplar. Tiene una cara atractiva. O, al menos, debería. Porque en mi vida había visto una expresión tan fría. Es como si lo odiara todo. Sobre todo, a mí.

Tampoco es que pueda culparlo por ello, la verdad.

—¿Qué os pasa a los italianos? —se burla—. ¿Dónde aprendisteis educación? Venís a una fiesta a la que no estáis invitados. Os coméis mi comida, os bebéis mi alcohol, luego entráis en mi casa, intentáis quemarla… Y me robáis.

Sebastian se pone un poco tenso. No me mira, pero sé que quiere hacerlo.

Yo tampoco tengo muy claro de qué coño está hablando Callum. Entonces me acuerdo del reloj que aún llevo en el bolsillo delantero de mis pantalones cortos. Lo había olvidado por completo.

—Mira —dice Sebastian—, el incendio ha sido un accidente. No queremos líos.

—Bueno, y eso te lo crees tú, ¿no? —dice Callum en voz baja—. Habéis venido con ganas de movida. Y ahora la vais a tener.

No es fácil irritar a Sebastian. Una buena forma de hacerlo es amenazar a su hermana pequeña. Se enfurece, aprieta los puños y se pone delante de mí.

—¿Y tú te crees un tipo duro por haber traído a tu novio? —pregunta Sebastian, inclinando la cabeza hacia el boxeador, que sigue callado—. Yo también tengo hermanos. Será mejor que te vayas echando hostias, antes de que los llame para que te arranquen la piel a tiras.

Nada mal, Seb. Para alguien que no amenaza mucho, eso ha sido bastante inquietante.

Pero yo no necesito que me protejan. Me echo hacia delante, justo al lado de Sebastian, y le digo:

—Sí, vete a tomar por culo y vuelve a tu lujosa mansión. ¿Quieres jugar a ser un gángster? No eres más que un politicucho de mierda. ¿Qué vas a hacer? ¿Matarnos con un sello de caucho?

Callum Griffin me clava su mirada de acero. Tiene unas espesas cejas oscuras sobre sus ojos claros como el hielo. Y produce un efecto desagradable, inhumano.

—Buena observación —dice en voz baja—. Sí que tengo una imagen que proteger. Pero qué curioso... No creo que haya nadie por aquí por quien deba preocuparme en este momento.

El muelle está completamente vacío. Hay gente en las tiendas de Division Street, pero nadie lo bastante cerca como para oírnos si grito.

Se me hace un nudo en la garganta.

No tengo miedo muy a menudo. Ahora sí. A pesar de lo que he dicho, no creo para nada que Callum sea débil. Es alto y de constitución fuerte. Y, sobre todo, me mira fijamente sin un ápice de temor. No se está preguntando qué debe hacer. Ya lo ha decidido.

Hace un gesto con la cabeza a su matón. El boxeador da un paso adelante, con los puños en alto. Antes de que pueda hablar o moverme, ya le ha asestado a Sebastian cuatro golpes, dos en la cara y dos en el cuerpo.

A Sebastian le brota sangre de la nariz. Se dobla con un gemido. Trata de defenderse —a todos mis hermanos los han entrenado para luchar de una forma u otra—, pero, mientras Dante y Nero practicaban en la calle a pelea limpia, a Sebastian le interesaba más desde el punto de vista atlético, no violento. Al ser tan largo, logra dar un par de golpes. Uno de sus puñetazos hace que el boxeador se tambalee hacia atrás, pero bloquea los otros golpes de Sebastian antes de meterle a mi hermano un puñetazo en el riñón que lo tira al suelo.

Toda la pelea dura unos diez segundos. Yo me quedo ahí quieta: intento darle al tío por el costado, y logro hacerlo una vez en la oreja. Me empuja hacia atrás con la mano con tanta fuerza que casi me caigo.

Así que me lanzo contra Callum y le araño la mandíbula. Él me empuja el pecho con fuerza y me aparta. Esta vez sí que me caigo hacia atrás, y me doy en la nuca contra la barandilla del muelle.

Callum parece un poco sobresaltado, como si no hubiese querido hacer eso. Su rostro se endurece y dice:

—¿Dónde está el reloj, putos degenerados?

—Que no tenemos tu reloj. —Sebastian escupe sangre sobre las tablas de madera del muelle.

El reloj lo tengo yo. Pero no se lo pienso dar a este imbécil boquiabierto. El boxeador agarra a Sebastian del pelo y le golpea la mandíbula. El puñetazo es tan fuerte que, por un segundo, la luz en la cara de Seb se apaga. Sacude la cabeza para espabilarse, pero parece aturdido.

—¡Aléjate de él! —grito mientras trato de ponerme en pie.

La cabeza me da vueltas y siento náuseas. Me palpita la parte posterior del cráneo. Seguro que ya tengo ahí un chichón del tamaño de un huevo.

—Dame el reloj. —Callum es implacable.

El boxeador le propina una patada a mi hermano en las costillas para que se despierte. Sebastian gime y se agarra el costado. La visión de este monstruo dándole una paliza al más joven y bondadoso de mis hermanos me está volviendo loca. Quiero asesinar a estos dos tíos. Quiero rociarlos con gasolina y prenderles fuego como a las putas cortinas.

No tengo gasolina. Así que me meto la mano en el bolsillo y saco el reloj. Me pesa en la palma de la mano. Mis dedos lo aprietan con fuerza. Lo sostengo en alto.

—¿Es esto lo que buscas? —grito.

Callum dirige los ojos hacia mi puño, los deja allí y, por un momento, veo cómo se le suaviza la cara de alivio.

Entonces echo el brazo hacia atrás y arrojo el puto reloj al lago como si estuviese tirando el primer lanzamiento en Wrigley Field.

El efecto sobre Callum Griffin es increíble. Se queda blanco como el mármol.

—¡Nooo! —aúlla.

Y, a continuación, hace la mayor locura de todas.

Se lanza por encima de la barandilla y se tira al agua, con traje y todo.

El boxeador mira atónito a su jefe. Está confuso, no sabe qué hacer sin instrucciones.

Vuelve a mirar a Seb. Levanta el pie y golpea con la bota la rodilla de Sebastian con todas sus fuerzas.

Sebastian grita.

Embisto al boxeador. Soy más pequeña que él y peso mucho menos, pero, al ir directa a sus rodillas, consigo derribarle. Ayuda que se tropiece con las piernas extendidas de Sebastian.

Cae con fuerza sobre el muelle. Golpeo y aporreo cada centímetro de él al que llego. Con la pierna buena, Sebastian se echa hacia atrás y patea al boxeador justo en la cara. Yo salto y le doy varias patadas más.

Este tío es el puto Terminator. No creo que se quede mucho más rato en el suelo. Ya está volviendo en sí y emitiendo gruñidos. Agarro a Seb del brazo y lo levanto. Grita al dejar caer demasiado peso sobre la pierna mala.

Me paso el brazo de Sebastian por el hombro. Se apoya en mí y va medio a la pata coja y dando saltitos por el muelle. Es como una de esas carreras de tres piernas, solo que, en esta pesadilla, el premio consiste en no ser asesinado por ese boxeador o por Callum Griffin, cuando se dé cuenta de que no hay forma de que encuentre ese reloj en el lago helado y negro como el carbón.

Aún me duele la cabeza. El muelle parece kilométrico. Sigo arrastrando a Sebastian. Ojalá no fuera tan alto ni pesara tanto, joder.

Cuando por fin llegamos a la calle, me arriesgo a mirar hacia atrás por encima del hombro. El boxeador está inclinado sobre la barandilla, probablemente buscando a su jefe. Parece que está gritando algo, pero desde aquí no puedo asegurarlo.

Espero que Callum se haya ahogado.

Porque, si no es así, me da que lo voy a volver a ver muy pronto.

4

CALLUM

No sé en qué estaba pensando al saltar tras ese reloj.

En el momento en que llego al agua —que sigue la hostia de helada, porque el clima de principios de verano aún no la ha calentado lo suficiente—, el frío es como una bofetada en la cara que me despierta al segundo.

Estoy tan desesperado que sigo buceando con los ojos abiertos, a ver si veo un destello de oro en el agua negra. Por supuesto, no hay nada que ver. Pero nada de nada. El agua bajo el muelle está revuelta, llena de arena y de basura. Incluso al mediodía el sol apenas penetraría. Así que, de noche, bien podría ser aceite de motor.

El traje me aprieta los brazos y las piernas, me pesan los zapatos de vestir... Si no fuera un buen nadador, tendría un problema de los gordos. Las olas intentan aplastarme contra los pilotes, cubiertos de afilados mejillones y percebes.

Tengo que alejarme nadando del muelle antes de poder volver a la orilla. Y en hacer todo eso tardo el tiempo suficiente como para que Jack se acojone, hasta que me arrastro hasta la arena, sucio, empapado y más enfadado de lo que he estado en toda mi vida.

¡Pero qué pedazo de zorra!

Nunca he sabido demasiado de la menor de los Gallo. Su padre la mantiene bastante escondidita y, por lo que sé, no participa en el negocio familiar.

Cuando nos hemos acercado a su hermano y a ella en el embarcadero, casi me ha dado pena. Parecía joven, apenas mayor que Nessa. Y preciosa, lo cual no debería haber afectado a mi determinación, pero así ha sido. Piel morena, pelo oscuro, ojos grises y estrechos ligeramente inclinados hacia arriba en las comisuras... Se ha puesto rígida en cuanto nos hemos acercado. Se ha dado cuenta antes que Sebastian de que estábamos allí.

Al ver cómo Sebastian se ponía delante de ella para protegerla, he sentido una punzada de culpabilidad. Eso es lo que yo haría por mis hermanas.

Pero cuando he visto la estatura y el pelo de esta chica... Me he acordado de la persona que huía de la biblioteca y he empezado a sospechar que era ella quien había provocado el incendio.

Y, a continuación, ha dado un paso adelante y ha empezado a gritar con la mala leche y el vocabulario de un marinero curtido en el mar. Y ahí ya no he tenido dudas de que era ella quien había irrumpido en nuestra casa.

En lugar de entregarme el reloj, lo ha arrojado por encima de la barandilla. Me he dado cuenta al momento de que aquella cara bonita escondía el alma de un demonio. La chica es pura maldad, lo peor de toda la familia. Se merece lo que le pase.

La cuestión es qué voy a hacer al respecto.

Ahora mismo, quiero asesinarlos a todos y cada uno de ellos. Pero no puedo permitirme un baño de sangre así justo antes de las elecciones. Por lo que supongo que tendré que optar por la segunda mejor opción: llevar a la bancarrota a esos cabrones.

¿Que ellos han intentado quemar mi casa? Pues aparecerá quemada la torre que están construyendo en Oak Street.

Eso, así, a modo de aperitivo. El plato principal será acabar con todos los restaurantes y clubes nocturnos que controlan.

Las fantasías bañadas en fuego del infierno que haré llover sobre sus cabezas son lo único que me mantiene caliente mientras pisoteo la calle con mis zapatos de vestir y mi traje empapados.

Jack va al trote a mi lado, supongo que avergonzado por haber dejado que un niño y su hermana pequeña hayan podido con nosotros. Se da cuenta de que estoy de mal humor, así que no dice nada para no empeorar las cosas. Él también está jodido, con la nariz ensangrentada y un corte en la ceja derecha. Bastante humillante para alguien que ganó un campeonato de la UFC hace un par de años.

Mis zapatos hacen un repugnante ruido de chapoteo. Y mi reluciente traje a medida huele a estrella de mar moribunda.

¡Me cago en esa chica!

Tengo que cambiarme de ropa antes de perder la cabeza literalmente.

Vuelvo a casa, donde la fiesta está terminando. Me he perdido a la cantante, aunque no me importaba, salvo por ver la expresión de alegría en la cara de Nessa. Otra cagada más en esta noche de mierda.

Apenas he puesto un pie en la puerta cuando me recibe mi iracundo padre.

—¿Dónde coño te habías metido? ¿Por qué no me has dicho que habían venido los Gallo a nuestra fiesta? —Mira mi ropa chorreando agua sucia del lago sobre las baldosas inmaculadas de la entrada—. ¿Y por qué estás mojado?

—Hemos tenido un lío en el muelle, pero ya me encargaré yo —le digo apretando los dientes.

—Esto es inaceptable. Entra en mi despacho y cuéntamelo todo ahora mismo.

Me muero de ganas de volver ahí fuera y vengarme de esos asquerosos espaguetis. Pero, en vez de eso, paso al despacho para darle el informe. No le gusta ni una palabra.

—¿En qué coño estabas pensando? —grita, tan cerca de mi cara que me salpica de saliva la mejilla—. ¿Cómo se te ocurre empezar una guerra de bandas en mitad de tu campaña?

—¡Han empezado ellos! —le respondo, también gritando—. Han intentado quemar nuestra puta casa. ¡Han robado el reloj del abuelo y lo han tirado al lago! ¿Qué quieres que haga? ¿Regalarles una puta tarta?

—Baja la voz —me sisea mi padre—. Te va a oír la gente.

Como si no acabara él de gritarme el doble de alto.

Respiro hondo, intentando controlar la ira que amenaza con desbordarse.

—Te lo acabo de decir —digo en voz baja y estrangulada—. Ya. Me. Encargaré. Yo.

—De eso nada —dice, negando con la cabeza—. Ya has demostrado lo incompetente que eres. ¿Lisiar al hijo menor? Tú has perdido la cabeza. ¿Sabes que es una estrella del deporte? Más te valdría haberlo matado.

—La próxima vez lo haré.

—Se acabó —ladra.

—¡Esa no es tu decisión!

Me empuja el pecho con fuerza.

Eso hace que se me dispare la adrenalina hasta que prácticamente exploto, temblando de furia.

Respeto a mi padre. A lo mejor tiene pinta de catedrático, pero ha matado a hombres con sus propias manos. Yo le he visto hacerlo. Sin embargo, no es el único que puede romper huesos aquí. Ya no soy el hijo obediente de antes. Hoy ya nos tratamos de tú a tú.

—No hagas eso —me enfurezco.

No tiene la más mínima intención de echarse atrás.

—Mientras yo sea el jefe de esta familia, harás lo que yo te diga.

Hay tantas cosas que me gustaría replicar a eso. Pero me las trago. Casi.

—¿Y qué propones..., padre?

—Esto se está saliendo de madre. Voy a llamar a Enzo Gallo.

—¡Eso es ridículo!

—Cierra el pico —me suelta—. Ya la has cagado bastante. Veré qué puedo hacer para solucionar esto antes de que nuestras dos familias acaben muertas en la calle.

No me lo puedo creer. Después de que nos hayan escupido a la cara en nuestra propia casa, quiere llamarlos y negociar. Es una locura. Es un acto de cobardía.

Mi padre se da cuenta de que me estoy empezando a rebelar.

—Dame tu teléfono —me dice.

Y se queda con la mano extendida hasta que se lo paso. Lo tenía en el bolsillo cuando he saltado al lago, así que de todos modos es inútil.

—Voy a ponerme en contacto con Enzo Gallo —repite—. Y tú te quedarás aquí hasta que te mande llamar. No hablarás con nadie. No llamarás a nadie. No pondrás un pie fuera de esta casa. ¿Me has entendido?

—¿Me estás castigando? —me burlo—. Soy un hombre adulto, padre. No seas absurdo.

Se quita las gafas para poder clavar en mi alma sus pálidos ojos azules.

—Eres mi hijo mayor y el único varón, Callum —me dice—. Pero te prometo que, si me desobedeces, te cortaré de raíz. No me sirves de nada si no se puede confiar en ti. Te derribaré como a Ícaro como no acates mis órdenes por tu ambición. ¿Lo has entendido?

Cada célula de mi cuerpo quiere decirle que coja su puto dinero, sus contactos y su supuesta genialidad y se los meta por el culo.

Pero este hombre es mi padre. Mi familia lo es todo para mí; sin ella, yo sería un barco sin timón ni vela. No soy nada si no soy un Griffin.

Así que me someto a sus órdenes.

Por dentro, sigo como una olla a presión, y el calor y la presión aumentan.

Como algo no cambie pronto entre nosotros, voy a explotar.

5

AIDA

Mis hermanos están en el sótano vistiéndose. O, al menos, Dante y Nero. Sebastian sigue en el hospital con mi padre. Tiene la rodilla jodida, de eso no cabe duda. Y las costillas rotas también. No puedo soportar la expresión de tristeza que tenía en la cara. Le han arruinado la temporada. Posiblemente el resto de su carrera. Dios, puede que ni siquiera camine después de esto.

Y todo por mi culpa.

Una culpa que es como una mortaja que me envuelve la cabeza, apretando cada vez más. Cada mirada a Sebastian, cada recuerdo de mi estupidez son como otra capa más que envuelve mi rostro. Pronto me asfixiará.

Quería quedarme con Sebastian, pero papá me ha ladrado que me fuera a casa.

Allí estaban Dante y Nero enfundándose en chalecos antibalas y cinturones de munición, armándose con la mitad de las armas de la casa.

—¿Adónde vais? —les pregunto nerviosa.

—Vamos a matar a Callum Griffin, obviamente —dice Nero—. Puede que también al resto de su familia. Aún no lo he decidido.

—No puedes hacerle daño a Nessa —digo rápidamente—. No ha hecho nada malo.

Riona tampoco, pero no tengo el mismo sentimiento de caridad hacia ella.

—Bueno, pues entonces a lo mejor solo le rompo la rodilla —dice Nero despreocupadamente.

—No vamos a hacerle nada a Nessa —gruñe Dante—. Esto es entre Callum y nosotros.

Cuando están listos para salir, parecen una mezcla entre Rambo y Arnold Schwarzenegger en *Depredador*.

—Dejadme ir con vosotros —les suplico.

—Ni de puta coña —dice Nero.

—¡Venga ya! —grito—. Yo también formo parte de esta familia. Gracias a mí, Sebastian pudo escapar, ¿sabéis?

—Para empezar, fuiste tú quien le metió en ese lío —me sisea Nero—. Ahora vamos a solucionarlo. Y tú te quedas aquí.

Me golpea con el hombro al pasar, y hace que me caiga bruscamente contra la pared.

Dante es un poco más amable, pero me habla igual de serio.

—Quédate aquí. No empeores las cosas.

Me importa una mierda lo que digan. En cuanto se vayan, yo también saldré por la puerta. Así que los sigo escaleras arriba, sin saber exactamente qué voy a hacer, pero lo que tengo claro es que yo aquí no los voy a esperar como un cachorrito juguetón.

Antes de que Dante esté siquiera a medio camino de la escalera, le vibra el teléfono en el bolsillo.

—¿Qué pasa? —Descuelga con un tono de voz que me hace estar segura de que quien está al otro lado de la línea es papá. Dante espera, escucha y dice—: Entendido.

Cuelga y me mira con una expresión rarísima en la cara.

—¿Qué pasa? —pregunto.

—Quítate ese chaleco —le dice Dante a Nero—. Aida, ve a cambiarte de ropa.

—¿Por qué? ¿Qué me pongo?

—Algo limpio que no parezca una mierda —suelta—. ¿Tienes algo así?

Tal vez. Pero que se adapte a los gustos de Dante, no creo.

—De acuerdo —digo—. Pero ¿adónde vamos?

—Vamos a reunirnos con los Griffin. Papá ha dicho que te llevemos con nosotros.

Vale. Mierda.

Mi último encuentro con Callum Griffin no ha sido precisamente muy agradable. No tengo muchas ganas de un segundo. Dudo bastante que su temperamento haya mejorado después de haberse dado un bañito en el lago.

¿Y qué se pone una para una cosa así?

Creo que el único vestido que tengo es el disfraz de Miércoles Addams que llevé el año pasado en Halloween.

Me decido por un jersey de cuello alto gris y unos pantalones. Hace demasiado calor para eso. Pero es lo único serio y limpio que tengo.

Al sacarme la camisa por la cabeza, me vuelve a palpitar el chichón de la nuca, lo que me recuerda que Callum Griffin me ha empujado como a una muñeca de trapo. No parecía tan fuerte. Me gustaría verle enfrentarse a Dante o a Nero, cuando no vaya acompañado por su guardaespaldas.

Esto es lo que deberíamos hacer: decirles que queremos una reunión y tenderles una emboscada a esos hijos de puta. Callum no tuvo ningún problema en atacarnos en el muelle. Lo suyo sería devolverle el favor.

Me voy cabreando cada vez más según me visto, y prácticamente tiemblo por la tensión acumulada cuando subo al asiento trasero del Escalade de Dante.

—¿Dónde es la reunión?

—En el Brass Anchor —se limita a decir Dante—. Terreno neutral.

Solo tardamos unos minutos en llegar al restaurante de Eugenie Street. Ya es más de medianoche. El edificio está a oscuras y la cocina cerrada. Fergus Griffin está en la puerta con dos matones. Ha hecho bien en no traer a ese pedazo de mierda que le ha pisoteado la pierna a Sebastian.

No veo a Callum por ninguna parte. Parece que su papaíto le ha dejado en el banquillo de momento.

Esperamos en el todoterreno hasta que llega papá. Entonces bajamos los cuatro a la vez. Cuando Dante sale del asiento delantero, veo el bulto bajo su chaqueta que me demuestra que aún va armado. Bien. Seguro que Nero también.

Mientras caminamos hacia Fergus Griffin, él solo tiene ojos para mí. Me mira de arriba abajo como si estuviese analizando en una especie de gráfica mental cada pequeño detalle de mi aspecto y mi comportamiento. No se le ve impresionado.

A mí ni me molesta, porque me parece igual de frío, arrogante y falso que su hijo. Eso sí, me niego a dejar de mirarle yo a él, y le devuelvo la mirada con la misma tenacidad y sin una pizca de remordimiento.

—Así que esta es la pequeña pirómana —dice Fergus.

Podría decirle que fue un accidente, pero eso no es del todo cierto. Y no voy a pedirle perdón a esta panda de capullos.

En lugar de eso, digo:

—¿Dónde está Callum? ¿Se ha ahogado?

—Por suerte para ti, no.

Papá, Dante y Nero cierran filas a mi alrededor. Puede que estén muy enfadados conmigo por haberlos metido en este follón, pero no van a tolerar que me amenace nadie.

—A ella ni le hables —gruñe Dante.

—Querías una reunión. Pues venga, entremos y vayamos al grano —dice papá con un poco más de tacto.

Fergus asiente. Los primeros en pasar al restaurante son sus dos hombres, que se aseguran de que esté realmente vacío. El local es de Ellis Foster, un restaurador y corredor de bolsa que tiene conexiones tanto con los irlandeses como con nuestra familia. Por eso es terreno neutral.

Una vez que estamos todos dentro, Fergus le dice a mi padre:

—Creo que es mejor que hablemos a solas.

Papá asiente lentamente.

—Esperad aquí —nos dice a mis hermanos y a mí.

Papá y Fergus desaparecen en el interior de uno de los salones privados, aislado por puertas dobles de cristal. Veo sus siluetas mientras están sentados, pero no puedo distinguir qué expresiones tienen. Y no oigo nada de lo que dicen.

Dante y Nero cogen un par de sillas de la mesa más cercana. Los hombres de Fergus hacen lo mismo en una mesa situada a tres metros. Mis hermanos y yo nos sentamos en el mismo lado para poder controlar a los matones de Fergus mientras esperamos.

Eso nos mantiene ocupados unos diez minutos. Observar los caretos tan feos que tienen es aburrido. Esperar en general es aburrido. Me gustaría tomar algo en el bar, quizá incluso asomarme a la cocina a por un tentempié.

En cuanto empiezo a levantarme de mi asiento, Dante me dice sin mirarme siquiera:

—Ni se te ocurra.

—Tengo hambre.

Nero ha sacado su cuchillo y está jugando con él. Sabe hacer todo tipo de trucos. La hoja está tan afilada que, como cometa un error, se acabará cortando un dedo. A día de hoy, nunca se ha equivocado.

Puede parecer que intenta intimidar a los hombres de los Griffin, pero no es por ellos. Lo hace constantemente. Es patológico.

—No entiendo cómo puedes ser la que más come de todos nosotros —dice Nero sin levantar la vista del cuchillo.

—¡No es verdad!

—¿Cuántas veces has comido ya hoy? Di la verdad.

—Cuatro —miento.

—Y una mierda —se burla.

—A mí el tipo no me preocupa tanto como a ti.

Nero es muy vanidoso en lo que respecta a su aspecto. Y con razón: aunque todos mis hermanos son guapos, Nero tiene esa belleza de modelo masculino que hace que las bragas de las chicas empiecen a arder por combustión espontánea. No conozco a ninguna chica que no se haya acostado con él o que al menos no lo haya intentado.

Es un poco raro que yo sepa ese tipo de cosas de mi propio hermano, pero somos bastante abiertos entre nosotros. Eso es lo que pasa por vivir tanto tiempo en la misma casa, y sin que mamá esté para evitar que todos me traten como a un hermano pequeño más.

Y así es como me gusta. No tengo nada en contra de las feministas. Simplemente no quiero que me traten como a una chica. Quiero que me traten como a mí misma, para bien o para mal. Ni más ni menos. Como a Aida.

Aida, que se aburre como un oso panda.

Aida, que empieza a tener sueño.

Aida, que se arrepiente de corazón de haber cabreado a los Griffin, aunque solo sea porque voy a estar atrapada aquí hasta el fin de los tiempos, mientras Fergus y papá hablan y hablan y hablan…

Finalmente, casi tres horas después, los dos patriarcas salen del salón privado con caras largas de resignación.

—¿Y bien? —dice Dante.

—Decidido —responde papá.

Parece un juez dictando sentencia. No me gusta nada su tono ni la expresión de su cara. Me mira con pena.

Cuando salimos, le dice a Nero:

—Llévate mi coche. Yo me voy a casa con Aida.

Nero asiente y sube al Mercedes de papá. Dante se pone al lado del conductor del todoterreno. Papá sube detrás conmigo.

Esto no me gusta nada.

Me giro para mirarle, sin molestarme en ponerme el cinturón.

—¿Qué pasa? —le digo—. ¿Qué es lo que está decidido?

—Te vas a casar con Callum Griffin dentro de dos semanas —dice papá.

Es tan ridículo que me echo a reír, una especie de sonido maníaco que se pierde en el silencio del coche.

Papá me observa, con las arrugas de la cara marcadas. Sus ojos parecen completamente negros.

—No puedes hablar en serio.

—Claro que lo digo en serio. Esto no se discute. Lo hemos acordado con los Griffin.

—¡No me pienso casar! —grito—. Y menos aún con ese psicópata.

Miro hacia el asiento del conductor en busca del apoyo de Dante. Tiene la mirada fija en la carretera y las manos aferradas al volante.

Papá parece estar agotado.

—Esta enemistad dura ya demasiado tiempo. Es una brasa que arde lentamente y que acaba en llamas una y otra vez, reduciendo a cenizas todo aquello por lo que hemos trabajado. La última vez que hubo un enfrentamiento directo, tú perdiste a dos de tus tíos. Nuestra familia es más pequeña de lo que debería por culpa de los Griffin. Y lo mismo les pasa a ellos. Hay demasiadas pérdidas en ambos lados desde hace generaciones. Ha llegado el momento de que eso cambie y de que ocurra todo lo contrario. Prosperaremos juntos desde ahora.

—¿Y por qué tengo que casarme yo para que eso ocurra? —grito—. ¡Eso no ayudará en nada! Porque, en cuanto vea a ese cabrón, lo voy a matar.

—¡Harás lo que te digan! —me ladra mi padre. Su paciencia ha tocado a su fin. Son las tres de la mañana. Está cansado y parece mayor. En realidad, es mayor. Tenía cuarenta y ocho años cuando me tuvo. Ahora tiene casi setenta—. Te he malcriado. —Me mira fijamente con esos ojos negros como escarabajos que tiene—. He dejado que te comportaras como un potro salvaje. Nunca has tenido que afrontar las consecuencias de tus actos. Pero ahora sí lo vas a hacer. La cerilla que inició este incendio la encendiste tú; y tú serás la que lo apague. No con violencia, sino con tu propio sacrificio. Te casarás con Callum Griffin. Engendrarás los hijos de la próxima generación de nuestro linaje mutuo. Ese es el acuerdo. Y lo vas a cumplir.

Esto es una puta pesadilla.

¿Casarme?

¿Hijos?

¿Y todo eso además debo hacerlo con el hombre al que más odio de este planeta?

—¡Ha destrozado a Sebastian! —grito en un último esfuerzo por demostrarle lo repugnante que me resulta Callum Griffin.

—Y la culpa de eso es tanto de él como tuya —dice papá con frialdad.

No hay nada que yo pueda decir ante eso.

Porque, en el fondo, sé que es verdad.

6

CALLUM

Estoy sentado en el porche de atrás, viendo cómo el personal contratado limpia los restos de la fiesta. Llevan trabajando toda la noche. Mi madre insistió en que lo dejaran todo impoluto a la mayor brevedad, no fuese que alguno de nuestros vecinos viese un atisbo de desorden en nuestros terrenos cuando se fueran a trabajar por la mañana.

Mis hermanas ya se han ido a dormir: Nessa, sonrojada y feliz por la emoción de la noche, y Riona, enfurruñada porque me negué a decirle a dónde había ido nuestro padre.

Mi madre sigue despierta, supervisando las tareas de limpieza, pero, eso sí, sin tocar nada.

Cuando vuelve el coche blindado de mi padre, ella deja allí a los trabajadores y se reúne con nosotros en el despacho. Me siento como si últimamente llevara siglos en este sitio. Y no me gusta nada la expresión de la cara de mi padre.

—¿Y? —digo enseguida—. ¿A qué acuerdo habéis llegado?

Yo me espero que diga que hemos llegado a algún tipo de acuerdo financiero o a una tregua; quizá nos apoyen con el voto italiano en las elecciones a concejal a cambio de que les concedamos los permisos o la zonificación que quieran para sus próximos proyectos de construcción.

Cuando mi padre me cuenta al acuerdo al que han llegado de verdad, lo miro como si le hubiesen salido dos cabezas.

—Te vas a casar con Aida Gallo dentro de dos semanas.

—¿Con esa mocosa malcriada? —estallo—. Ni de coña.

—Ya está decidido.

Mi madre se adelanta, alarmada. Pone la mano en el brazo de mi padre.

—Fergus, ¿crees sinceramente que es lo mejor? Tendremos que mantener los lazos con los Gallo para siempre.

—De eso precisamente se trata.

—¡Son unos asquerosos gángsteres de mierda! —escupo—. No nos podemos permitir que asocien su nombre con el nuestro. Y menos ahora que se acercan las elecciones.

—Las elecciones van a ser el primer rédito de esta alianza. —Mi padre se quita las gafas y se las limpia con el pañuelo que guarda en el bolsillo del pecho—. Teniendo en cuenta que te las vas a ver con La Spata, no tienes asegurado el éxito al cien por cien. Los Gallo son la clave para el voto italiano. Si ya estás casado con Aida el día de las urnas, todos y cada uno de los italianos de este distrito votarán por ti. No dudarán en darle la espalda a La Spata.

—¡No la necesito a ella para ganar!

—No estés tan seguro. Eres demasiado confiado, Callum. Podría decirte que hasta arrogante. Si las elecciones fuesen hoy, el resultado estaría bastante en el aire. Siempre que se tenga la oportunidad, hay que asegurarse la victoria con antelación.

—Muy bien. —Estoy intentando mantener la calma—. Pero ¿y pasado este mes? ¿De verdad esperas que esté casado con ella para siempre?

—Sí, claro que lo espero —dice mi padre con seriedad—. Los Gallo son católicos, igual que nosotros. Te casarás con ella, le serás fiel y tendrás hijos con ella.

Sacudo la cabeza con incredulidad.

—Madre, seguro que tienes algo que decir sobre esto.

Ella se limita a observar una y otra vez la cara de mi padre y la mía. Luego se coloca un mechón de pelo rubio detrás de la oreja.

—Si ese es el trato, lo cumpliremos —suspira.

Debería haberlo sabido. Siempre está del lado de papá. Aun así, balbuceo:

—¿Q... qué? No puedes...

Me para con una sola mirada.

—Callum, ya es momento de que te conviertas en el hombre que dices ser. He visto cómo te dedicas a ir de flor en flor con esas chicas con las que sales, con esas modelos y *socialités*. Da la sensación de que eliges a propósito a las chicas más superficiales y con la cabeza más vacía.

Frunzo el ceño y cruzo los brazos sobre el pecho. Nunca le ha importado a nadie con quién saliera, siempre que hiciéramos buena pareja y no me avergonzaran en las fiestas. Como nunca he querido nada serio, tenía sentido ir con chicas que solo buscaran divertirse. Igual que yo.

—No sabía que debía encontrar una yegua de cría. Pensaba que querríais que acabara con la chica adecuada y que me enamorara como una persona normal.

—¿Eso es lo que te piensas que hicimos nosotros? —dice mi madre en voz baja.

Hago una pausa. En realidad, no tengo ni idea de cómo se conocieron mis padres. Nunca se lo he preguntado.

Ella mira a mi padre.

—Fergus y yo nos casamos por «conveniencia», si quieres llamarlo así. Más concretamente, nuestros padres, que eran mayores, más sabios y nos conocían mejor que nosotros mismos, concertaron la boda. Porque sabían que seríamos el compañero perfecto el uno para el otro, y porque era una alianza que beneficiaba a nuestras dos familias. Al principio no fue fácil, como es lógico.

Mis padres se miran entre ellos significativamente, con una expresión entre apesadumbrada y divertida.

—Pero, al final, esa boda fue lo que logró que nos convirtiéramos en las personas que somos hoy —dice mi padre.

Esto es una puta locura. Nunca había oído nada igual.

—¡Eso es completamente diferente! —les digo—. Vosotros procedéis de la misma cultura, del mismo entorno. Los Gallo son unos mafiosos de la vieja escuela, en el peor sentido de la palabra.

—Y eso también nos favorecerá de forma muy valiosa —dice mi padre sin rodeos—. A medida que nos hemos ido haciendo más ricos e influyentes, también hemos perdido ventaja. Tú eres mi único hijo varón. Tu madre perdió a sus dos hermanos varones. Hay muy pocos hombres en mi lado de la familia. A nivel físico, por así decirlo, solo tenemos lo que pagamos. Y nunca puedes estar seguro de que los pistoleros a sueldo te sean leales incondicionalmente. Siempre hay alguien dispuesto a pagar más. Desde que Zajac se hizo con el poder, los Braterstwo se están convirtiendo en una seria amenaza para nosotros. Y eso es algo a lo que no podemos hacer frente nosotros solos. Los italianos tienen el mismo problema. Si las dos familias están unidas, el Carnicero no se atreverá a atacarnos, ni a ellos ni a nosotros.

—Estupendo —digo—, pero ¿a mí quién me va a proteger de mi prometida? Esa chica es un animal salvaje. ¿Te la imaginas como esposa de un político? Dudo que sepa andar con tacones siquiera.

—Pues le enseñas tú —dice mi madre.

—Yo tampoco sé andar con tacones. ¿Cómo se supone que voy a enseñarle a ser una dama, madre?

—Es joven y maleable —dice mi padre—. La formarás y la moldearás para que se convierta en lo que necesita ser para estar a tu lado y en el mejor apoyo a tu carrera.

«¿Joven y maleable?». Dudo que mi padre haya visto bien a esa chica. Puede que sea joven. Pero tiene de maleable lo mismo que el hierro fundido.

—Qué reto tan emocionante —digo con los dientes apretados—. Me muero de ganas de empezar.

—Bien —dice mi padre—. Porque tendrás la primera oportunidad en vuestra fiesta de compromiso, la semana que viene.

«¿Fiesta de compromiso?». Esto es una puta broma. Acabo de enterarme de esto hace cinco minutos, y por lo visto ya están planeando hacerlo público.

—Tendrás que ponerte de acuerdo con Aida y decidir entre los dos la mejor tapadera. Algo así como que empezasteis a salir hace unos dieciocho meses. Que la cosa empezó a ir en serio el otoño pasado. Habíais planeado esperar hasta después de las elecciones para casaros, pero habéis decidido que no podéis esperar más —dice mi madre.

—Puede que lo mejor sea que escribas tú el comunicado de prensa, madre. Ya que te pones, podrías hacerme también los votos matrimoniales.

—No seas grosero —suelta mi padre.

—Ni se me ocurriría. Aunque dudo que pueda decirse lo mismo de mi futura esposa.

A lo mejor ese es el único lado bueno de toda esta locura de mierda: ver cómo mis padres lidian con esa gatita del demonio que van a traer a esta familia.

7

AIDA

Mis hermanos han puesto el grito en el cielo por el plan sin pies ni cabeza de mi padre.

Dante no dijo nada en el trayecto de vuelta a casa, pero después le oí discutir con papá durante horas, los dos encerrados a solas en el estudio.

No sirvió para nada, porque papá es terco como una mula. Una mula siciliana que solo come cardos y que te dará una patada en los dientes como te acerques demasiado. Cuando toma una decisión, ni las trompetas del Juicio Final le podrían hacer cambiar de opinión.

Sinceramente, ahora mismo el Armagedón me parece lo mejor que podría pasar frente a lo que realmente está a punto de ocurrir.

Al día siguiente de cerrar el trato, recibo un mensaje de Imogen Griffin para comentarme algo de la fiesta de compromiso del miércoles por la noche. ¡Una fiesta de compromiso! Como si hubiese algo que celebrar además de esta crónica de una muerte anunciada a cámara lenta.

También me envía un anillo en una caja.

Un puto espanto, claro. Es un diamante cuadrado inmenso incrustado en una alianza pomposa, gorda y brillante y que seguro que no pegará con nada. Lo guardo en su caja en la mesilla de noche porque no tengo la más mínima intención de ponérmelo antes de que sea absolutamente necesario.

Lo único bueno de este montón de mierda es que Sebastian al menos está un poco mejor. Han tenido que operarle para reconstruirle el ligamento cruzado anterior. Lo ha hecho el mejor traumatólogo de la ciudad, el mismo que le arregló la rodilla a Derrick Rose. Así que esperamos que se recupere pronto.

Y he estado yendo al hospital a verlo todos los días. Le he llevado todas sus chucherías favoritas —tarrinas de chocolate rellenas de mantequilla de cacahuete Reese's, tiras de queso y anacardos salados— y sus libros de la uni.

—¿Los has abierto alguna vez? —me burlo colocando los libros sobre su mesilla de noche.

—Una o dos veces —dice sonriendo desde la cama del hospital.

El diminuto pijama que le han dado le queda ridículamente enano en su gigantesco cuerpo, pues solo le llega a media pierna. Tiene la rodilla vendada apoyada en una almohada.

—No irás por ahí con eso, ¿verdad? —le pregunto.

—Solo cuando está de servicio la enfermera buenorra. —Me guiña un ojo.

—Qué horror.

—Será mejor que te vayas acostumbrando a todo el rollo romanticón. Estás a punto de convertirte en una inocente novia…

—Con eso no hagas coñas —digo bruscamente.

Seb me lanza una mirada comprensiva.

—¿Estás preocupada?

—¡No! —digo de inmediato, aunque es una mentira como la copa de un pino—. Son ellos los que deberían estar preocupados. Sobre todo, Callum. A la primera oportunidad que se me presente, lo voy a estrangular mientras duerma.

—No hagas ninguna tontería —me advierte Sebastian—. Esto va en serio, Aida. No es como aquel semestre que te pegaste en

España o las prácticas que hiciste en Pepsi. De esto no te puedes escaquear si no te gusta.

—Ya lo sé. Sé exactamente lo atrapada que voy a estar.

Sebastian frunce el ceño. Odia verme enfadada.

—¿Has hablado con papá? Quizá si se lo dices…

—Es inútil. Dante estuvo discutiendo con él toda la noche. No está dispuesto a escuchar nada de lo que yo le diga.

Miro la rodilla de Sebastian. La venda hace que parezca el doble de su tamaño normal. Y tiene magullado todo el muslo.

—De todos modos —digo en voz baja—, me lo he buscado yo solita. Papá tiene razón. Ahora lo tengo que arreglar yo.

—No te hagas la mártir solo porque me hayan jodido la pierna a mí. Que te cases con ese psicópata no va a solucionar nada.

—Bueno, igual a ti no se te arregla la rodilla, pero puede evitar que ocurra algo más.

El silencio entre nosotros pesa. Cuando Seb abandone el hospital, habrán cambiado muchas cosas. Para los dos.

—Siento mucho que… —empiezo a decir.

—Deja de disculparte, en serio. Para empezar, no fue culpa tuya.

—Sí que lo fue.

—¡No discutas! No, no fue así. Todos elegimos ir a la fiesta. Tú no hiciste que ese tonto del culo me pisoteara. Y segundo, aunque fuera culpa tuya, a mí me daría igual. Tengo dos rodillas, pero solo una hermana.

No puedo evitar resoplar ante eso.

—Qué bonito, Seb.

—Es verdad. Así que ven aquí.

Me acerco a la cama. Sebastian me da un abrazo de lado. Apoyo la barbilla en su pelo, que está más desordenado y rizado que nunca. Parece lana de cordero.

—Deja de castigarte. A mí no me pasará nada. Tú intenta llevarte bien con los Griffin. Empezar con ellos como si fueses a la guerra solo va a hacer que las cosas sean mucho más complicadas —dice Seb.

Sin embargo, es la única forma que conozco de hacerlo: con la cabeza gacha… y cubierta con una armadura. Yo siempre me enfrento a las cosas como si fuera a una batalla.

—Están preparando una fiesta de compromiso horrible para mañana por la noche…

—Ojalá pudiese ir —dice Sebastian con nostalgia—. Todos juntitos, obligados a vestirnos elegantemente y a ser amables los unos con los otros. Me encantaría verlo. Haz fotos para mí, al menos.

—No creo que esa pandilla de vampiros chupasangre sea visible en una foto.

Sebastian niega con la cabeza.

—¿Quieres agua o algo antes de que me vaya? —le pregunto.

—No. Pero, si está por ahí esa enfermera pelirroja espectacular, dile que estoy pálido y sudoroso y que probablemente necesite que me limpie con una esponja.

—No pienso hacerlo —le digo—. Y, además, doble «puaj».

—Por intentarlo, que no quede. —Y se reclina contra la almohada, apoyando la cabeza en los brazos.

En un visto y no visto, ha llegado el día de la puñetera fiesta de compromiso de los Griffin. Me da la sensación de que esta gente daría una fiesta hasta con la excusa de abrir un sobre. Qué panda de ridículos y ostentosos.

Se supone que debo comportarme y poner buena cara. Esta va a ser la primera prueba de que accedo a esto libremente.

Ojalá tuviese a alguien que me ayudara a arreglarme. Me ha encantado crecer solo con hermanos, pero en momentos como este no me vendría mal un poco de compañía femenina.

No me importaría que alguien me dijera que no parezco un sorbete medio derretido con este horrendo vestido. Es amarillo, con festones a lo largo del dobladillo. En el maniquí se veía bien, pero, ahora que me lo veo puesto en casa, parezco una niña pequeña vestida para el Domingo de Pascua. Solo me falta una cesta de paja colgada del brazo.

Papá asiente con la cabeza en señal de aprobación cuando lo ve.

—Muy bien.

Él lleva un traje. Dante, una camiseta negra y vaqueros, y Nero, una cazadora de cuero. Mis hermanos se niegan a arreglarse por principios. Una protesta silenciosa. Ojalá pudiese hacer yo lo mismo.

Vamos todos juntos en coche hasta Shoreside, donde organizan la fiesta los Griffin. El restaurante ya está hasta arriba de invitados. Reconozco a más gente de la que esperaba: nuestras familias tienen algunos círculos en común, y yo fui al mismo colegio que Nessa y Riona, aunque no coincidí con ninguna en el mismo curso porque en edad estoy entre las dos.

Me pregunto si Callum también estudió allí, pero aplasto ese pensamiento. No me importa adónde haya ido Callum. No siento la más mínima curiosidad por él.

La inminente boda no me parece que sea real en absoluto. Lo que sí tengo es la sensación de que el verdadero castigo son los preparativos, la pretensión de que esto vaya a suceder de verdad. Seguro que una de nuestras familias, o las dos, lo cancelará en el último momento cuando vean que hemos aprendido la lección.

Hasta que eso ocurra, solo tengo que sonreír y aguantar. Hacerme la buena y cooperar para que vean que el bofetón ha surtido efecto.

Lo único que me hace seguir adelante es que me divierte y me da morbo saber que Callum Griffin va a tener que fingir que está enamorado de mí esta noche, igual que yo voy a tener que hacer con él.

Solo que a mí me parece una broma. Pero tengo la impresión de que, para un cabrón engreído como él, esto va a ser una tortura en toda regla. Probablemente se pensaba que acabaría casándose con una perfecta y remilgada heredera de los Hilton o los Rockefeller. Pero, en vez de eso, a quien va a tener del brazo es a mí. Y deberá fingir que me adora, cuando en realidad lo que está deseando es retorcerme el cuello.

Claro que… esta podría ser la oportunidad perfecta para jugársela a base de bien. No podrá hacer nada delante de toda esta gente. Creo que voy a ver hasta dónde le puedo presionar antes de que se le caiga la careta.

Lo primero que necesito para aguantar este espectáculo de exhibición es algo que me refresque.

Me quito de encima a mi padre y a mis hermanos y me voy directamente al bar. Puede que Shoreside sea un poco esnob, pero tiene un rollo como de hotel divertido, y sus cócteles de verano son famosos. Sobre todo, el Kentucky Kiss: bourbon, limón, puré de fresas frescas y un chorrito de sirope de arce, servido sobre hielo y con una sombrillita de papel encima. Cuando lo pido, el camarero niega con la cabeza, apesadumbrado.

—Lo siento, nada de Kentucky Kiss hoy.

—¿Qué tal un daiquiri de fresa?

—Imposible. No podemos hacer nada con fresas.

—¿Han secuestrado el camión que venía de México?

—No. —Llena una coctelera de hielo y empieza a preparar un martini para otra persona, mientras yo ojeo la carta de bebidas—. Es solo para esta fiesta; supongo que el tío será alérgico.

—¿Qué tío?

—El que se casa.

Aparto la carta, llena de interés.

—¿Ah, sí?

—Sí, su madre montó un espectáculo con eso, diciendo que nada de fresas para nadie en todo el local. Como si alguien fuera a intentar esconderle una en la bebida.

«Bueno, igual ahora sí…».

—Qué interesante —digo—. Me tomaré uno de esos martinis.

Vierte el vodka frío en un vaso y me lo acerca.

—Quédate este. Ahora hago otro.

—Gracias. —Lo levanto con un movimiento de alegría.

Le dejo una propina de cinco dólares, porque me ha encantado averiguar que, mira tú por dónde, el robot político este tiene una debilidad. Kriptonita roja brillante. Otra cosa más con la que joderle.

Ese es mi plan, hasta que veo a Callum allí, en carne y hueso.

Sí que me recuerda a un vampiro. Delgado, pálido, con un traje oscuro, ojos de un azul inhumano, expresión aguda y muy desdeñosa a la vez. No debe de resultarle demasiado fácil tener que ser encantador para su trabajo. Me pregunto si observará a los humanos reales para intentar parecerse a ellos. Si es así, está fracasando estrepitosamente. A su alrededor, todos charlan y ríen, mientras él agarra su copa como si quisiera aplastarla en la mano. Tiene las manos grandes, los dedos largos y delgados.

Cuando me ve, por fin muestra alguna emoción: odio puro sin filtros ni aditivos. Sale de su cuerpo en línea recta hacia mí.

Me acerco a él, con toda mi jeta, para que le quede claro que a mí no me va a poder intimidar.

—Compórtate, «amor mío» —susurro—. Se supone que estamos celebrando nuestro compromiso y, sin embargo, parece como si fueses a ir al paredón.

—Aida Gallo —responde siseando—. Me alivia ver que al menos sabes lo que es arreglarse, aunque el resultado sea una basura.

Mantengo mi sonrisa inmutable, y no le dejo ver que eso sí me ha jodido un poco. No me había dado cuenta hasta que no me he acercado a él de lo alto que es, incluso con estos estúpidos tacones. Ojalá no me hubiese acercado tanto. Pero ahora no pienso moverme. Eso mostraría debilidad.

Y, de todos modos, gracias a mis hermanos estoy acostumbrada a tíos con aspecto aterrador. En realidad, Callum Griffin no tiene ni las cicatrices ni los nudillos siempre hinchados que dejan ver a qué se dedican mis hermanos. Sus manos están impolutas. No deja de ser un niño rico, al fin y al cabo. Que no se me olvide.

Fija la mirada en el vistoso anillo de mi mano izquierda. Esta noche es la primera vez que me lo pongo, y ya siento cómo me oprime. Odio lo que significa y odio que llame la atención. Los labios de Callum palidecen tanto del susto que casi se vuelven invisibles cuando lo ve. Es como si le hubiesen entrado náuseas.

Genial. Yo también me alegro de que el anillo le suponga a él la misma tortura que a mí.

Sin previo aviso, Callum me rodea la cintura con el brazo y me acerca a él de un tirón. Es tan repentino e inesperado que casi me aparto y le planto una bofetada, porque pienso que me está atacando. Pero justo entonces aparece corriendo una rubita escandalosa, y yo me doy cuenta de su juego.

Debe medir como uno sesenta y lleva un vestido de verano rosa con un pañuelo de seda a juego alrededor del cuello. La acompaña un hombre con barba que porta un gran bolso de Hermès; entiendo que no es suyo, porque no le hace juego con el polo.

—¡Cal! —grita ella al tiempo que le coge de los brazos y se pone de puntillas para darle un beso en la mejilla.

Todo esto es normal en Shoreside. Lo que me asombra es cómo reacciona Callum.

Su fría expresión se transforma en una sonrisa encantadora.

—¡Ahí están mis recién casados favoritos! —dice—. ¿Tenéis algún consejo para nosotros ahora que estáis al otro lado?

Es alucinante cómo se planta en un segundo la máscara de político en su atractivo rostro. Parece totalmente natural, salvo por la rigidez de su sonrisa. No tenía ni idea de que se le diera tan bien.

Supongo que tiene sentido, pero me resulta inquietante la facilidad con que ha pasado a ser así de alegre y encantador. Nunca había visto nada igual.

La mujer se ríe, y apoya ligeramente la mano con manicura perfecta en el brazo de Callum. Le veo el anillo de compromiso. Tiene una piedra tan gigante que casi le inclina la mano hacia un lado. Madre mía, creo que acabo de encontrar el iceberg que hundió el Titanic.

—¡Ay, Cal! —dice con una carcajada—. Solo llevamos un mes, así que, hasta ahora, ¡lo único que he aprendido es que no hay que poner la lista de bodas en Kneen and Co.! No sabes la pesadilla que ha sido intentar devolver las cosas que no queríamos. Pedí la vajilla personalizada Marie Daage Aloe, pero me arrepentí al segundo en cuanto vi el nuevo diseño de primavera. Claro que eso a ti ni te va ni te viene, porque probablemente se lo dejarás todo a tu prometida.

Ahora me mira a mí. Veo una diminuta arruga que lucha por aparecer entre sus cejas, tratando valientemente de abrirse paso entre la gran cantidad de bótox que intenta alisarla de nuevo.

—Creo que no nos conocemos. Soy Christina Huntley-Hart. Este es mi marido, Geoffrey Hart.

Me tiende una mano flácida y la deja suspendida en el aire. Tengo que luchar contra el impulso de inclinarme y besarla con gran pompa, como un conde en una película antigua. En lugar de eso, le doy un extraño apretón lateral, antes de soltarla lo más rápidamente posible.

—Aida —respondo.

—¿Aida...?

—Aida Gallo —termina Callum.

Esa línea de la frente está a punto de aparecer de nuevo.

—Creo que no conozco a los Gallo... ¿Sois socios del Club de Campo de North Shore?

—¡No! —respondo con el mismo tono de voz falso—. ¿Crees que deberíamos apuntarnos? Me temo que mi tenis se ha resentido mucho...

Se me queda mirando como si tuviese la ligera sospecha de que me estoy burlando de ella, pero no pudiese creer que algo así sea cierto.

Callum me aprieta la cintura hasta hacerme daño. Me cuesta reprimir una mueca de dolor.

—A Aida le encanta el tenis. Es muy deportista.

—Cal, ¿recuerdas cuando jugamos juntos en Florencia? Fuiste mi mejor pareja de dobles en aquel viaje —sonríe insegura Christina.

Es curioso. Me importa una mierda que Christina como-coño-se-llame-Hart quiera ligar con Callum. Por lo que sé, podrían haber follado la semana pasada. Pero me parece una puta falta de respeto que lo haga delante de mis narices.

Miro al pobre Geoffrey Hart para ver qué piensa al respecto. Hasta ahora no ha dicho ni una palabra. Tiene los ojos puestos en el televisor de la barra, que está retransmitiendo los mejores momentos del partido de los Cubs. Sujeta el bolso de Christina con las dos manos y, por la expresión de su cara, se diría que estos primeros treinta días de matrimonio han sido los más largos de su vida.

—Oye, Geoff —le digo—, ¿a ti también te dejaron jugar o solo llevaste las raquetas?

Geoffrey suelta un pequeño bufido.

—A ese viaje en concreto no fui.

—Qué pena. Te perdiste a Cal marcar con Christina.

Christina sí que está cabreada ahora. Entrecierra los ojos y abre mucho las aletas de la nariz.

—Bueno —dice inexpresiva—. Felicidades de nuevo. Veo que has conseguido un buen partido, Cal.

En cuanto se aleja con Geoffrey pisándole los talones, Callum me suelta la cintura. Me agarra del brazo y me clava los dedos en la carne.

—¿Qué cojones crees que estás haciendo?

—¿Son esos tus amigos de verdad? Debería haberse comprado uno de esos perritos para el bolso. Geoff es un accesorio incómodo…

—A ver si maduras. —Callum sacude la cabeza, enfadado—. Los Huntley me organizaron una recaudación de fondos inmensa el año pasado. Conozco a Christina desde primaria.

—¿La conoces o te la follas? Porque, si aún no lo has hecho, será mejor que te pongas a ello, antes de que empiece a perseguirte en público como si estuviera en celo.

—Por el amor de Dios. —Callum se aprieta los dedos contra el puente de la nariz—. No me lo puedo creer. Estoy a punto de casarme con una niñata. Y no con una niñata cualquiera, sino con un engendro del infierno, una especie de Chucky mezclado con *Los niños del maíz*...

Intento apartarle el brazo, pero me clava los dedos con más fuerza. Si quiero soltarme, voy a tener que liarla gorda, y aún no estoy lista para que todo esto estalle por los aires.

Así que, en lugar de eso, le hago una señal al camarero más cercano y cojo una copa de champán de su bandeja. Bebo un sorbito antes de decirle a Callum, en voz baja y con mucha calma:

—Como no me sueltes, te tiro esta copa a la cara.

Me suelta, más pálido que nunca por la ira.

Se inclina hacia mi rostro.

—¿Crees que eres la única que puede joderme los planes? No olvides que te vas a mudar a mi casa. Puedo hacer que tu vida sea una auténtica pesadilla desde que te levantes por la mañana hasta que te permita volver a recostar la cabeza por la noche. No creo que quieras empezar una guerra contra mí.

La mano me tiembla de las ganas que tengo de tirarle el champán a la cara para demostrarle exactamente lo que opino de eso.

Consigo contenerme. A duras penas. Me limito a sonreírle.

—En medio del caos, también hay oportunidades.

Callum me mira sin comprender.

—¿De qué..., de qué coño estás hablando? ¿Significa eso que vas a intentar sacar lo bueno de esta mierda?

—Claro. ¿Qué más puedo hacer?

En realidad, es una cita de *El arte de la guerra*. Aquí hay otra que me encanta:

> «Que tus planes sean oscuros e impenetrables como la noche, y que, cuando te muevas, caigan como un rayo».

8

CALLUM

Tras ese primer conato de mala leche, Aida se calma y empieza a comportarse. O al menos lo intenta. Sonríe y charla con razonable civismo ante el flujo de invitados que se acercan a felicitarnos.

Es la hostia de incómodo tenerle que explicar a amigos y familiares que estoy a punto de casarme con una chica de la que ni siquiera han oído hablar, y que mucho menos conocen. No dejo de repetir: «Lo hemos mantenido en secreto. Era algo romántico, solo de los dos. Pero ahora ya no podemos esperar más; queremos casarnos». Veo cómo más de uno echa un vistazo al vientre de Aida para ver si hay alguna razón adicional para que tengamos tanta prisa.

Aida pone fin a esos rumores bebiéndose su peso en champán. Cuando coge otra copa, se la quito de la mano y me la bebo yo de un trago.

—Ya has bebido suficiente.

—Yo decido cuándo he bebido suficiente —dice obstinadamente—. Hace falta algo más que un poco de este *ginger-ale* de medio pelo para emborracharme.

Ya se la ve menos estable con esos tacones que lleva. Tampoco es que fuese demasiado estable para empezar.

Por lo menos se ha puesto un vestido, aunque el que ha elegido parece barato y un poco brillibrilli. ¿Qué le pasa a esta gente? ¿No tienen dinero para comprarse ropa en condiciones o qué?

Sus hermanos tienen pinta de matones. Uno lleva una puta camiseta y vaqueros, y el otro va vestido como James Dean. Dante merodea por la estancia como si fuera a estallar una bomba en cualquier momento, y Nero habla con la camarera como si tuviese intención de llevársela arriba. Quizá lo haga, el muy ruin. Estoy bastante seguro de que se folló a Nora Albright en mi casa.

Al menos Enzo Gallo va ataviado acorde a la ocasión, con los modales adecuados. Aquí tiene pinta de conocer a casi tanta gente como yo. Y no a los nuevos ricos de la alta sociedad, sino a cualquiera que tenga conexión de verdad con el viejo Chicago. Le estrechan la mano con respeto. Puede que mi padre no se equivocara del todo sobre las ventajas de esta unión.

Mis padres vienen a vernos y los acompaña Madeline Breck. Madeline tiene casi setenta años, es negra, con el pelo canoso muy cortito, y lleva un traje sencillo y zapatos apropiados. Tiene un rostro tranquilo e inteligente. Cualquier idiota pensaría que es una dulce abuelita, pero en realidad es una de las personas más poderosas de Chicago.

Como presidenta de la Junta de Comisionados del Condado de Cook, controla el presupuesto de proyectos muy importantes financiados con fondos públicos, desde parques hasta infraestructuras. También ejerce un férreo control sobre los demócratas liberales de Chicago. Sin parecer que se inmiscuye lo más mínimo, consigue que se nombre a quien ella quiere para los puestos clave, como los de tesorero municipal o fiscal del estado.

Es astuta y sutil… y alguien a quien no quiero cabrear en absoluto. Así que casi me pone malo la idea de que Aida diga algo horrible delante de ella.

Cuando se acerca, le siseo a Aida:

—Compórtate. Es Madeline…

—Ya sé quién es —interrumpe ella poniendo los ojos en blanco.

—Madeline —dice mi padre—, ya conoces a nuestro hijo, Callum. Dentro de unas semanas se presentará a concejal del distrito 43.

—Excelente —dice Madeline—. Ya era hora de que hubiese alguien con visión de futuro.

—¿Qué tipo de visión espera usted? —le pregunto—. ¿Quizá alguien que pueda mantener Lincoln Park de una sola pieza?

Ella sonríe.

—¿Quién te ha dicho que estoy en contra de la recalificación?

—Un pajarito. Si llego a concejal, no pienso permitir que dividan Lincoln Park y se lo repartan. Por suerte, soy amigo personal del jefe del comité de normas.

—Jeremy Ross es testarudo —dice Madeline mirándome por encima de sus gafas como si pensara que en realidad no tengo ninguna influencia sobre él.

—Sí que es testarudo, sí, pero me debe un favor. Y no pequeño.

—Bueno, yo solo quiero lo mejor para el barrio —dice ella magnánimamente.

—Por supuesto. Yo pienso exactamente lo mismo. Lincoln Park tiene historia. No podemos permitir que se lo vendan a otros distritos que no lo contemplan entre sus prioridades.

—Así me gusta —dice, dándome una palmadita en el brazo—. Encantada de conocerte, querida —le dice a Aida antes de marcharse.

No tengo muy claro por qué nuestra conversación ha terminado de manera tan brusca. Estoy bastante seguro de que los dos queremos lo mismo.

Aida le da otro trago a una copa que ha mangado de algún sitio.

—Supongo que sabes que a ella Lincoln Park le importa una mierda.

Mi padre gira la cabeza.

—¿De qué estás hablando?

—Recibe sobornos por el servicio de basuras de los distritos 44 y 32 —dice Aida, como si fuera obvio—. Si a eso le añades la mitad de Lincoln Park, duplicas el valor. Madeline solo se opone en público a la recalificación porque no es una medida muy popular.

Mis padres se miran entre ellos.

—Será mejor que hable con Marty Rico —dice mi madre.

Mientras se marchan por separado para confirmarlo, Aida se ríe por lo bajini.

—¿Cómo lo sabías? —le pregunto.

—Vaya, va a ser que los Griffin no están tan bien conectados después de todo —dice—. Supongo que nadie hablaba de ello en el Club de Campo de North Shore.

—Si tan lista eres, ¿cómo conseguirías que entrara en razón? —exijo.

—¿Y por qué te lo tendría que decir a ti? —responde.

Me observa con los ojos grises entornados mientras le da otro sorbo a su bebida. Cuando hace eso, parece astuta y maliciosa, como una especie de gato salvaje en lo alto de las ramas, a punto de dejarse caer sobre mi cabeza.

—Bueno —le contesto—, dentro de una semana, todo lo mío será tuyo. Y eso incluye mis éxitos… y mis fracasos. Tooodo caerá también sobre tus hombros. Así que lo sensato sería que me ayudaras.

Deja el vaso vacío en la maceta más cercana con las mejillas coloradas.

—¿Tú te crees que voy a ser una mujercita inocente siempre a tu lado, esforzándome por ayudar a lanzar tu brillante y reluciente estrella?

—No necesito tu ayuda —le digo—, pero, si vamos a tener que aguantarnos el uno al otro, más vale que trabajemos juntos.

—¡No soy tu accesorio! —dice cabreada.

—Ah, ¿es que tienes algo mejor que hacer con tu tiempo? Por lo que sé, no haces una mierda en el negocio de tu propia familia. Solo te dedicas a hacer el gilipollas de flor en flor asistiendo a algunas clases en Loyola. ¿A ti te importa algo aparte de colarte en las fiestas de los demás?

Se me queda mirando fijamente, muy enfadada y, por primera vez, callada.

—No tengo por qué darte explicaciones —murmura al fin.

Una réplica débil comparada con las que suele brindar. Debo de haberle tocado la fibra sensible. Así que la presiono un poco más.

—No creo que tengas demasiado que decir.

Está temblando de rabia. Aida tiene muy mala leche. No debería pincharla así, y menos en un lugar público, porque, como se le vaya la olla, yo tengo mucho más que perder que ella.

Me sorprende tomando aire y cuadrando los hombros antes de soltarme:

—Estás intentando provocarme. Te diré la respuesta porque no importa, y de todos modos no podrás hacer nada al respecto. A Madeline Breck lo único que le importa es ganar dinero. Y punto. Ella saca tajada de cien negocios diferentes de servicios públicos y construcción. Pero si hay algo que le saca de quicio es que la policía vaya por ahí disparando a la gente. Si la convences de que harás algo de verdad en ese sentido, puede que te la ganes. Pero no puedes convencerla de nada, porque entonces perderás el apoyo del sindicato de la policía y probablemente también el de los bomberos.

No es… la peor idea del mundo. Probablemente lo que dice Aida es cierto. Pero también tiene razón en que sería difícil impresionar a Madeline sin cabrear al sindicato de la policía.

—En realidad, eso es bastante astuto.

—¡Oh, gracias! Qué honor.

Y, justo cuando está poniendo los ojos en blanco otra vez, Aida se da cuenta de que alguien viene hacia nosotros. Se da la vuelta como si fuera a esconderse, a pesar de que la fiesta es en nuestro honor y ella va vestida con la sutileza de un girasol.

Oliver Castle se acerca con las manos metidas en los bolsillos y una sonrisa estúpida en la cara. Lo conozco desde la universidad. Nunca me ha gustado. Fue la estrella del equipo de fútbol y, por lo que se ve, sigue comiendo como si aún lo fuera, a pesar de que ahora trabaja en la empresa de inversiones de su padre. Tiene un cuerpo grande y fornido que empieza a ablandarse, aunque sigue pareciendo fuerte. Está muy moreno, lo más seguro que por algún viaje reciente que, sin duda, me narrará con pelos y señales.

Según se acerca, veo cómo mantiene la atención exclusivamente en Aida.

—No me lo podía creer cuando me enteré —le dice.

—Hola, Ollie —dice ella girándose sin entusiasmo para saludarlo.

«¿Ollie?».

—Estoy dolido, Aida. ¿Te comprometes y ni siquiera me llamas para decírmelo?

—¿Y por qué iba a llamarte? —dice rotundamente—. Llevo tres meses ignorando tus mensajes y llamadas. Cuando intentas adiestrar a un perro, no puedes darle ni una mísera golosina, o seguirá ladrando y baboseando toda la eternidad.

Supongo que Oliver se habrá ofendido, pero se limita a sonreír y a acercarse cada vez más a Aida, hasta que se pone frente a ella. Le saca la cabeza. Me cabrea lo cerca que está y que aún no me haya reconocido.

—Esa es la Aida que me gusta —dice Oliver—. Nunca cambies, Aida.

—No sabía que os conocíais —intervengo.

—Oh, nos conocemos desde hace mucho tiempo —balbucea Oliver, sin dejar de mirarla.

Me coloco entre los dos, y le corto parte de la vista.

—Bueno, supongo que nos veremos en la boda —digo, sin molestarme en ocultar el cabreo en mi voz.

—Supongo que sí. —Oliver me dedica al fin una mirada—. Es curioso, nunca os imaginé juntos. Aida es tan salvaje... que no pensé que dejaría que una «celebridad» le pusiera un anillo en el dedo.

—Que tú no lo hayas conseguido no significa que nadie más pueda —gruño.

—Por muy emocionante que sea esto, creo que voy a ir a comer algo —interrumpe Aida.

Me empuja y nos deja solos.

Sin ella, la tensión se disipa. Descubro que solo el hecho de hablar con Oliver me ha puesto de mala leche. Pero más me ha cabreado enterarme de que al parecer estaba liado con mi falsa prometida. ¿Por qué tendría que importarme con quién saliera Aida antes? Podría haberse tirado a toda la alineación titular de los Bears si le hubiese dado la gana. Nuestro acuerdo es un negocio, nada más.

Aun así, me enfado cuando Oliver dice:

—Buena suerte, Griffin. Es una joyita.

—Dudo que sepas una puta mierda lo que es o deja de ser —digo bruscamente.

Oliver levanta las manos en señal de disculpa.

—Claro, claro. Seguro que lo tienes todo controlado —responde, dedicándome una sonrisa perversa, como si estuviese impaciente por ver cómo va a joderme la vida Aida. Por desgracia, me da que puede tener razón.

Voy a buscar a Riona, que seguro que ella tiene la primicia de todo esto.

—¿Conoces a Oliver Castle? —le pregunto.

—Sí.

Se echa hacia atrás un mechón de su pelo rojo brillante. Tiene el teléfono en la mano, para consultar los correos electrónicos del trabajo en los intervalos en los que no puede atender sus responsabilidades sociales. Riona se licenció en Derecho, sobre todo para demostrar que podía. Ahora trabaja para el bufete que gestiona todos nuestros intereses empresariales.

—¿Castle salía con Aida?

Riona levanta las cejas. Son tan rojas como su pelo.

—Sí —dice como si le hubiese preguntado si el sushi está hecho de arroz—. Salieron juntos más de un año. Él estaba obsesionado con ella. Pero completamente loco hasta el ridículo. Casi ni trabajaba, la perseguía a todas partes... Ella se fue a Malta de vacaciones, y él abandonó su trabajo en medio de una gran adquisición. Su padre estaba que trinaba.

—¿Y qué pasó?

—Que lo dejó sin más. Nadie lo entendió. Oliver es hijo único, va a heredar Keystone Capital. Además, es guapo, bastante encantador... Pasó de él y no le dijo a nadie el porqué.

—Pues para empezar, porque es un puto imbécil.

Riona me mira fijamente.

—¿Eso son celos? —dice incrédula.

—No. —Frunzo el ceño—. Es que no me gusta enterarme de que mi prometida estuvo liada con este orangután. ¡Ese es el problema de casarse con una maldita desconocida!

—Baja la voz —dice Riona fríamente—. A ninguno de los tres le gusta esto, pero como, por lo visto, nuestros padres se han vuelto locos tenemos que sacar lo mejor de la situación.

Al menos Riona está de mi lado.

Es una pena que mi padre siempre trate de enfrentarnos, porque yo la respeto mucho. Es disciplinada, trabajadora e inteligente. Pero siempre está como al acecho, esperando a que yo fracase para ocupar mi lugar.

Pues bien, eso no va a pasar. Voy a dejar este tema apartado. Me la suda con cuántos niños ricos de papá haya salido Aida antes de mí.

—Escucha —le digo a Riona—. Tengo que quedar bien con Madeline Breck. ¿Puedes llegar a algún tipo de acuerdo con Callahan?

Le explico todo a mi hermana.

William Callahan es el jefe de policía de mi distrito. Sería mejor si pudiese tener el apoyo del superintendente de toda la ciudad, pero al menos es un comienzo. Para demostrarle a Madeline Breck que tengo influencia con la policía.

Riona escucha muy escéptica.

—Callahan no se vende así como así.

—Inténtalo, al menos.

Ella asiente, decidida. Es la perfeccionista que hay en ella. Es incapaz de decir que no a algo que le piden.

Se marcha para volver a hablar con Callahan, y Dante Gallo viene a sustituirla. Tiene una de esas caras que siempre parecen estar sin afeitar, con una sombra oscura alrededor de los labios y de la mandíbula. Todo en él parece despiadado y primigenio, tanto en la cara como en el cuerpo. Está encorvado y a la defensiva, como un luchador. Pero no me intimida; a mí nadie me intimida. Aunque, si tuviese que enfrentarme a uno de los hermanos de Aida, no me gustaría que fuese Dante.

Ya sé para qué ha venido a hablar conmigo.

Efectivamente, Dante me mira a los ojos y me dice:

—Puede que mi padre os entregue a Aida, pero no penséis ni por un segundo que nos olvidamos de ella. Es mi hermana pequeña. Si le pones un dedo encima de un modo que no le guste…

Le corto al segundo.

—Ahórratelo. No tengo intención de abusar de Aida.

—Bien —gruñe.

Pero entonces soy yo quien da un paso más hacia él.

—Y ahora deja que te diga una cosa yo a ti. Cuando pronuncie sus votos, se convertirá en mi esposa. Me pertenecerá a mí. Lo que le ocurra ya no será asunto vuestro. Responderá ante mí. Y, si entre nosotros dos pasa algo, será asunto mío, no tuyo.

Dante encorva los hombros todavía más. Aprieta los puños del tamaño de pomelos.

—Ella siempre será asunto mío —gruñe.

—No sé qué te preocupa. Estoy bastante seguro de que puede cuidarse ella solita.

Dante frunce el ceño.

—Claro que puede, pero eso no significa que sea irrompible.

Miro al otro lado de la sala, donde Aida está hablando con Nero, que al parecer que no ha logrado ligar con la camarera. Aida parece estar riéndose de él por eso. Mientras la miro, echa la cabeza hacia atrás y se ríe tan alto que puedo oírla hasta aquí. Nero frunce el ceño y le da un fuerte puñetazo en el hombro, lo que solo hace que Aida se ría con más fuerza todavía.

—Va a estar bien —le digo a Dante.

—Trátala con respeto —dice amenazadoramente.

—Tú ocúpate de tu propia parte de la familia —digo con frialdad—. Si vamos a tener que estar atados, panda de salvajes, deberéis aprender a comportaros de forma civilizada. Mataré hasta el último de vosotros antes de dejar que nos arrastréis.

—Siempre que nos entendamos, no pasará nada. —Dante se da la vuelta y se aleja pisando con fuerza.

Miro a mi alrededor en busca de otra bebida.

En la última semana, he tenido hermanos Gallo para toda mi vida. Y eso que esta nueva relación «entrañable» nuestra no ha hecho más que empezar.

Dante se puede meter por el culo su numerito de hermano mayor protector.

¿Se piensa que Aida tiene algún lado vulnerable?

Lo dudo bastante

Es un animal, igual que sus hermanos.

Lo que significa que hay que doblegarla.

Oliver no fue capaz de domarla. Ella se lo comió con patatas. Lo dejó en ridículo públicamente. Pues a mí eso no me lo va a hacer. Si Aida es una roca, entonces yo soy el puto océano. Y voy a golpearla, una y otra vez, y la desgastaré guijarro a guijarro. Hasta que la haya destrozado y me la haya tragado entera.

9

AIDA

La semana siguiente se malgasta por completo con la estúpida planificación de la boda. Imogen Griffin se encarga de casi todo, porque los Griffin son unos maniáticos del control, y a mi familia se la suda cómo sea la boda. Aun así, Imogen me viene a preguntar qué me parece la disposición de los asientos, las flores y los menús, como si a mí me importara algo de todo eso.

Pasar tiempo con la familia de Callum es extraño. Cada vez que me quedo a solas con ellos, soy incapaz de quitarme de encima la sensación de que se me van a echar encima. Sin embargo, entre nosotros hay una especie de ficción en la que ellos fingen que todo esto es de verdad, y en la que se supone que yo debo seguirles la corriente como si fuera una futura novia inocente y cándida.

No le pillo del todo el punto a Imogen. Desde fuera, parece la típica mujer adinerada de la alta sociedad: rubia, perfectamente peinada, con un tono de voz siempre culto. Pero también me he dado cuenta de lo inteligente que es y sospecho que está mucho más involucrada en los negocios de los Griffin de lo que parece.

Como se ha preparado con tan poca antelación, será una boda pequeña. Pero aun así Imogen insiste en que necesito un vestido adecuado. Y de ahí que esté ahora mismo en Bella Bianca, probándome vestidos de novia delante de Nessa, Riona y ella.

No tengo mujeres en mi familia a las que invitar, aunque, si las tuviera, tampoco me gustaría involucrarlas en esta farsa.

Nessa es la que parece más emocionada. Va sacando un vestido tras otro para que me los pruebe, y luego aplaude y chilla cuando me los ve puestos. Con todos. Que, por cierto, no hay ninguno que no sea o vestido de princesa abullonado o vestido de gala. Son todos exagerados y ridículos, como un dibujo animado adaptado a la vida real. La mitad de las veces, me pierdo entre tanto tul. Nessa tiene que ir sorteando capas y darle la vuelta a todo para poderme subir la cremallera.

Aunque odio cada vestido, no puedo evitar reírme de la energía contagiosa de Nessa. Es tan dulce, con esos ojos verdes inmensos y esas mejillas rosadas.

—¿Por qué no te pruebas alguno tú también? —le pregunto.

—Ay, no. —Sacude la cabeza y se ruboriza lo suficiente como para ocultar sus pecas—. No podría.

—¿Por qué no? Hay un millón de vestidos. Iremos mucho más rápido si me ayudas.

—Bueno…

Como veo que se muere de ganas, le planto uno de los vestidos más abullonados en los brazos.

—Venga, veámoslo.

Nessa va a cambiarse. Yo suspiro resignada y me pongo el vestido número sesenta y siete. Pesa unos cincuenta kilos y tiene una cola más larga que el de la princesa Diana.

Nessa emerge del cambiador como la bailarina que es, con ese esbelto cuello que tiene surgiendo del corpiño del vestido y la falda tan abullonada como un tutú.

—¿Qué te parece? —dice girando sobre la tarima elevada. Ahora parece una de esas bailarinas de las cajas de música.

—Creo que eres tú quien debería casarse. Te queda mucho mejor.

Extiendo las manos para que bailemos juntas. Nuestras faldas son tan grandes que tenemos que inclinarnos mucho para llegar la una a la otra. Nessa se cae de la tarima, aterrizando ilesa en el enorme colchón de su propia falda. Las dos nos echamos a reír.

Riona nos observa, sin sonreír.

—Daos prisa. No tengo todo el día para dedicarme a esto.

—Pues elige tú uno —le ladro—. Me importa una mierda el vestido que me ponga.

—Es tu vestido de novia —dice Imogen, con su habitual tono de voz tranquilo y culto—. Tiene que hablarte. Tienes que sentirlo. Algún día podrás pasárselo a tu propia hija.

Se me revuelve el estómago. Se refiere a una hija imaginaria que se supone que tendré con Callum Griffin. La idea de deambular por ahí embarazada de él hace que me quiera arrancar la falda y salir corriendo de la tienda. Este lugar está tan lleno de tul blanco, pedrería, lentejuelas y encaje que apenas puedo respirar.

—La verdad es que me da igual. —Me aprieto la mano contra un costado—. No me gustan tanto los vestidos. O la ropa en general.

—Eso es evidente —dice Riona con acritud.

—Sí —replico—, yo no me visto como la Barbie de negocios. Por cierto, ¿qué tal te va? ¿Te deja tu padre tomar notas durante sus reuniones, o te limitas a quedarte ahí plantada y ponerte guapa?

A Riona se le enrojece tanto la cara como el pelo.

Imogen interrumpe antes de que Riona pueda replicar.

—Quizá prefieras algo un poco más sencillo, Aida. —Hace un gesto a la dependienta y le pide varios vestidos por número y nombre de diseñador. Es evidente que ha hecho trabajo de campo antes de venir. No me importa lo que haya elegido. Solo quiero que esto acabe. Nunca me había subido tantas cremalleras en mi vida.

No sé qué fue del vestido de mi madre. Pero sé cómo era: tengo una foto de ella el día de su boda. Está sentada en una góndola en Venecia, justo en la proa del bote, con la larga cola de encaje colgando por el borde y casi tocando el agua verde clara. Mira directamente a la cámara, altiva y elegante.

En realidad, uno de los vestidos que eligió Imogen se parece un poco al de mi madre: mangas casquillo que salen de los hombros, un corpiño ajustado con escote corazón. Encaje a la antigua, pero nada abombado. Solo líneas simples y suaves.

—Me gusta este —digo titubeando.

Imogen está de acuerdo.

—Ese blanco roto te sienta muy bien.

—Estás impresionante —dice Nessa.

Ni siquiera Riona tiene nada despectivo que decir. Se limita a levantar la barbilla y asentir.

—¡Pues ya estaría! —digo.

La dependienta se lleva el vestido, consternada porque no tenemos tiempo de arreglarlo antes de la boda.

—Me queda bien —le aseguro.

—Sí, pero si le entraras solo un poco el busto…

—Me da igual. —Se lo pongo en los brazos—. Está bien así.

—Ya he contratado a unas chicas que vendrán a peinarte y maquillarte la mañana de la boda —me dice Imogen.

Me parece bastante más de lo necesario, pero me obligo a sonreír y asentir. No merece la pena discutir por esto. Seguro que ya habrá muchas más cosas por las que pelearse más adelante.

—Callum te ha reservado también un día en el spa antes de la boda —dice Imogen.

—De verdad que no hace falta.

—¡Claro que sí! Seguro que quieres relajarte y que te mimen.

No me gusta relajarme ni que me mimen.

Estoy segura de que así es como Imogen Griffin se sale con la suya: diciéndote cómo va a ser tu vida con un tono suave y una sonrisa educada en la cara, actuando como si oponer resistencia fuera el colmo de la grosería, para que te dé vergüenza no seguirle la corriente.

—Estoy ocupada —le digo.

—La reserva ya está hecha. Enviaré un coche a las nueve para que te recoja.

Estoy a punto de decir que no pienso ir, pero me obligo a respirar hondo y a tragarme la rebeldía que me sale por instinto. Es solo un día en el spa.

A su manera, prepotente y remilgada, intentan ser amables.

—Gracias —digo con los dientes apretados.

Imogen me dedica una sonrisa resuelta.

—Serás la novia perfecta —afirma.

Suena más como una amenaza que como un cumplido.

Cada día pasa más rápido que el anterior. Cuando faltaban dos semanas para la boda, me parecía una eternidad. Como si pudiese ocurrir cualquier cosa por la que pudiese cancelarse.

Pero solo faltan tres días. Luego dos. Luego ya es mañana, y estoy esperando en el exterior de casa a que el estúpido coche de Imogen me recoja para llevarme a un día de spa que ni quiero ni necesito.

Quieren quitarme toda la mugre, exfoliarme y limar todas mis asperezas, convertirme en una esposa suave y amable para el vástago de su familia. El gran Callum Griffin.

Él es su JFK, y yo debo ser su Jackie Kennedy. En estos momentos, preferiría ser Lee Harvey Oswald.

Aun así, me trago el cabreo y dejo que el conductor me lleve a un elegante spa de Walton Street.

De primeras no tiene mala pinta. Callum ha reservado todos los servicios. Las esteticistas me remojan los pies y me hacen la manicura y la pedicura. Me meten en una bañera de barro gigante y me aplican un tipo de barro completamente distinto por toda la cara. Luego me ponen una envoltura acondicionadora en el pelo y me embadurnan en aceites como si fuera un pavo de Acción de Gracias. Me cubren de piedras calientes, después me las vuelven a quitar y me frotan y machacan cada centímetro del cuerpo.

Como me importa un comino que me vean desnuda, esta es mi parte favorita. Tengo a dos señoras con sus cuatro manos sobre mí, frotándome, masajeándome y deshaciendo hasta el último nudo que me haya producido el estrés en el cuello, en la espalda e incluso en los brazos y las piernas. Teniendo en cuenta que la culpa de mi estrés es de Callum, supongo que lo justo es que pague para que se lo vuelvan a llevar.

Es tan relajante y delicioso que empiezo a quedarme dormida, arrullada por las manos de las mujeres sobre mi piel y por los falsos sonidos del océano que suenan bajito por los altavoces.

Hasta que me despierto por un dolor cegador en la entrepierna. La esteticista está de pie junto a mí, y en los dedos sostiene una banda depilatoria con los pelitos que solían estar pegados a mi cuerpo.

—¿Pero qué cojones? —grito.

—Igual escuece un poco —dice en un tono totalmente indiferente.

Me miro mis partes, que ahora están completamente peladas en el lado izquierdo.

—¿Qué demonios estás haciendo?

—La depilación brasileña —dice colocando otra banda de cera en el lado derecho.

Le aparto la mano de un manotazo.

—¡No quiero una puta depilación brasileña! No quiero que me depilen nada.

—Bueno, estaba en la lista de servicios.

Coge su portapapeles y me lo entrega, como si eso fuera a aliviar el fuego abrasador que siento en las partes recién depiladas y tremendamente sensibles de mi ingle.

—¡Yo no he hecho esa maldita lista de servicios! —grito tirando el portapapeles—. Y no quiero que practiques tácticas de tortura en mi entrepierna.

—Ya está puesta la cera —dice mientras señala la tira que acaba de pegar—. Tendrá que salir de un modo u otro.

Intento levantar el borde de la tira. Tiene razón. Ya está bien adherida al poco pelo que me queda.

La esteticista me mira con sus fríos ojos azules, que transmiten cero simpatía. Creo que a estas mujeres les excita infligir dolor. Soy perfectamente capaz de imaginármela cambiando su bata blanca por un corsé de cuero y una fusta.

—Bueno, pues quítamelo —le digo cabreada.

De un rápido tirón, la esteticista arranca la tira, que a su paso deja otra franja de piel lisita y rosada.

Chillo y suelto una retahíla de improperios, algunos en inglés y otros en italiano. La esteticista ni se inmuta. Estoy segura de que lo ha oído todo.

—¡Muy bien, se acabó!

—No puedes dejarlo así —dice arrugando la nariz.

Cazzo! Tengo unos dos tercios del coño depilado, con pequeñas áreas de pelo aquí y allá. Tiene un aspecto espantoso. Callum me la suda, pero no quiero tener que mirar eso durante semanas hasta que vuelva a crecer.

No me puedo creer que haya hecho esto; qué poca vergüenza, reservar una depilación de mis zonas íntimas junto con todo lo demás. ¿Ya se cree el dueño de mi coño o qué? ¿Cree que puede decidir la pinta que tenga?

Debería esperar a que se quedara dormido y luego echarle cera caliente en los huevos.

Darle a probar su propia medicina.

—Acábalo —le ordeno, iracunda.

Hacen falta tres tiras más y muchos más insultos para quitarme el pelo que quedaba. Cuando termina, estoy completamente pelona y el aire helado me toca como nunca antes lo había hecho.

Esto es la hostia de humillante. Es... básicamente una versión femenina de castración. Soy como Sansón. Callum me ha robado el pelo y me ha despojado de mi poder.

Voy a vengarme de él por esto, cabrón pervertido y confabulador. ¿Cree que puede depilarme el coño sin mi consentimiento? No tiene ni idea de la guerra que acaba de empezar.

Las esteticistas vuelven a darme un masaje. Pero, esta vez, por dentro estoy que echo humo.

Y me pongo a planear todas las formas en que voy a convertir la vida de Callum en un auténtico infierno en la tierra.

10

CALLUM

Es el día de mi boda.

No se parece en nada a lo que imaginaba, pero, bueno, tampoco es que haya pasado mucho tiempo de mi vida imaginando que algún día me casaría. Supongo que di por sentado que acabaría ocurriendo, pero en realidad nunca me importó una mierda.

He salido con muchas mujeres... cuando me venía bien. Siempre he tenido mis propios planes y objetivos. Si una mujer no se adaptaba a ellos, la dejaba en cuanto me causaba más problemas de los que valía.

De hecho, estaba saliendo con alguien cuando mi padre organizó todo este follón con los Gallo. Charlotte Harper y yo llevábamos juntos unos tres meses. En cuanto me enteré de que estaba «prometido», la llamé para romper. Y no sentí... nada. En realidad, me daba igual si volvía a ver a Charlotte o no. No tiene nada de malo: es guapa, culta, está bien relacionada. Pero, cuando rompo con una mujer, siento lo mismo que cuando tiro un par de zapatos viejos. Sé que pronto encontraré un sustituto.

Solo que esta vez la sustituta es Aida Gallo. Se supone que debo amarla, quererla y protegerla hasta el final de sus días. No estoy demasiado seguro de poder hacer nada de eso, salvo quizá mantenerla a salvo.

Hay una cosa que sí sé: no pienso aguantar ni una sola de sus putas chorradas cuando estemos casados. Es como dice mi padre:

necesita que la entrenen y domen. No voy a tener una esposa descontrolada y desobediente. Aprenderá a obedecerme, de una forma u otra. Aunque tenga que convertirla en polvo a base de moldearla.

Sonrío un poco, pensando en su «día de spa» de ayer. El objetivo, obviamente, era prepararla para esta noche. Se supone que voy a consumar el matrimonio, y no voy a follarme a una piltrafa desaliñada en chanclas y shorts vaqueros. Espero que esté bien arreglada, de la cabeza a los pies.

Me encanta la idea de que la acicalen, la limpien y la depilen según mis instrucciones. Como una muñequita, hecha como a mí me gusta.

Ya me he duchado y afeitado, así que es hora de ponerme el esmoquin. Pero, cuando voy a la percha del armario donde espero que esté colgado, no hay nada.

Llamo a Marta, una de las personas de servicio de la casa.

—¿Dónde está mi esmoquin?

—Lo siento, señor Griffin —dice nerviosa—. Fui a recogerlo a la tienda como me pidió, pero me dijeron que el pedido se había cancelado. Y en su lugar enviaron aquí una caja de parte de la señora Gallo.

—¿Una caja?

—Sí, ¿se la traigo?

Espero impaciente en la puerta mientras Marta sube corriendo las escaleras, con una gran caja cuadrada en las manos.

¿Qué demonios es esto? ¿Qué coño le estará haciendo Aida a mi esmoquin?

—Ponla ahí —le digo a Marta.

Deja la caja con cuidado sobre el sofá. Espero a que se vaya y la abro.

Encima hay un sobre, con un desastre de letra que supongo que solo puede pertenecer a mi prometida. Lo abro y saco una nota:

Mi queridísimo prometido:

Qué amable por tu parte que te hayas encargado de toda mi preparación preboda. ¡Fue una experiencia estimulante e inesperada!

He decidido devolverte el favor con un regalo por mi parte: un pedacito de mi cultura para el día de la boda. Estoy segura de que me harás el honor de llevar esto en nuestra ceremonia nupcial. Me temo que no sería capaz de pronunciar mis votos sin este recuerdo de mi hogar.

Tuya siempre,

AIDA

No puedo evitar soltar una risita ante su descripción del spa. La sonrisa se me queda congelada en la cara cuando aparto el papel de seda y veo el esmoquin que espera que me ponga.

Es prácticamente un puto traje de payaso. Es de satén marrón brillante, está cubierto de bordados chillones en los hombros, las solapas e incluso en la espalda de la chaqueta. Es un traje de tres piezas con chaleco, por no hablar del pañuelo para el bolsillo y la corbata, los dos de encaje. A la única persona que me puedo imaginar poniéndose eso es a Liberace.

Mi madre entra a toda prisa en la habitación. Parece nerviosa. Veo que ya está ataviada con un elegante vestido de cóctel verde salvia, el pelo recogido bajo un discreto casquete color pastel y unos elegantes pendientes de oro en las orejas.

—¿Qué haces? ¿Por qué no estás vestido? —me dice cuando me ve ahí de pie con una toalla en torno a la cintura.

—Porque no tengo esmoquin.

—¿Y eso qué es?

Me hago a un lado para que pueda verlo por sí misma. Levanta la corbata de encaje y la sujeta con desagrado entre el índice y el pulgar.

—Un regalo de mi futura esposa. —Le paso la tarjeta.

Mi madre lo lee rápidamente y frunce el ceño.

—Póntelo —dice al fin.

Suelto una carcajada.

—Es broma, ¿no?

—¡No! No tenemos tiempo de conseguir otro esmoquin. Y no vale la pena echarlo todo a perder por un traje.

—Esto no es un traje. Es una puta vergüenza.

—¡Me da igual! —dice ella bruscamente—. Es una boda pequeña. No lo verá prácticamente nadie.

—No me lo pienso poner.

—Callum…, ya basta. Vas a tener que librar cien batallas más con Aida. Así que deberás a aprender a elegir cuáles son las importantes. Ahora vístete, que tenemos que salir dentro de seis minutos.

Acojonante. Pensé que mi madre perdería los estribos con esto, aunque solo sea por la forma en que el marrón choca con la cuidada y mimada combinación de colores crema, oliva y gris que ha elegido para la boda.

Me pongo el ridículo traje, que emana un olor a naftalina que prácticamente me ahoga. No quiero ni pensar de dónde habrá sacado esto Aida. Seguro que enterraron a su bisabuelo con él.

Me tengo que centrar en cómo voy a castigarla por esto.

Ha cometido un grave error, y no deja de provocarme una y otra vez. Ya es hora de que yo espabile y le dé un buen azote.

Esta noche recibirá lo que se merece.

En cuanto me visto, bajo las escaleras a toda prisa hacia la limusina que ya me está esperando. La que llevaba a mi madre y a mis hermanas se ha marchado: solo quedamos mi padre y yo.

Enarca una ceja al ver mi traje, pero no dice nada. Probablemente mi madre ya le habrá puesto al corriente.

—¿Cómo te encuentras? —pregunta.

—De maravilla —digo—. ¿No se nota?

—El sarcasmo es la forma más baja de humor —me informa.

—Creía que eran los juegos de palabras.

—Esto será bueno para ti, Cal. Ahora eres incapaz de verlo, pero lo será.

Aprieto los dientes, mientras imagino cómo descargaré cada una de mis frustraciones en el prieto trasero de Aida esta noche cuando estemos a solas.

Me parece un sacrilegio entrar en la iglesia, como si Dios pudiese castigarnos por esta unión impía. Como Aida me cabree mucho, voy a remojarla en agua bendita a ver si así empieza a arder.

No es difícil distinguir qué lado del pasillo es el mío y cuál es el de Aida: todas esas italianas de pelo oscuro y rizado frente a las melenas lisas de las irlandesas, en distintas tonalidades rubias, pelirrojas, grises y morenas.

Los padrinos son los hermanos de Aida; las damas de honor, mis hermanas. Estamos igualados en número porque los únicos que están de pie son Dante y Nero; Sebastian está sentado en primera fila en una silla de ruedas, con la rodilla abultada bajo el pantalón por la venda.

No sé si realmente necesita la silla de ruedas o si es una forma de decirle a mi familia «que os jodan». Siento una punzada de culpabilidad, pero la aparto y me digo a mí mismo la suerte que han tenido los Gallo librándose de esta así de fácil, después de todo.

A Riona le sienta muy bien el vestido de dama de honor verde salvia, pero a Nessa no: la hace parecer pálida y un poco enfermiza. A ella no parece importarle. Es la única que sonríe junto al altar. Dante y Riona se miran el uno al otro, y Nero mira a Nessa con una expresión de interés que hace que esté a solo a cinco segundos de rodearle el cuello con los dedos. Como le diga una sola palabra, le parto la cara bonita esa que tiene.

La iglesia está impregnada con el fuerte aroma de las peonías de color crema.

El sacerdote ya está en el altar. Estamos esperando a Aida.

Empieza la música. Tras un momento de espera, mi novia avanza por el pasillo.

Luce un velo y un sencillo vestido de encaje con una pequeña cola. Lleva un ramo en una mano, pero lo tiene sujeto a un lado, y con la otra se recoge la falda del vestido. No puedo verle la cara tras el velo, lo que me hace recordar más que nunca que me voy a casar con una desconocida. Debajo de ese velo podría estar cualquiera.

Mi novia se detiene ante mí. Levanto el velo.

Observo su piel lisa y bronceada y esos ojos grises claros que tiene, con unas pestañas gruesas y pobladas. Tengo que admitir que está preciosa. Cuando no contrae el rostro en alguna especie de expresión diabólica, sino que está aparentemente tranquila, como ahora, tiene unas facciones realmente hermosas.

Pero no dura mucho: en cuanto ve mi traje, se le ilumina la cara con un malicioso regocijo.

—Estás «increíble». —Se ríe.

—Te la devolveré —le informo con calma.

—¡Pero si esta es mi dulce manera de devolvértela por la gilipollez que hiciste en el spa!

El sacerdote se aclara la garganta, deseoso de dar comienzo a la boda.

—Cuando estés casada conmigo, espero que te comportes en todo momento.

—Y una mierda para ti —suelta Aida lo bastante alto como para que el cura pegue un brinco.

—¿Hay algún problema? —dice, mirándonos con el ceño fruncido.

—Ninguno, padre. Empiece la ceremonia —ordeno.

Aida y yo seguimos insultándonos en voz baja mientras el sacerdote suelta su perorata hasta el momento de los votos.

—Si crees que voy a ser tu estrella del porno particular...

—Eso es solo lo mínimo exigible...

—Sí, mínimo sí que es...

Nos interrumpimos cuando nos damos cuenta de que el cura nos está mirando fijamente a los dos.

—Callum Griffin y Aida Gallo, ¿habéis venido aquí libremente y con plena voluntad para entregaros el uno al otro en matrimonio?

—Sí —respondo.

—Oh, sí —dice Aida en el mismísimo tono de voz que mi padre clasificaría como «la forma más baja de humor».

—¿Os honraréis el uno al otro como marido y mujer todos los días de vuestra vida?

—Sí —digo tras un momento de duda. Me parece que el «todos los días de vuestra vida» son la hostia de días. No quiero imaginármelo ahora mismo.

—Sí —dice Aida, que me mira como si planeara hacer que el resto de mi vida dure lo menos posible.

—¿Aceptaréis a los niños que Dios os envíe con amor y los educaréis según la ley de Cristo y de su Iglesia?

—Sí —digo.

Dejaría embarazada a Aida en este mismo momento, solo por lo furiosa que se pondría. Sería una bonita manera de domar a la bestia.

Aida tiene ya una cara de mala leche que no creo que vaya a responder a la pregunta. Finalmente, con los labios muy rígidos, murmura:

—Sí.

—Entonces, pronunciad vuestros votos —instruye el sacerdote.

Le agarro las manos a Aida y se las aprieto lo más fuerte que puedo, intentando que se retuerza de dolor. Ella mantiene la cara impertérrita. Es su modo de decirme que no piensa reconocer la presión que ejerzo sobre sus dedos.

—Yo, Callum Griffin, te tomo a ti, Aida Gallo, por esposa. Prometo serte fiel en las alegrías y en las penas, en la salud y en la enfermedad. Te amaré y te honraré todos los días de mi vida.

Pronuncio las palabras rápidamente, porque las acabo de memorizar en el coche viniendo hacia aquí.

Aida me mira un breve instante, con sus ojos grises más serios que de costumbre. En un tono totalmente neutro, repite mis votos.

—Yo os declaro marido y mujer —dice el sacerdote.

Y ya está. Estamos casados.

Aida echa los labios hacia delante para recibir un casto beso.

Para demostrarle quién manda aquí, la agarro por los hombros, le planto un beso con fuerza y le meto la lengua en la boca. Los labios y la lengua tienen un sabor dulce. Ácido y fresco a la vez. Como algo que no he probado en mucho tiempo…

Fresas.

Enseguida empiezo a notar cómo se me entumece la lengua. La garganta se me hincha y la respiración me sale en un silbido.

La iglesia empieza a dar vueltas a mi alrededor como si mirara por un caleidoscopio de colores y me desplomo en el suelo.

¡Esa zorra de los cojones!

11

AIDA

Mi marido pasa la noche en urgencias. Supongo que la alergia a las fresas sí que era bastante grave. No compensa las semanas que Sebastian ha estado en el hospital, ni los meses de rehabilitación que le quedan por delante, o que se haya perdido la temporada entera de baloncesto, pero algo es algo. También me permite librarme de toda la farsa de las fotos de la boda, la cena, el baile y el resto de las gilipolleces en las que no quería participar. Ya ha sido lo bastante chungo tener que soltar esa sarta de mentiras en una iglesia, delante de un cura. No soy religiosa, pero la ceremonia no ha hecho que las cosas mejoraran. Las tonterías piadosas han sido la guinda a esta tarta de mierda.

Se suponía que Callum y yo iríamos al Four Seasons a consumar nuestra unión. Otra cosa más que no sucede. Así que subo sola a la suite nupcial, me quito los zapatos, me deshago de este puñetero vestido de encaje que pica a más no poder y pido la suficiente cantidad de comida al servicio de habitaciones como para que la conserje suene muy preocupada cuando le digo que solo necesito un tenedor.

La verdad es que al final resulta ser una noche bastante increíble. Pruebo todos los tipos de tarta que tienen en la carta mientras veo episodios antiguos de *Ley y orden* y *Project Runway*.

La mañana siguiente no se presenta tan alegre. Tengo que hacer la maleta e ir a la mansión Griffin del lago. Porque allí es donde voy a vivir ahora. Ese es mi nuevo hogar.

Siento un profundo resentimiento hacia mi padre y mis hermanos mientras me subo en el taxi. Ellos están en la casa en la que nací, el lugar en el que he vivido todos los días de mi vida. Y se pueden quedar allí, rodeados de su familia, mientras que yo me tengo que meter en la boca del lobo. He de vivir en medio de mis enemigos el resto de mi existencia. Rodeada de gente que me odia y que desconfía de mí. Nunca estaré del todo cómoda. Y nunca estaré del todo segura.

La mansión Griffin es deslumbrante e increíble. Odio el césped tan cuidadito y las ventanas relucientes. Odio que todo en sus vidas tenga que ser tan perfecto, tan… vacío de alma. ¿Dónde están los árboles inmensos y salvajes, o los arbustos que se plantan solo porque te encanta el olor de sus flores?

Si me dijeran que este jardín está lleno de plantas de plástico, no me sorprendería. Lo hacen todo por aparentar y por nada más.

Como cuando Imogen Griffin está esperándome en la puerta para saludarme. Sé que no le importo una mierda. Lo único que le interesa es que voy a ayudarla a promocionar la carrera de su hijo y que puede que le dé nietos.

Efectivamente, en cuanto estoy dentro, se le cae la careta:

—Menudo numerito has montado —dice con los pálidos labios apretados—. Supongo que sabías que era alérgico.

—No sé de qué me hablas.

—No insultes a mi inteligencia. —Sus ojos, encendidos de fuego azul, se clavan en los míos—. Podrías haberle matado.

—Mira —le digo—, no sabía que era alérgico. No sé nada de él. Somos un par de desconocidos, ¿recuerdas? Puede que hoy ya estemos casados, pero tengo la misma sensación que ayer: que no os conozco en absoluto.

—Bueno, hay algo que deberías saber sobre mí —dice Imogen con una voz tan aguda que dudo que se la hayan oído alguna vez las damas del Club de Campo—. Mientras formes parte de esta familia, te ayudaré y te protegeré. Pero aquí todo el mundo debe colaborar. Nos esforzamos juntos por mejorar nuestro imperio. El día que amenaces lo que estamos construyendo, o si pones en peligro a cualquier miembro de esta familia, esa noche, cuando apoyes la cabeza en la almohada, no volverás a levantarla. ¿Me has entendido?

Ajá. Esa es la Imogen Griffin que estaba esperando. El mismísimo acero detrás de la dama de la alta sociedad.

—Entiendo el concepto de lealtad familiar —le contesto. Pero verme a mí misma como parte de la familia Griffin es algo totalmente distinto.

Imogen me mira fijamente un minuto más y luego asiente.

—Te enseñaré tu habitación.

La sigo por la amplia escalera en curva hasta el piso superior.

Ya estuve aquí en una ocasión. Sé lo que hay a la izquierda: las habitaciones de las chicas y la suite principal de Imogen y Fergus.

Imogen gira a la derecha esta vez. Pasamos junto a la biblioteca, que no muestra ningún indicio de incendios pasados. No puedo resistirme a echar un vistazo al interior. Parece que Imogen ya la ha renovado, ha sustituido la alfombra y repintado las paredes. Ahora son de color azul pálido, con postigos sobre las ventanas en lugar de cortinas. Hasta la chimenea ha recibido un lavado de cara: un nuevo frontal de piedra blanca y una pantalla de cristal a modo de rejilla.

—No más accidentes —dice Imogen secamente.

—Así es mucho más seguro —admito, sin saber si reírme o morirme de vergüenza.

Caminamos por un largo pasillo hasta otra suite privada, de tamaño similar a la principal. Cuando Imogen abre las puertas, me doy cuenta de que esta es la habitación de Callum. Tiene exactamente el tipo de decoración masculina en tonos oscuros y el orden cuadriculado que me esperaba de él. Todo huele a perfume de hombre, loción para después del afeitado, jabón… y un aroma breve de la piel de Callum emana de la cama en la que no ha dormido. Se me pone la piel de gallina en los antebrazos.

Yo me esperaba que los Griffin me dieran una habitación para mí sola. Algo parecido a lo que hacía la realeza de antaño, que vivía en alcobas separadas. Me había supuesto que, en el peor de los casos, Callum tendría que hacerme una visita nocturna de vez en cuando.

Pero está claro que quieren que compartamos habitación. Que durmamos uno al lado del otro en esa cama ancha y baja. Que nos limpiemos los dientes en el mismo lavabo por la mañana.

Esto es raro de cojones.

Callum y yo no hemos tenido ni una sola conversación que no estuviese marcada por la mala leche, o en la que no nos amenazáramos mutuamente. ¿Cómo voy a cerrar los ojos por la noche tranquila?

—Seguro que hay mucho espacio para tu ropa —dice Imogen sin apartar la mirada de mi diminuta maleta—. ¿Tu padre enviará el resto de tus cosas?

—Sí.

Son solo un par de cajas. No tengo tantas cosas. Además, no quería traer nada personal. Mi traje de bautizo, el anillo de boda de mi madre, los viejos álbumes de fotos… Todo eso puede quedarse en el desván de casa de mi padre. No hay motivo para traerlo aquí.

—¿Cuándo volverá… Callum? —le pregunto vacilante a Imogen.

—Está aquí ahora mismo —dice—. Descansando en la zona de la piscina.

—Ah, vale.

Mierda. Esperaba una prórroga más larga antes de verlo.

—Te dejo para que te instales —dice Imogen.

No tardo mucho en guardar mis artículos de aseo y mi ropa. Callum ha despejado muy consideradamente el espacio bajo una de las pilas del cuarto de baño y la mitad del inmenso vestidor.

Tampoco hacía falta que me dejara todo un lado vacío. Es ridículo el aspecto de mi ropa ahí, colgando sola en tanto espacio.

Callum a su vez no tiene demasiada ropa. Una docena de camisas blancas idénticas y tres azules, trajes que van del gris marengo al negro y una ropa menos de vestir, pero igualmente uniforme. La ropa está colgada con precisión robótica.

Toco la manga de uno de los tres jerséis idénticos de cachemira gris.

—Me he casado con un psicópata.

Una vez que he deshecho las maletas, no queda nada más que hacer, excepto buscar a Callum.

Me escabullo escaleras abajo, mientras me pregunto si tal vez debería disculparme. A ver, por un lado se lo merecía. Por el otro, cuando se le hinchó toda la cara y se empezó a agarrar y a arañar la garganta, me sentí un poco culpable.

Yo llevaba picoteando fresas toda la mañana, pero solo pensé que le darían un poco de urticaria. Que él solo quedaría mal en algunas de las estúpidas fotos de nuestra boda.

Aunque la realidad fue mucho más dramática. Si Imogen Griffin no hubiese llevado un lápiz de epinefrina en su bolso Birkin, en este momento podría ser viuda en vez de esposa. Salió disparada hacia su hijo y le clavó la aguja en el muslo, mientras Fergus llamaba a una ambulancia.

Sin embargo, cuando llego a la zona de la piscina, Callum parece completamente recuperado. No descansa en absoluto, sino que se dedica a nadar un largo detrás de otro. Su brazo corta el agua como un cuchillo, y le centellean gotas brillantes en el pelo oscuro. Su cuerpo parece esbelto y potente cuando se sumerge bajo el agua, se impulsa contra la pared y recorre la mitad de la piscina antes de salir a tomar aire.

Me siento en una de las tumbonas y lo observo nadar.

En realidad, es bastante sorprendente la cantidad de tiempo que puede aguantar la respiración bajo el agua. Debe de ser que los Griffin son mitad delfines.

Lo miro recorrer la piscina una docena de largos más, y solo me doy cuenta de cuánto tiempo ha pasado cuando se detiene bruscamente, apoya los brazos en el borde de la piscina y se sacude el agua de los ojos. Levanta la vista y me mira con una expresión hostil.

—Ahí estás.

—Sí, aquí estoy. He puesto mis cosas en tu habitación. —No la llamo «nuestra habitación». Porque para mí no lo es.

Callum parece igual de cabreado ante la perspectiva de compartir alojamiento.

—No tenemos que quedarnos aquí para siempre —dice en un tono que suena rebelde—. Después de las elecciones, podemos empezar a buscar nuestra propia casa. Entonces podremos tener habitaciones separadas, si lo prefieres.

Asiento con la cabeza.

—Sí, eso será lo mejor.

—Voy a terminar de nadar —dice Callum mientras se prepara para impulsarse de nuevo con la pared.

—Muy bien.

—Oh, pero primero una cosa.

—¿Qué?

Me hace señas para que me acerque.

Voy al borde de la piscina, distraída aún por el comecome de pedirle perdón o no.

Callum saca rápidamente la mano del agua y me sujeta la muñeca. De un tirón, me empuja al agua y me rodea con sus brazos de hierro.

Estoy tan sorprendida que grito, así que exhalo en vez de inspirar. Noto el agua sobre mi cabeza, mucho más fría de lo que esperaba. Callum me aprieta con fuerza y me inmoviliza los brazos contra los lados para que sea totalmente incapaz de moverlos.

La piscina es demasiado profunda y no toco el suelo con los pies. El peso de Callum me arrastra hacia abajo como un yunque. Me oprime como una serpiente y me aplasta contra su cuerpo.

Me retuerzo y forcejeo, pero no hay nada contra lo que pueda patalear y tengo los brazos inmovilizados. Me arden los pulmones, los noto agitados, como si intentaran obligarme a inspirar, aunque sé que lo que aspiraré será una bocanada de agua con cloro.

Abro los ojos de manera involuntaria. Lo único que veo es un verde azulado brillante, revuelto por esta lucha que no sirve de nada. Callum va a matarme. Va a ahogarme aquí y ahora. Esto es lo último que veré: mi último aliento, subiendo a la superficie en forma de burbujas plateadas.

Me retuerzo, me sacudo, empiezo a quedarme sin fuerzas mientras estallan ante mis ojos manchitas negras.

Y por fin me suelta.

Saco la cabeza a la superficie jadeando y tosiendo. Estoy agotada de luchar contra él. Es difícil mantenerse en el agua con los vaqueros y la camiseta empapados y tirando de mí hacia abajo.

Emerge justo a mi altura, fuera del alcance de mis brazos.

—¡Ca…, cabrón! —grito a la vez que intento golpearlo.

—¿Qué te parece que te dejen sin aire? —dice sin apartar la mirada de mis ojos.

—¡Te voy a dar de comer todas las putas fresas del estado! —chillo mientras trato de no atragantarme con el agua de la piscina.

—Sí, tú inténtalo. Y la próxima vez te ataré un puto piano a las piernas antes de tirarte a la piscina.

Se va nadando hacia el otro lado y sale antes de que yo haya llegado al borde siquiera.

Espero a que se vaya para salir de la piscina, empapada y temblando.

Y pensar que iba a pedirle disculpas.

Bueno, he aprendido la lección.

Callum no sabe con quién se la está jugando. ¿Conque antes se pensaba que le había jodido la casa? Pues ahora vivo aquí. Veré y oiré todo lo que hace. Y después utilizaré lo que sé para destruirlo.

12

CALLUM

Entro en casa pisando con fuerza. El cuerpo me tiembla de la rabia.

Qué poca vergüenza tiene esa desgraciada, presentándose aquí con la maleta como si no acabara de intentar matarme. Como si no hubiese pasado mi noche de bodas en el hospital con un puto tubo metido por la garganta.

Me humilló delante de todos: primero con ese traje y luego haciéndome parecer débil, frágil, un patético de pies a cabeza.

Esta alergia es la parte de mí de la que más me avergüenzo. Me hace sentir como un niño pequeño con gafas de culo de vaso y mocos en la nariz. Odio que sea tan irracional. Odio no poder controlarla. Odio tener esta vulnerabilidad tan ridícula.

No sé cómo se enteró Aida, pero el hecho de que lo averiguara y lo utilizara contra mí hace que me ponga especialmente furioso, joder.

La he metido bajo el agua para que probara su propia medicina. Para ver cómo le gusta arañar y jadear en busca de aire, impotente ante la necesidad de respirar.

Me he sentido mucho mejor. Durante un minuto.

Pero también me ha hecho sentir otra cosa.

Su cuerpo, retorciéndose y contorsionándose contra mí... Se suponía que no debía resultarme sexy.

—Cal —me llama mi padre cuando paso por delante de la puerta de la cocina.

Echo un vistazo al interior y lo veo sentado en la encimera, comiendo uno de los platos que el chef siempre deja preparados en la nevera.

—¿Dónde está Aida?

—Fuera, en la piscina —le digo cruzando los brazos sobre el pecho desnudo.

Ni me he molestado en coger una toalla. Estoy dejando las baldosas llenas de agua.

—Deberías llevarla a algún sitio esta noche. Una buena cena. Un espectáculo quizá.

—¿Para qué?

—Debido a tu... accidente... ayer, no hiciste uso de la suite nupcial.

—Sí, soy consciente —digo tratando de reprimir el sarcasmo en mi voz.

—Tienes que sellar el acuerdo, por así decirlo. Y ya sabes que un matrimonio no está del todo resuelto hasta que se consuma.

—O sea, que lo que quieres es que me la folle esta noche, ¿es eso lo que intentas decir?

Deja el tenedor junto al plato y me mira fríamente.

—No hace falta ser grosero.

—Llamemos a las cosas por su nombre. Quieres que me folle a esa chica, a pesar de que nos odiamos, a pesar de que ayer intentó matarme, porque no quieres que se venga abajo tu preciada alianza.

—Exacto —dice mi padre, que coge de nuevo el tenedor y lo clava en una uva de su ensalada Waldorf—. Ah. Y no olvides que no es mi alianza. Porque te beneficia a ti más que a nadie.

—Ah, sí, es verdad —digo amargamente—. Hasta ahora ha sido una auténtica gozada.

Subo las escaleras, me quito el bañador y pongo el agua de la ducha lo más caliente que puedo. Tardo un buen rato en enjabonarme y lavarme el pelo, y dejo que el agua me caiga sobre los hombros.

Soy consciente de que debo «hacer de Aida mi esposa» en todos los sentidos de la palabra, pero dudo que ella esté de humor para eso después de haber intentado ahogarla. Nunca me han gustado los grandes gestos románticos, pero hasta en el sentido más libre, no creo que un intento de ahogamiento cuente como un juego preliminar.

De hecho, no creo ni que acepte ir a cenar conmigo. Y me parece bien, porque probablemente coma con las manos. Si la llevara a un sitio bonito, solo serviría para que yo me avergonzara.

Oigo a Aida entrar en la habitación, pero yo sigo exactamente donde estoy, disfrutando de la ducha caliente. Por mí, se puede quedar ahí fuera y congelarse.

La oigo moverse, pero no veo lo que hace. Llevo aquí tanto tiempo que la mampara de cristal de la ducha está empañada por el vapor.

Aida me mete un susto de muerte cuando pasa a la ducha, completamente desnuda.

—¡Eh! —le digo—. ¿Qué coño estás haciendo?

—Ducharme, obviamente. Un gilipollas me ha tirado a la piscina.

—Ya estoy dentro yo.

—¿De verdad? —Me mira sin impresionarse—. Gracias por proporcionarme esa información. Es el tipo de observación aguda y privilegiada que probablemente te asegure el puesto de concejal.

—El sarcasmo es la forma más baja de humor —le digo con el tono más insufrible de mi padre.

—Que tú me des lecciones de humor es como preguntarle a un perro cómo hacer una apendicectomía —añade ella.

Me da un codazo para coger el champú.

Me roza el estómago con el brazo, y me doy cuenta de que hasta ahora no nos habíamos visto desnudos.

Estoy acostumbrado a chicas que mantienen el cuerpo en los huesos por cualquier medio: dieta, pastillas, pilates e incluso alguna intervención quirúrgica. Aida, obviamente, no se molesta en nada de eso. Por lo que he visto, come y bebe lo que le da la gana, y probablemente no ha visto unas zapatillas de correr en su vida. Y, como resultado, tiene curvas, el vientre blando y un culo inmenso.

Pero tengo que admitir que su figura es jodidamente sexy. Probablemente ella odiaría oírme decir esto, pero tiene ese aspecto de chica explosiva clásica, como si pudiese ponerle un biquini de piel y fuera Raquel Welch en *Hace un millón de años*.

Siento curiosidad por saber lo que sentiría yo al coger un trozo de esa carne suave, al verla cabalgar encima de mí. Mandarla y moverla, sin preocuparme de que se rompa como una figura de palo.

Tiene la piel de un suave marrón claro y, cuanto más veo de ella, más bonita me parece. La ducha caliente le está dando un tono rosado, sobre todo a la altura del pecho. Intento no mirarle los pechos, pero la forma en que la espuma del jabón se desliza por el desfiladero que los separa me distrae tanto…

El agua caliente le recorre el cuerpo hasta el delta entre sus muslos. Veo su coño recién depilado, completamente pelado, con un aspecto más terso que el terciopelo. El hecho de que esté depilada para mí, que yo haya dado instrucciones para que así sea, es increíblemente erótico.

Aida es tan salvaje y rebelde que obligarla a hacer cualquier cosa es una hazaña increíble. Está decidida a tocarme las narices, a hacer lo contrario de lo que yo diga.

Cuanto más se rebela, más deseo controlarla. Quiero someterla a mi voluntad. Quiero obligarla a hacer lo que yo diga, solo por placer...

La polla me cuelga pesada e hinchada entre las piernas. Aida pestañea cuando mira hacia abajo.

Aparta la mirada, y se enjuaga el champú del pelo. Pero, al poco, vuelve a bajar los ojos.

Sé que estoy en buena forma. Hago ejercicio todas las mañanas: sesenta minutos de pesas, treinta minutos de cardio. Nuestro chef prepara comidas perfectamente equilibradas para garantizar la ingesta perfecta de proteínas, carbohidratos y grasas. Todo eso ha dado lugar a un físico bien musculado, esculpido.

Los ojos de Aida se detienen en mis abdominales y en el miembro que sigue creciendo bajo su mirada. Ahora sobresale de mi cuerpo.

—¿Ves algo que te guste?

—No —dice ella, terca como siempre.

—Serás mentirosa.

Me acerco a ella para que mi polla erecta le roce la cadera desnuda. Deslizo un muslo entre los suyos, resbaladizos por el jabón. Introduzco una mano en su pelo, enrollo un mechón húmedo alrededor de mi mano y luego le tiro de la cabeza hacia atrás para que tenga que mirarme.

—Has jodido nuestra noche de bodas. Y sabes que en realidad no estamos casados hasta que no nos acostemos.

—Ya lo sé —dice ella.

—No habrás comido nada venenoso, ¿verdad?

Antes de que pueda responder, aprieto con fuerza mis labios contra los suyos.

Cuando besé a Aida en la iglesia, solo fue para terminar con esa estúpida ceremonia. Ahora la beso porque quiero volver a saborear su boca. Quiero apretar todo mi cuerpo contra el suyo y pasarle las manos por esa piel sedosa y bronceada.

Qué suave es. No sé cómo alguien con la personalidad de un cactus puede tener los labios, los hombros y los pechos más tersos que he tocado en mi vida. Quiero recorrer con las manos cada centímetro de su cuerpo.

Al principio, está rígida y poco dispuesta a responderme. Cuando froto el muslo contra su coñito desnudo y le cojo los pechos con las manos, jadea y separa los labios, y así puedo meterle la lengua dentro de la boca.

Ahora es ella la que se aprieta contra mí, presionando su coño contra mi pierna. Me devuelve el beso, tan profundo que puedo saborear el sabor a cloro que le queda en los labios.

Bajo la mano por su vientre, hasta llegar a su coño pelado. Acaricio con los dedos los labios perfectamente lisos. Me encanta lo desnuda y expuesta que está. Luego le separo sus pliegues y encuentro el diminuto punto de su clítoris, hinchado por el calor de la ducha. Lo acaricio en círculos con el dedo corazón antes de bajar a comprobar lo mojada que está, para luego volver al punto más sensible.

Ahoga un grito cuando la toco ahí y estruja sus muslos alrededor de los míos, restregándose y presionando la palma de mi mano con su coño.

Deslizo un dedo en su interior y la hago gemir. Gime en mi boca, con un sonido profundo e indefenso.

Lo sabía. Es una putilla cachonda. Le gusta el sexo tanto como a mí. Y eso es perfecto. Porque si lo quiere, si lo necesita, va a tener que acudir a mí. Y esa es una forma más de controlarla.

La froto y le meto los dedos hasta que le empiezan a temblar las piernas. Se le acelera la respiración. La noto apretar los muslos mientras se acerca cada vez más al clímax.

Justo cuando está a punto, dejo de tocarla y quito la mano.

—¡No pares! —jadea abriendo mucho los ojos y mirándome fijamente.

—Si quieres correrte, chúpamela primero —le exijo.

Me mira la polla, tan dura que sobresale de mi cuerpo.

—No me da la puta gana —dice ella—. Ya termino yo sola.

Se apoya en la pared de la ducha y se mete la mano entre los muslos. Desliza los dedos entre los labios de su coño. Exhala suavemente. La agarro por la muñeca y le retiro la mano.

—¡Eh! —grita con los ojos de nuevo abiertos.

—Chúpamela o no dejaré que te corras.

No aparta los ojos de mí, con las mejillas sonrojadas por el calor y el orgasmo que le han negado. Sé que por dentro está que arde, dando vueltas como un ciclón. Estoy seguro de que esa sensación la atormenta, de que le duele y le palpita por el deseo.

Le pongo la mano en el hombro y la empujo hacia abajo, para que se arrodille. Me coge la base del pene de mala gana.

Separa los labios y veo el brillo de sus dientes. Me pregunto un segundo si no habré cometido un terrible error. Preferiría no perder la polla por el dulce carácter de mi nueva esposa.

Pero entonces se introduce mi polla en la boca cálida y húmeda, y mi cerebro se cortocircuita. Si antes pensaba que sus labios eran suaves, no tenía ni idea de cómo podría llegar a sentirlos en el glande, tan sensible ahora que me duele. Los desliza arriba y abajo, me envuelve por completo la polla con ellos. Su lengua chasquea contra la parte inferior mientras lame y chupa suavemente.

Joder, qué buena es. No me extraña que Oliver Castle estuviese obsesionado con ella. Si le chupó la polla así, aunque solo fuese una vez, me lo imagino perfectamente siguiéndola hasta el fin del mundo para que se la chupara de nuevo.

Me acaricia el miembro con la mano, arriba y abajo, y es como si sus labios y sus dedos trabajaran al unísono. Pasa la otra mano por debajo para acunarme los huevos con suavidad, acariciando la parte inferior del escroto.

Todas estas sensaciones juntas me están llevando rápido hacia el orgasmo…

Hasta que de repente me suelta la polla y vuelve a ponerse de pie.

—Eso es todo lo que vas a tener.

Dios, qué exasperante y obstinada es. Si le dijera que la hierba es verde, la llamaría morada solo para fastidiarme. Debería aprovechar esta oportunidad para darle una lección.

Pero tanto ella como yo queremos lo mismo en este momento, en un caso extraño de alineación mutua de impulsos. Lo queremos tanto que el deseo supera a la malicia.

Aida me rodea el cuello con un brazo, y se endereza mientras acerca la punta de mi polla a su abertura. Me rodea la cintura con ambas piernas y le introduzco la polla hasta el fondo.

La agarro por el grueso culo con ambas manos, le clavo los dedos en los cachetes. La sostengo mientras empieza a cabalgarme, con los brazos alrededor de mi cuello: su cuerpo, resbaladizo como el jabón, se retuerce contra el mío.

Por muy caliente que esté la ducha, su coño lo está aún más. Se estrecha alrededor de mi polla, apretándome cada vez que entro y salgo, con cada embestida.

Me equivoqué al suponer que Aida no es atlética. Me cabalga con el vigor y el entusiasmo de una atleta sexual. Estoy acostumbrado a las chicas que se dedican a posar del modo más atractivo posible y que luego se tumban para que las folles. Nunca había estado con alguien así de… anhelante.

A medida que se acerca al límite, me monta con más fuerza y su coño es como una prensa alrededor de mi polla. Sube y baja una y otra vez. La intensidad de los golpes y el calor de la ducha me marean.

Pero no me voy a rendir ni de puta coña. La presiono contra la pared de cristal y me la follo con más ímpetu, decidido a demostrarle que puedo devolvérsela con el doble de fuerza.

Cuando empieza a poner los ojos en blanco, me invade una sensación de triunfo.

—Dios mío... Dios mío... Oh... Cal...

Soy yo quien le está sacando el clímax, que sigue y sigue, prolongado por cada embestida de mi polla. Joder, qué sexy es ver borrada de su cara esa perpetua expresión rebelde, verla someterse al placer que recorre su cuerpo.

Yo soy quien le está haciendo esto. Quien se lo hace sentir. Tanto si me odia como si no, tanto si desearía que fuera cualquiera menos yo, es incapaz de resistirse. Le encanta que me la folle así.

Y, con ese pensamiento, exploto dentro de ella.

Es decir, exploto de verdad. El orgasmo es como una bomba atómica que me sacude sin previo aviso. Mis pelotas son la zona cero, y la onda expansiva llega hasta la última neurona, hasta la punta de los dedos de manos y pies. Tras esa sensación, mi cerebro es incapaz de enviar ninguna otra señal. Se me paraliza el cuerpo. Tengo que bajar a Aida antes de que se me caiga.

Me desplomo contra la pared opuesta de la ducha; los dos estamos jadeantes y sonrojados.

Aida se niega a mirarme a los ojos.

Es la primera vez que no es capaz de hacerlo. Por más que he intentado fijarle la mirada, siempre ha estado a la altura del desafío.

Ahora se vuelve a enjuagar lentamente y finge estar totalmente absorta en su rutina de higiene.

Me ha llamado Cal. Nunca lo había hecho. Excepto para burlarse de mí en la fiesta de compromiso.

—Bueno, pues ya está —le digo—. Es oficial.

—Sí —dice ella, todavía sin mirarme.

Me gusta el corte que le ha entrado de repente. Me gusta haber encontrado esta grieta en su armadura.

—Es bueno saber que no eres del todo horrible follando —digo.

Esta vez me devuelve la mirada, de nuevo con ese brillo feroz en sus ojos.

—Ojalá pudiese devolverte el cumplido.

Sonrío.

«Aida, pequeña mentirosa. Sigue así y te lavaré la boca con jabón. O puede que con algo aún mejor…».

13

AIDA

Vivir con los Griffin es, cuando menos, extraño.

La única persona que parece contenta de tenerme aquí es Nessa. No es que fuéramos exactamente amigas en el colegio, pero sí nos llevábamos bastante bien, cada una desde la distancia. Tenemos algunos conocidos en común, así que ahora podemos hablar de todas las mierdas frikis a las que se han dedicado desde que nos graduamos.

Creo que a Nessa le gusta que esté aquí porque soy la única persona que no se comporta como si no viviese por y para la ambición. Estoy dispuesta a tener conversaciones reales durante el desayuno y no solo a trabajar y a comer en silencio. Además, las dos vamos a clase en Loyola, así que podemos ir juntas a la universidad en el Jeep de Nessa.

Nessa es una persona buena de verdad, algo que no se ve mucho por el mundo. Mucha gente actúa con amabilidad, pero solo lo hacen por educación. Todos los días, Nessa les da a los sintecho el dinero que lleva encima. Nunca dice nada malo de nadie, ni siquiera de quien se lo merece —como sus hermanos y algunos de sus amigos más insulsos—. Escucha cuando la gente habla. Pero lo hace de verdad. Se interesa más por los demás que por ella misma.

No sé cómo esta panda de sociópatas han conseguido criar a una chica así. En realidad, los Griffin ven su bondad como un defecto, como una discapacidad leve. Y a mí me parece algo trágico que bromeen sobre lo dulce e inocente que es.

Sé que a Callum le importa, pero para él es más como una mascota, no una igual.

Nessa me ha recibido con los brazos abiertos, encantada de tener otra hermana.

Sobre todo, una que no sea tan gilipollas como Riona.

Yo no sé lo que es tener una hermana. Solo conozco lo que veo en las pelis: hermanas que se hacen trenzas una a otra, que se roban la ropa, que a veces se odian y otras se ofrecen el hombro para llorar. No sé si yo podría hacer alguna de esas cosas sin sentirme una mema.

Pero me alegro de tener a Nessa como amiga. Su personalidad es tan pacífica que me ayuda a limar algunas de mis asperezas.

Paso más tiempo con ella que con mi nuevo marido. Callum trabaja muchísimas horas ante la inminente llegada de las elecciones, y, cuando él vuelve a casa, yo ya suelo estar dormida en la cama que compartimos.

A lo mejor lo hace a propósito. No nos hemos vuelto a liar desde la «consumación» oficial de la boda.

Aquello me había pillado por sorpresa. Irrumpí en la ducha porque tenía frío, estaba harta de esperar y quería demostrarle que a mí no me intimida nada ni nadie —aunque hubiera intentado ahogarme—, y mucho menos un poco de desnudez.

Pero no me esperaba que me fuera a besar. Y definitivamente no me esperaba que me tocara de esa forma…

Ese es el problema. Que me gusta el sexo. Mucho. Y estoy acostumbrada a tenerlo con bastante frecuencia. Así que, a menos que empiece a engañar a mi recién estrenado marido, lo cual es muy mala idea por varias razones, solo hay un lugar donde conseguir mi «chute».

Y no es que tenga que aguantarme y sonreír precisamente. Callum está buenísimo. Es frío, arrogante y le encanta tener el control de todo: ya me ha regañado cinco veces esta semana por dejar ropa en el suelo, por salpicar el espejo al cepillarme los dientes y por no hacer la cama cuando me levanto una hora después que él. Pero ninguna de esas cosas cambia el hecho de que el tío sea una bendición a nivel genético. Esa cara, ese cuerpo y… esa polla… Vamos, que no es que me resulte difícil de mirar.

Y además se le dan bien algunas cosas. No folla como un robot. Puede ser amable o brusco cuando toca y, sobre todo, es extremadamente intuitivo. Me lee como a un libro. Así que no me importaría nada ahondar un poco más en todo eso del sexo conyugal. Pero ha estado demasiado ocupado… o directamente me evita.

Por supuesto, cuando por fin necesita mi ayuda, me la pide de la forma más odiosa posible, que consiste en no pedírmela en absoluto.

Me acorrala en la cocina, donde intento tostarme un *bagel*. La tostadora de los Griffin no para de saltar todo el rato porque probablemente no la han usado en diez años. Soy la única de esta casa familiarizada con el concepto de carbohidratos.

—Esta noche tengo una recaudación de fondos —dice Callum—. Estate lista a las siete.

—Lo siento —digo bajando la palanca de la tostadora y sujetándola para que no salte otra vez—. Ya tengo planes.

—¿Qué planes?

—Un maratón de *El Señor de los Anillos*. Las tres películas seguidas, en versión extendida. No terminaré hasta mañana a mediodía.

La tostadora emite un furioso chasquido. Mantengo la palanca en su sitio, decidida a dorar el *bagel*, aunque eso haga que la máquina salga volando por los aires.

—Muy graciosa. —Callum me mira entrecerrando los ojos azul claro—. A las siete en punto, y procura no llegar tarde. Y con un peinado y maquillaje adecuados. Ya te he dejado un vestido sobre la cama.

Dejo que salte el *bagel*, bien doradito al fin. Luego extiendo una gruesa capa de crema de queso por encima, a la que añado más todavía cuando veo la expresión de desagrado de Callum.

—¿También me tienes preparadas las frases? Quizá deberías colgarme una pancarta al cuello con lo que esperas que diga.

Le doy un mordisco enorme al *bagel*. Lo disfruto aún más porque sé que probablemente Callum no se ha permitido comer ninguno en años.

—Si pudieses abstenerte de no soltar un taco en una de cada tres palabras, sería un detalle —dice retorciendo los dedos de forma involuntaria.

Estoy segura de que se muere por arrancarme el *bagel* de la boca. Se contiene porque no quiere cabrearme antes de la recaudación de fondos.

—Lo intentaré con todas mis fuerzas, cariño —le digo con la boca llena de pan.

Me fulmina con la mirada y se marcha. Me quedo sola en la cocina.

Bueno, del todo sola no: todavía quedan un montón de aperitivos a mi alrededor.

Me preparo un bol de palomitas para poder empezar a ver al menos *La Comunidad del Anillo*.

Cuando me dirijo a la sala de cine, veo que Riona viene en dirección contraria, cargada con un montón de carpetas. Parece nerviosa y estresada, como de costumbre. No sé por qué se esfuerza tanto en impresionar a esta gente: está claro que sus padres consideran a Callum la estrella de la familia y a ella un personaje secundario, como mucho. Sin embargo, cuanto más la apartan, más se esfuerza en que se fijen en ella. Verlo me revienta.

No es que sienta mucha simpatía por ella. Riona era una zorra de categoría en el colegio. La reina de las chicas malas. La única razón por la que a mí no me trataba como a una mierda es porque yo era más pequeña y, por tanto, pasaba directamente de mí.

Y así es más o menos como se comporta al tener que vivir en la misma casa conmigo. Por lo que me resulta imposible resistirme a molestarla de vez en cuando.

—¿Quieres acompañarme? —Levanto el bol de palomitas—. Estoy a punto de ver *El Señor de los Anillos*. ¿La has visto alguna vez? Hay algunos personajes con los que creo que podrías identificarte. —Concretamente, con los que comen carne humana y nacen de huevos llenos de barro.

Riona da un suspiro dramático, molesta de que me atreva a hablar siquiera con ella.

—No, no quiero ver una película a las tres de la tarde porque no soy una puta niñata. Tengo que trabajar.

—Vaaale. —Asiento enérgicamente—. Olvidaba que eres la secretaria de tu familia. Superimportante todo.

—Soy abogada —dice Riona con una dignidad gélida.

—Oooh. —Le dedico un mohín muy falso—. Lo siento. Bueno, no te preocupes, que no se lo diré a nadie.

Riona se apoya las pesadas carpetas en una cadera y ladea la cabeza para recorrerme de arriba abajo con esa mirada patentada de chica mala.

—Ah, se me olvidaba —dice suavemente—. Todo es una broma para ti. Te cambian como si fueses un cromo de béisbol, y no te importa, ¿verdad? Te da igual que tu familia te haya abandonado y que te vendieran a nosotros.

Eso me provoca una especie de náusea en el estómago, pero no voy a dejar que Riona lo vea. Me obligo a seguir sonriendo e incluso me meto un puñado de palomitas en la boca. Las siento igual de secas que el cartón en la lengua.

—Al menos soy un Topps Mickey Mantle —le digo—. Y dudo que tú seas siquiera un José Canseco del 86.

Riona me mira fijamente, sacudiendo la cabeza.

—Qué rara eres, joder.

Probablemente eso sea cierto.

Me da un empujón y se va a toda prisa por el pasillo.

Me dirijo al cine y me acomodo en mi asiento favorito de la fila central.

Riona es una zorra. No me puede importar menos su opinión.

Pero sí que me molesta. Ni siquiera puedo prestar atención a la melodiosa voz de sir Ian McKellen, mi *crush* viejuno favorito.

La verdad es que sí que me siento abandonada. Echo de menos a mi padre. Echo de menos a mis hermanos. Echo de menos mi casa, que era vieja y destartalada y estaba llena de muebles antiguos, pero conocía cada rincón. Era segura y cómoda, con recuerdos en cada una de las superficies.

Me como las palomitas sin saborearlas, hasta que por fin puedo abstraerme en el mundo fantástico de elfos y enanos y hobbits de buen corazón. Hacia las seis y media pienso si no debería empezar a prepararme. Apago la película y subo a ver qué monstruosidad me ha dejado Callum en la cama.

Efectivamente, cuando abro la cremallera del portatrajes, veo un vestido ajustado de cuentas plateadas que parece rígido, anticuado y la hostia de espantoso. Justo cuando arrugo la nariz al verlo, Callum entra en la habitación, ya vestido con un impecable esmoquin, el pelo oscuro peinado hacia atrás y aún húmedo de la ducha.

—¿Por qué no estás vestida? —dice enfadado—. Se supone que nos vamos dentro de veinticinco minutos. Por el amor de Dios, si todavía no te has peinado.

—No voy a llevar esto —le digo rotundamente.

—Sí que lo vas a llevar. Póntelo. Ahora mismo.

—¿Lo has robado del armario de Imogen?

—No —gruñe—. Lo he comprado expresamente para ti.

—Bueno, pues entonces puedes devolverlo.

—No hasta que te lo pongas esta noche.

—Eso no va a pasar. —Ladeo la cabeza.

—Métete en la ducha —ladra—. Vamos a llegar tarde.

Camino hacia la ducha, a paso de tortuga a propósito solo para molestarlo. No necesito más de media hora para prepararme; no soy una puñetera reina de la belleza.

Aun así, estoy tentada de quedarme bajo el agua caliente para siempre solo para dejar que Callum entre en ebullición. Tengo completamente decidido que no me pondré ese vestido; puedo usar el amarillo que me puse para la fiesta de compromiso.

Es probable que a Callum se le reviente una vena solo ante la idea de que una persona lleve la misma ropa dos veces.

Cuando salgo de la ducha, veo que ha recogido la ropa que yo había dejado tirada hecha un gurruño en el suelo del baño. Qué bien.

Me envuelvo en una toalla grande y esponjosa —podrán decir lo que quieran de los Griffin, pero es innegable que tienen un gusto excelente en lo que respecta a la ropa de baño— y me dirijo al armario en busca de mi vestido.

Todo mi lado del armario está completamente vacío. Las perchas sueltas cuelgan en ángulos extraños; algunas de ellas aún se balancean por el salvaje desalojo que se ha producido aquí.

Abro los cajones. Vacíos. Se ha llevado hasta la última prenda que tengo, incluida mi ropa interior.

Cuando me doy la vuelta, veo los hombros de Callum, que llenan el umbral de la puerta. Tiene los brazos cruzados sobre el pecho y una sonrisa de satisfacción en su apuesto rostro.

—Supongo que tendrá que ser el vestido o nada.

—Bueno, pues elijo nada, entonces.

Dejo caer la toalla en un charco alrededor de mis pies y cruzo los brazos sobre el pecho, imitándole.

—A ver si te queda claro esto —dice Callum en voz baja—. Vas a venir a la cena de esta noche, aunque tenga que echarte al hombro y cargar contigo como un cavernícola. Puedes llevar puesto el vestido mientras lo hago, o te juro por Dios, Aida, que te arrastraré hasta allí desnuda y te obligaré a sentarte en tu sitio delante de todo el mundo. No me pongas a prueba, joder.

—Te dará más vergüenza a ti que a mí, no te quepa duda.

Noto cómo me sube el color a las mejillas. Los ojos de Callum parecen más salvajes que nunca. Creo que habla en serio. Así de decidido está a someterme a su voluntad por el puto vestido.

Pasan los segundos. Segundos que nos hacen llegar cada vez más tarde a la recaudación de fondos, pero Callum no se mueve ni un ápice de la puerta. Esta es la batalla donde ha elegido morir: un espantoso vestido de cuentas.

—¡De acuerdo! —ladro al fin—. Me pondré el estúpido vestido.

La sonrisita burlona de su cara me hace querer retractarme al segundo. O darle un puñetazo en el ojo. Si yo tengo que ir a la cena con ese vestido de mierda, que vaya él con un puto ojo morado.

Estoy tan enfadada que prácticamente tiemblo. Me pongo el estirado vestido, que por cierto raspa, y me quedo allí de pie mientras Callum me sube la cremallera de la espalda. Es como si me estuviese ajustando un corsé. Tengo que meter la barriga y, una vez cerrada la cremallera, no puedo volver a sacarla. Me arrepiento de todas las palomitas que me he comido.

—¿Dónde has escondido mi ropa interior? —exijo.

Los dedos de Callum se detienen en la parte de arriba de la cremallera.

—No necesitas ropa interior.

¡Cabronazo! ¡Se está excitando con esto! ¡Lo sabía!

En efecto, cuando me doy la vuelta, tiene una mirada hambrienta, como si quisiera arrancarme el vestido. Pero no lo va a hacer. Porque prefiere deleitarse viendo cómo yo me paseo con él puesto toda la noche. Sabiendo que es porque él me ha obligado. Sabiendo que no llevo bragas debajo.

Estoy tan iracunda que podría gritar. Sobre todo, cuando me enseña los zapatos que espera que me ponga.

—¿Cómo pretendes que me los calce? —grito—. Con esta puta camisa de fuerza, no puedo sentarme.

Callum pone los ojos en blanco.

Entonces hace algo que me sorprende.

Se coloca de rodillas delante de mí y me apoya mi mano en su hombro para ayudarme a mantener el equilibrio. Me levanta el pie y desliza el *stiletto*, como si él fuera el Príncipe Azul y yo Cenicienta. Sus manos me resultan sorprendentemente suaves cuando me toca con los dedos el arco del pie. Me abrocha la tira y me calza el otro zapato en el pie contrario.

Cuando se incorpora de nuevo, estamos tan cerca el uno del otro que tengo que inclinar la cabeza hacia atrás para mirarle.

—Ya está —dice bruscamente—. Haré que venga Marta para que te ayude a prepararte.

Marta es la asistente personal de la familia. También se le da bien peinar y maquillar, así que a menudo ayuda a Riona y a Nessa a arreglarse para las ocasiones especiales. Imogen se pinta ella misma o va a un salón de belleza.

—Como quieras —digo.

Callum baja a buscar a Marta. Empiezo a trastabillar de vuelta al baño sobre los altísimos tacones.

No sé si es la falta de ropa interior o qué, pero noto una humedad incómoda entre las piernas. Cada paso que doy con este ajustado vestido hace que los labios del coño se froten. Estoy caliente y palpitante, y no dejo de pensar en la expresión tan excitada que tenía Callum en la cara. En lo estricto que se ha puesto cuando me ha ordenado que me vistiera.

¿Pero qué coño me está pasando?

Debe de ser porque llevo más de una semana sin echar un polvo. Porque es imposible que Callum me ponga cachonda dándome órdenes. Es una locura. Odio que me manden.

—¿Aida? —dice una voz detrás de mí.

Pego un grito y me doy la vuelta.

Es Marta, con su bolsa de maquillaje en la mano. Tiene unos treinta años, grandes ojos marrones, flequillo oscuro y voz suave.

—¿Callum me ha dicho que necesitabas un poco de ayuda para prepararte?

—Claro. S…, sí —tartamudeo.

—Siéntate. —Acerca una silla frente al espejo—. Estarás lista en un santiamén.

14

CALLUM

Aida baja la escalera agarrándose a la barandilla, con veinte minutos de retraso, pero con un aspecto deslumbrante. Marta le ha recogido el pelo en un moño algo retro que realza su aspecto de cañonazo clásico. Tiene los ojos delineados con kohl, lo que hace que parezcan casi tan plateados como el vestido.

Me gusta que Aida apenas pueda andar con tacones de aguja. Le da un aire vulnerable y hace que se aferre a mi brazo durante todo el trayecto hasta el coche.

Está más callada que de costumbre. No sé si está cabreada porque le he robado la ropa o si está nerviosa por la noche que nos espera.

Me siento tranquilo y más centrado de lo que he estado en semanas. Tal y como predijo mi padre, ahora que Aida y yo estamos oficialmente casados, los italianos me apoyan plenamente. La Spata está hundido, y ya me he encargado yo de desenterrar un par de fantásticos trapos sucios sobre Kelly Hopkins y sus años universitarios, cuando estaba metida hasta el cuello en una red de falsificación, vendiendo tesis ya terminaditas y encuadernadas a estudiantes más ricos y vagos. Oh, pobre estudiante becada, obligada a sacrificar su moral a cambio de un título.

Al final, siempre acabas encontrándote con lo mismo: por muy puros que pretendan ser todos, cuando se les aprietan las tuercas, siempre hay un lugar por el que se resquebrajan. Esto pondrá fin a cualquier pretensión de superioridad moral por parte de Hopkins. Lo que deja el campo libre para un candidato: yo.

Solo falta una semana para las elecciones. Es casi imposible que me puedan joder esto.

Si puedo mantener a raya a mi mujer.

La veo sentada frente a mí en la parte trasera de la limusina. Parece bastante tranquila, viendo pasar los edificios por la ventanilla. Pero a mí no me engaña. Sé lo rebelde que es. Puede que de momento le haya puesto la brida, pero intentará quitársela a la menor ocasión.

Lo más crucial es ser capaz de atarla en corto durante esta fiesta. Después, podrá amotinarse cuanto quiera. Van a venir varios empresarios, directores generales, inversores y representantes sindicales italianos esta noche. Necesitan ver a mi mujer junto a mí, obediente y apoyándome.

Estamos yendo al distrito de Fulton Market, que antes estaba lleno de plantas de procesado de carne y almacenes, y que ahora está plagadito de hoteles, bares, restaurantes y empresas tecnológicas a la última. La recaudación de fondos es en Morgan's on Fulton, en el ático del edificio.

Nos dirigimos hacia el ascensor a través de la galería de arte de la planta principal. Está repleta de cuadros de varios estilos y con distintos niveles de talento. Aida se detiene ante una obra moderna especialmente espantosa en tonos melocotón, gris topo y tostado.

—Anda, mira. Ahora ya sé qué regalarle a tu madre por Navidad.

—Supongo que a ti te gustará más «esto» —le digo al tiempo que le señalo un óleo oscuro y deprimente de Cronos devorando a sus hijos.

—Ah, sí —afirma, asintiendo sombríamente—. Es un retrato de familia. Así es papá cuando nos dejamos los armarios abiertos o nos olvidamos de apagar las luces.

Resoplo con una risita. Aida parece sorprendida, como si nunca me hubiese oído reír. Bueno, lo más seguro es que así sea.

Cuando por fin llegamos al ascensor, alguien grita:

—¡No cierren la puerta!

Extiendo el brazo para impedirlo, pero me arrepiento al segundo cuando veo que quien entra es Oliver Castle.

—Oh —dice al vernos y luego sacude la cabeza con arrogancia.

Tiene el pelo largo, abundante y con mechas del sol. Está bronceado, pero algo quemado también, como si hubiese estado todo el día en un barco. Cuando sonríe, los dientes se le ven demasiado blancos en comparación.

Recorre con los ojos el cuerpo de Aida, que tiene una deliciosa forma de reloj de arena con ese ajustado vestido de cuentas. Me cabrea lo descarado que es. Puede que mi unión con Aida no sea romántica, pero sigue siendo mi mujer. Me pertenece a mí y solo a mí. No a este niño rico ya crecidito.

—Sí que lo has dado todo, Aida —dice—. No recuerdo que te vistieras así para mí.

—Supongo que no valía la pena el esfuerzo —le digo fulminándole con la mirada.

Oliver suelta una risita.

—Supongo que Aida estaba empleando sus fuerzas en otras lides…

Me asalta una vívida imagen de Aida deslizando la lengua arriba y abajo por la polla de Oliver como hizo con la mía. Los celos me golpean como un saco lleno que me deja sin aire.

Tengo que hacer acopio de todo mi autocontrol para no agarrar a Castle por las solapas de su esmoquin de terciopelo y estamparlo contra la pared.

El ascensor da un pequeño bandazo y se detiene en el último piso. Las puertas se abren.

Oliver sale sin mirarnos. Y Aida me observa con sus fríos ojos grises.

No me gusta esta nueva y calmada Aida. Me pone nervioso preguntarme qué estará tramando. Me gusta más cuando suelta sin pensar lo primero que se le pasa por la cabeza, aunque me cabree muchísimo.

El ático es una gran sala abierta, repleta de potenciales benefactores que se emborrachan con alcohol gratis. Claro que gratis del todo no es: voy a exprimir a cada uno de estos cabrones para que me den hasta el último voto que pueda sacarles. Mientras tanto, son bienvenidos a atiborrarse de cócteles carísimos y comida de pitiminí.

Un lado entero de la estancia consiste en puertas correderas de cristal, en este momento abiertas hacia la terraza del ático. Los invitados se mezclan de un lado a otro, disfrutando del cálido aire nocturno y de la brisa del lago. En la terraza han encendido farolillos.

Ahora mismo, ni el impecable ambiente ni los fantásticos asistentes me producen placer alguno. Me dirijo a la barra y pido un whisky solo doble. Aida observa cómo me lo bebo de un trago.

—¿Qué? —le suelto de mala gana, mientras dejo bruscamente el vaso sobre la barra.

—Nada. —Ella se encoge de hombros y se aparta de mí para pedir su propia bebida.

Tratando de apartar de mi mente el pensamiento de Oliver y Aida, escudriño la multitud en búsqueda de mi primer objetivo.

Tengo que hablar con Calibrese y con Montez. Veo a mi madre al lado del bufet, de charla con el tesorero del estado. Mi madre lleva horas aquí, supervisando cada paso del montaje y saludando a los primeros invitados a medida que iban llegando.

Entonces veo a alguien que, desde luego, no estaba invitado: Tymon Zajac, más conocido como el Carnicero. Es el jefe de la mafia polaca y un puto grano en el culo.

Los Braterstwo controlan la mayor parte del Lower West Side hasta Chinatown, Little Italy y los barrios más ricos del nordeste, que controlan los irlandeses, es decir, yo.

Si para la mafia existe una jerarquía, sería algo así: en lo alto están los gángsteres aburguesados de guante blanco que utilizan los pequeños resortes de los negocios y la política para mantener su hegemonía. Esos son los irlandeses en Chicago. Dirigimos esta ciudad. Tenemos más oro que un puto duende. Y ganamos el mismo dinero legal que ilegal… o, al menos, pretendemos hacerlo moviéndonos por ese cómodo y poco definido terreno plagado de lagunas y acuerdos hechos bajo cuerda.

Eso no significa que tema ensuciarme las manos: yo mismo he hecho desaparecer a más de una persona en esta ciudad. Pero lo hago discretamente y solo cuando es necesario.

En el siguiente nivel de la escala, están los gángsteres con un pie en ambos mundos, como los italianos. Siguen dirigiendo muchos clubes de estriptis, discotecas, locales de apuestas ilegales y chanchullos del crimen organizado. Pero también trabajan en proyectos de construcción que constituyen la mayor parte de sus ganancias. Tienen gran influencia en los sindicatos de carpinteros, electricistas, vidrieros, operarios de maquinaria pesada, herreros, albañiles, fontaneros, chapistas y demás. Si quieres que algo en Chicago se construya sin que se queme a mitad de camino, o que se «retrase», o que te roben los materiales, entonces hay que contratar a encargados italianos o pagarles una buena mordida.

Más abajo todavía, tienes a la mafia polaca. Siguen involucrados en todo tipo de delitos violentos, de esos que hacen mucho ruido, que llaman la atención y que nos causan problemas a los que queremos hacer ver que esta es una ciudad segura.

Los Braterstwo aún trafican de manera activa con drogas y armas, roban coches, atracan bancos y furgones blindados, extorsionan y hasta secuestran. Sus asquerosas tretas acaban siempre en las noticias, y están constantemente ampliando los límites de su territorio. No quieren quedarse en Garfield, Lawndale ni en Ukranian Village. Quieren meterse en las zonas donde está el dinero. Las zonas que me pertenecen a mí.

De hecho, que Tymon Zajac aparezca en mi recaudación de fondos ya es un problema en sí mismo. No lo quiero ni como enemigo ni como amigo. No quiero que me asocien con él.

No es el tipo de hombre que pasa desapercibido. Es casi igual de ancho que alto, con el pelo color trigo que empieza a ponérsele gris y un rostro marcado con cicatrices de acné o de algo peor. Tiene unos pómulos como hachas que le enmarcan una nariz aguileña. Va cuidadosamente vestido con un traje a rayas y una flor blanca en la solapa. De algún modo, estos detalles tan elegantes solo sirven para resaltar aún más la rudeza de su cara y de sus manos.

A Zajac lo rodea una especie de mito. Aunque su familia lleva un siglo en Chicago, él se crio en las calles de Polonia, donde dirigió una sofisticada red de robo de coches desde que era adolescente. Él solo, sin ayuda de nadie, triplicó el número de robos de coches de alta gama del país, hasta que los polacos ricos ni se atrevían casi a comprarse un coche importado porque sabían que desaparecería de las calles o incluso de sus propios garajes en el plazo de una semana.

Ascendió en las filas de los Wolomin, cerca de Varsovia, hasta que esa banda se vio envuelta en una sangrienta guerra territorial con la policía polaca. Por la misma época, a su hermanastro Kasper lo asesinaron los narcotraficantes colombianos que ayudaban a meter la cocaína, la heroína y las anfetaminas en Chicago. Los colombianos pensaban que podían empezar a traficar directamente en la ciudad. Pero no contaron con que Zajac volara a Chicago para asistir al funeral de su hermano, y luego organizara una vendetta en dos partes que dejó a ocho colombianos muertos en Chicago y a doce más masacrados en Bogotá.

Zajac cometía él mismo los asesinatos, con un cuchillo de carnicero en una mano y un machete en la otra. Eso le valió el apodo de Carnicero de Bogotá.

El Carnicero pasó a ocupar el puesto de su hermano al frente de la Braterstwo de Chicago. Desde entonces, no ha habido ni un solo mes que no se haya dedicado a tratar de resquebrajar los límites de mi imperio. Es de la vieja escuela. Tiene hambre. Y sé que esta noche algo le ha traído aquí.

Por eso tengo que hablar con él, aunque prefiero que no me vean a su lado en público. Espero a que se dirija a un lugar menos vistoso de la sala.

—¿Ahora te interesas por la política, Zajac?

—Ese es el verdadero sindicato de Chicago —dice con su voz grave y áspera. Suena como si llevara cien años fumando, pero la ropa no le huele.

—¿Has venido para donar o tienes un papelito con comentarios para el buzón de sugerencias?

—Sabes tan bien como yo que los ricos nunca regalan su dinero a cambio de nada. —Se saca un puro del bolsillo y aspira su aroma tostado—. ¿Quieres fumarte uno conmigo?

—Ojalá pudiese. Pero no se puede fumar en el edificio.

—A los estadounidenses les encanta poner normas a los demás que nunca cumplen ellos mismos. Si estuvieses aquí solo, te fumarías esto conmigo.

—Claro —digo al tiempo que me pregunto qué quiere decir.

Aida aparece a mi lado, silenciosa como una sombra.

—Hola, Tymon —dice.

La mafia polaca tiene una larga y complicada historia tanto con mi familia como con la de Aida. Durante la Ley Seca, cuando los irlandeses y los italianos luchaban por el control de las destilerías, había polacos en los dos bandos. De hecho, fue un polaco quien llevó a cabo la masacre de San Valentín.

En los últimos años, Zajac ha hecho negocios con Enzo Gallo, casi siempre con éxito, aunque he oído rumores de que tienen un conflicto con la Oak Street Tower, en el que se han registrado disparos y una supuesta colocación precipitada de los cimientos, posiblemente con uno o dos cadáveres ocultos bajo el cemento.

—Me he enterado de la feliz noticia —dice Zajac. Dirige una mirada significativa al anillo que Aida lleva en el dedo—. Me decepcionó no recibir una invitación. O, al menos, que tu padre no me lo preguntara primero. Sabes que tengo dos hijos, Aida. Los polacos y los italianos se llevan bien. No te veo aprendiendo a desarrollar un gusto por la carne en conserva y la col.

—Ten cuidado con cómo le hablas a mi mujer. El trato ya está hecho, y dudo que cualquier oferta que le hicieras entonces o ahora le interesara. De hecho, dudo que tengas algo que decirnos a ninguno de los dos —intervengo.

—Puede que te sorprendas. —Zajac me clava su mirada feroz.

—No lo creo —digo desdeñosamente.

Para mi sorpresa, Aida es quien mantiene la compostura.

—Tymon no es un hombre a quien le guste perder el tiempo —dice ella—. ¿Por qué no nos cuentas qué tienes en mente?

—El político es el grosero, y la fierecilla italiana la diplomática —reflexiona Zajac—. Qué intercambio de papeles tan extraño. ¿Se va a acabar poniendo ella el esmoquin y tú el vestido esta noche?

—Lo que va a hacer este esmoquin es acabar empapado en tu sangre cuando te arranque la puta lengua de la boca, viejo —gruño.

—Los jóvenes amenazan. Los viejos hacen promesas...

—Ahórrate esas gilipolleces de galletita de la suerte —dice Aida, levantando la mano para detenerme—. ¿Qué quieres, Tymon? Callum tiene que hablar con mucha gente esta noche, y creo que ni siquiera te han invitado.

—Quiero la propiedad de Chicago Transit —dice yendo por fin al grano.

—Eso no va a pasar —le digo.

—¿Porque ya estás pensando en vendérsela a Marty Rico?

Eso me hace reflexionar un momento. Ese trato aún no se ha cerrado, así que no sé cómo coño se ha enterado Zajac.

—No he planeado nada todavía —miento—. Pero lo que sí te puedo decir es que tú no te la vas a quedar. No, a menos que tengas algún limpiador mágico para que tu reputación vuelva a ser brillante y reluciente.

La verdad es que no se la vendería al Carnicero de ninguna de las maneras. Tengo que estar en paz con los italianos. No puedo invitar a los polacos a entrar por la puerta de atrás. Si Zajac quiere jugar a ser un hombre de negocios legal, que se vaya a otro lugar de la ciudad. No a mi territorio.

El Carnicero sostiene el puro entre sus gruesos dedos, dándole vueltas y más vueltas.

—Los irlandeses sois muy avariciosos. Cuando llegasteis a América, no os quería nadie. A nosotros nos pasó lo mismo. Pusieron carteles para advertirnos que no solicitáramos trabajo. Intentaron impedir que emigráramos. Ahora que os pensáis que estáis seguros en lo más alto de la tarta, no queréis dejar que nadie más se una a vosotros. No queréis compartir ni las migajas del festín.

—Siempre estoy dispuesto a hacer tratos —le digo—. Pero no puedes exigir que te entreguen un trozo de propiedad pública. ¿A cambio de qué? ¿Qué me puedes ofrecer?

—Dinero —sisea.

—Ya tengo dinero.

—Protección.

Suelto una carcajada que lo más seguro es que le resulte grosera. A Zajac eso no le gusta nada. Se le pone la cara roja de rabia, pero no me importa. Su oferta me parece insultante.

—No necesito tu protección. Ya estabas en desventaja cuando solo se trataba de mi familia contra la tuya. Ahora que me he aliado con los italianos, ¿qué crees que puedes ofrecernos? ¿Cómo te atreves a amenazarnos?

—Sé razonable, Tymon —dice Aida—. Hemos hecho negocios juntos en el pasado. Y lo volveremos a hacer en el futuro. Pero la leche va antes que la carne.

Me sorprende lo tranquila que puede ser Aida cuando conversa con alguien de su propio mundo. Nunca había visto este lado de ella. Tuvo cero paciencia con Christina Huntley-Hart, que sacó a relucir su actitud más rabiosa y desdeñosa. Pero con Tymon, que es infinitamente más peligroso, Aida está mucho más calmada que yo.

La miro con verdadero respeto. Ella lo ve y pone los ojos en blanco, más molesta que satisfecha.

—Siempre me has caído bien, Aida —gruñe Zajac—. Espero que no te hayas equivocado al casarte con este irlandés engreído.

—El único error sería subestimarle —responde ella con frialdad.

Ahora sí que estoy conmocionado. ¿Aida defendiéndome? Nunca deja de maravillarme.

El Carnicero asiente rígidamente con la cabeza, lo que podría significar cualquier cosa, y luego se da la vuelta y se marcha. Me alivia ver que parece abandonar la fiesta sin montar una escena.

Vuelvo a mirar a Aida.

—Lo has manejado todo muy bien.

—Sí. Te sorprende, ¿eh? —responde, sacudiendo la cabeza—. Sabes que he crecido con esa gente. Me sentaba a jugar debajo de la mesa mientras mi padre negociaba con los polacos, los ucranianos, los alemanes, los armenios… No voy siempre por ahí robando relojes.

—Le ha echado cojones viniendo aquí —digo frunciendo el ceño hacia la puerta por la que acaba de desaparecer Zajac.

—Desde luego que sí. —Aida también frunce el ceño a la vez que se toquetea el anillo del dedo absorta en sus pensamientos.

Mi madre eligió ese anillo y se lo envió por correo a Aida. Ahora que se lo veo puesto, me doy cuenta de que en realidad no le queda bien. Aida habría elegido algo más cómodo e informal. Quizá debería haberla dejado escoger el suyo o haberla llevado a Tiffany's. Tampoco habría sido una molestia, la verdad.

Pero estaba tan enfadado con ella tras nuestro primer encuentro que nunca me planteé realmente qué podría preferir. Qué le serviría para que se sintiera más cómoda con este acuerdo o para mudarse a mi casa.

Quiero preguntarle qué más sabe sobre Zajac. Qué tratos ha hecho con Enzo. Pero me interrumpe mi padre, que quiere oír lo que ha dicho Zajac. Antes de que pueda incluir a Aida en la conversación, ella se larga.

Mi padre no para de interrogarme sobre el Carnicero y quiere que le cuente, palabra por palabra, lo que han dicho todas las personas con las que he hablado esta noche.

Normalmente, lo repasaría con él punto por punto. Pero no puedo evitar echar miradas furtivas por encima de su hombro, intentando ver adónde ha ido Aida. Qué está haciendo. Con quién está hablando.

Por fin la veo en la terraza con Alan Mitts, el tesorero. Es un viejo malhumorado. Creo que no le he visto sonreír ni una sola vez en todas las veces que he hablado con él. Sin embargo, con Aida, está ensimismado contando alguna anécdota, moviendo las manos, y Aida le anima y se ríe. Y, cuando lo hace, echa la cabeza hacia atrás, cierra los ojos y le tiemblan los hombros. No lo hace por ser amable. Simplemente está contenta.

Y yo quiero oír qué la hace reír tanto.

—¿Me estás escuchando? —dice mi padre bruscamente.

Vuelvo a girar la cabeza.

—¿Qué? Sí, te escucho.

—¿Qué estás mirando? —pregunta, mirando hacia la terraza con los ojos entrecerrados.

—A Mitts. Ahora tengo que hablar con él.

—Parece que ya está hablando con Aida —dice mi padre en su tono más inescrutable.

—Ah, sí.

—¿Qué tal se le está dando la noche?

—Bien. Sorprendentemente bien.

Mi padre la mira y asiente con la cabeza.

—Desde luego, tiene mejor aspecto. Aunque el vestido es demasiado atrevido.

Sabía que diría eso. Había opciones más conservadoras en la pila de vestidos que Marta trajo para que yo le diera la aprobación. Elegí este porque sabía que envolvería las curvas de Aida como si estuviese hecho para ella.

Mi padre sigue parloteando.

—El alcalde ha aportado treinta mil dólares a tu campaña y te ha respaldado, pero ya ha hecho lo mismo con otros veinticinco aliados del ayuntamiento, así que no creo que su apoyo sea tan fuerte como para…

Oliver Castle ha reaparecido, supongo que envalentonado por el alcohol. Me doy cuenta de que está medio borracho por cómo se le ruboriza la cara quemada por el sol y por la forma en que se mete bruscamente entre Aida y Mitts. Aida intenta quitárselo de encima, dirigiéndose al lado opuesto de la terraza. Castle la sigue, intentando que hable con él.

—Así que creo que será más eficiente y eficaz si…

—Espera un momento, papá.

Dejo la bebida y salgo por las puertas correderas abiertas de par en par. Esta parte del local solo está iluminada tenuemente por los farolillos, la música es más tranquila y los asientos más reservados. Oliver intenta llevarse a Aida al rincón más oscuro y lejano, oculto tras una especie de parapeto de arces japoneses en macetas.

Tengo intención de interrumpirlos inmediatamente, pero al acercarme oigo la voz grave y urgente de Oliver suplicándole a Aida. Me pica la curiosidad. Así que me acerco sigilosamente, y me quedo quieto para escuchar.

—Sé que me echas de menos, Aida. Sé que piensas en mí, igual que yo en ti…

—La verdad es que no —dice.

—Pasamos buenos momentos juntos. ¿Recuerdas la noche en que hicimos aquella hoguera en la playa y tú y yo nos fuimos a las dunas? Tú llevabas aquel biquini blanco, y yo te quité la parte de arriba con los dientes.

No me muevo ni un centímetro. Los celos se han fundido y me recorren las entrañas. Quiero interrumpirlos, pero siento una curiosidad enfermiza. Quiero saber exactamente qué pasó entre Oliver y Aida. Era evidente que él estaba encaprichado de ella. ¿Sentía ella lo mismo? ¿Le quería?

—Claro, me acuerdo de aquel fin de semana —dice ella lentamente—. Te emborrachaste y estampaste el coche en Cermak Road. Y casi te rompes la mano al pelearte con Joshua Dean. Qué tiempos más maravillosos.

—Todo fue culpa tuya —gruñe Oliver, intentando inmovilizarla contra la barandilla de la terraza—. Me sacas de mis casillas, Aida. Me vuelves loco. Solo hice aquella mierda después de que me dejaras plantado en el Oriole.

—¿Ah, sí? —dice ella, mirando hacia las calles de la ciudad que hay bajo el patio—. ¿Y te acuerdas de por qué te dejé allí?

Oliver vacila. Veo que lo recuerda, pero no quiere decirlo.

—Nos encontramos con tu tío. Me preguntó quién era. Y tú dijiste: «Solo una amiga». Porque te gustaba ser rebelde y salir con la hija de Enzo Gallo. Pero no querías poner en riesgo tu fondo fiduciario ni tu puesto en la empresa de papá. No tenías cojones para admitir lo que realmente querías.

—Cometí un error.

Oliver sigue intentando cogerle la mano a Aida. Ella le da un manotazo.

—Aida, he aprendido la lección, te lo prometo. Te he echado tanto de menos que podría haberme tirado cien veces desde el tejado de Keystone Capital. Me meto en el despacho y me siento la hostia de miserable. Tengo nuestra foto en mi escritorio, la de la noria en la que estás riéndote y agarrándome el brazo. Aquel fue el mejor día de mi vida, Aida. Si me das otra oportunidad, te demostraré lo que significas para mí. Te pondré un anillo en el dedo y presumiré de ti con todo el mundo.

—Ya tengo un anillo en el dedo —dice Aida con desgana, con la mano en alto—. Me he casado, ¿recuerdas?

—Ese matrimonio es una puta farsa. Sé que solo lo has hecho para hacerme daño. A ti te da igual el puto Callum Griffin: ¡él representa todo lo que tú odias! No soportas a la gente engreída y falsa que presume de su dinero. ¿Cuánto tiempo has salido con él? Se nota que eres una desgraciada.

—No soy ninguna desgraciada.

No me suena muy convincente.

Sé que debería interrumpirlos a los dos, pero estoy completamente cautivado con la conversación.

Furioso de que Oliver Castle tenga las pelotas de intentar seducir a mi mujer en mi puta recaudación de fondos, pero también con una curiosidad increíble por saber cómo responderá Aida.

—Ven a cenar conmigo mañana por la noche —le ruega Oliver.

—No. —Aida niega con la cabeza.

—Ven a mi apartamento, entonces. Sé que él no te toca como lo hacía yo.

¿Va a aceptar? ¿Todavía se lo quiere tirar?

Oliver intenta rodearla con los brazos, trata de besarle el cuello. Aida le aparta las manos de un manotazo. La tiene acorralada; el vestido ajustado y los tacones le impiden salir corriendo.

—Déjalo ya, Oliver. Alguien va a verte…

—Sé que echas de menos esto…

—Lo digo en serio, para o…

Oliver la aprieta contra la barandilla, intentando meterle la mano por debajo de la falda. Sé a ciencia cierta que no lleva bragas porque yo mismo la he vestido. La idea de que Oliver le toque los labios desnudos del coño es lo que hace que yo termine de estallar.

He oído hablar de gente cegada por la rabia. A mí nunca me había ocurrido; incluso en los momentos de mayor ira, siempre he sabido controlarme. Pero ahora, en un instante, paso de estar de pie detrás de los arces japoneses a agarrar a Oliver Castle por el cuello, apretándoselo tan fuerte como puedo con la mano izquierda. Le golpeo en la cara con el puño derecho una y otra vez. Oigo un rugido demencial y me doy cuenta de que soy yo, que aúllo de rabia mientras inflo a hostias al hombre que ha puesto sus manazas sobre mi mujer. Lo levanto como si fuera a arrojarlo por encima de la barandilla; de hecho, ya le he sacado casi medio cuerpo por fuera.

Aida, mi padre y varias personas más me agarran de los brazos y me apartan de Castle.

Castle tiene la cara llena de sangre, el labio partido y la camisa salpicada. La mía también, ahora que la miro.

La fiesta se ha parado en seco. Todo el mundo, tanto dentro como fuera, nos observa fijamente.

—Llama a seguridad —ladra mi padre—. Este hombre ha intentado agredir a la señora Griffin.

—Y una mierda —gruñe Oliver—. Él…

Mi padre lo silencia con otro puñetazo en la cara. Fergus Griffin no ha perdido su toque: Castle echa la cabeza hacia atrás y se desploma sobre el suelo del patio. Dos guardias de seguridad se apresuran a subir a la terraza para levantarlo.

—Lárgate. Ahora mismo —me sisea mi padre en voz baja.

—Voy a llevar a mi mujer a casa —digo lo bastante alto para que todos me oigan.

Me quito la chaqueta y se la pongo alrededor de los hombros a Aida, como si estuviese conmocionada.

Aida lo permite porque sí que está conmocionada. Alucinada por el modo en que he atacado a Oliver Castle como un perro rabioso.

Con mi brazo alrededor de sus hombros, nos abrimos paso entre la multitud antes de coger el ascensor para ir a la planta baja.

La meto a toda prisa en la limusina que nos espera.

15

AIDA

En cuanto estamos en la limusina, Callum ladra:

—Conduce. —Y levanta la mampara para que estemos a solas en la parte de atrás sin que pueda oírnos el chófer.

Tiene las manos cubiertas de sangre, al igual que su camisa blanca de vestir. Incluso tiene sangre en la cara. Está completamente despeinado, y el pelo le cae sobre la frente. Los ojos están prácticamente desorbitados y las pupilas muy negras contra el azul pálido. Un fino círculo negro le rodea el iris, lo cual le da un aire de ave de presa cuando me fulmina con la mirada como lo está haciendo ahora.

Puedo ver cómo se le crispan los músculos de la cara y se le marcan los tendones en el cuello.

—¡Estás loco! —grito mientras la limusina empieza a andar.

Me quito la chaqueta de Callum, cabreada por haber dejado que me la pusiera sobre los hombros como si fuera una especie de víctima.

—Ese puto desgraciado te ha puesto las manos encima.

Tiene un tono de voz inquietante. Ya le había oído enfadado antes, pero no a este nivel. Le tiemblan las manos manchadas de sangre. Lo he visto intentar levantar a Oliver para arrojarlo por la barandilla. Iba a hacerlo. Iba a matarlo.

Puede que haya subestimado a Callum Griffin.

—Podría haber manejado la situación yo sola —digo bruscamente—. Solo estaba borracho. Podría haberme alejado de él sin montar una escena.

—Intentaba seducirte en mi cara —gruñe Callum.

—¡Me estabas espiando!

—Tienes toda la razón. Eres mi mujer. No tienes secretos para mí.

—Pero eso solo va en una dirección, ¿no? Te pasas el día en reuniones y citas secretas. Metido en el despacho de papá haciendo planes —me burlo.

—Estoy trabajando —dice Callum con los labios apretados.

Me doy cuenta de que sigue excitado al máximo, con miles de voltios de pura energía vengativa recorriéndole el cuerpo. Le han interrumpido y ha descargado su agresividad contra Oliver. Y ahora esa energía no tiene adónde ir. Parece que va a explotar al menor contacto.

Yo también estoy cabreada, joder. ¿Cómo se le ocurre escuchar mis conversaciones privadas? ¿Actuar como si yo fuera de su propiedad, como si tuviese derecho a estar celoso?

Oliver al menos me quería, a su estúpida e inmadura manera. Callum no me quiere. ¿Por qué debería importarle que un tío intente meterme la mano por debajo de la falda?

—Pues sigue trabajando —le siseo—. Y no te metas en mi vida personal. ¿Quieres un bonito accesorio colgando del brazo? Yo lo he hecho. He venido a tu estúpida fiesta, me he puesto este espantoso vestido. Le he dicho a Mitts que debía apoyarte. Estoy cumpliendo mi parte del trato. Con quién haya salido o dejado de salir antes no es de tu puta incumbencia.

—¿Le querías? —exige Callum.

—¡Que no es asunto tuyo! —grito—. ¡Te lo acabo de decir, joder!

—Dímelo —ordena Callum—. ¿Estabas enamorada de ese pedazo de mierda arrogante?

Vuelve a tener esa mirada enajenada de necesidad. Como si le estuviese volviendo loco esa idea y tuviese que saberlo.

Pues no le voy a contar una mierda. Me cabrea que estuviese escuchando a escondidas y me cabrea que crea que tiene derecho a saber lo que pienso y lo que siento cuando no se ha ganado ni una pizca de confianza.

—¿Y a ti qué te importa? ¿Qué más te da?

—Necesito saberlo. ¿Te gustaba cómo te tocaba? ¿Cómo te follaba?

Aunque parece que no se ha dado cuenta, ha puesto la mano en mi muslo desnudo. Empieza a mover los dedos hacia arriba, bajo la tiesa falda de cuentas del vestido que me ha obligado a llevar.

Le aparto la mano de un manotazo antes de empujarle en el pecho.

—Puede que sí.

—¿Quién te folla mejor? ¿Él o yo? —exige Callum.

Vuelve a ponerme la mano en el muslo. Con la otra mano busca mi nuca, para acercarse. Me aprisiona contra el asiento y se sube encima de mí.

Esta vez le doy una bofetada en la cara lo bastante fuerte como para partirle el labio. La bofetada resuena con fuerza en la parte trasera de la limusina.

Por un segundo, parece que le despierta.

Luego parpadea, y en sus ojos veo más lujuria que nunca. Están hambrientos, como los de un lobo.

Me besa, aplasta sus labios contra los míos y me mete la lengua en la boca. Puedo saborear la sangre de su labio partido, salada y caliente.

Me aplasta con su peso contra el profundo asiento de cuero. La temperatura de su cuerpo podría alcanzar los doscientos grados.

Odio más a Callum cuando es frío, estirado, robótico. Cuando pasa a mi lado en el pasillo como si yo no estuviese allí. Cuando duerme junto a mí en la cama sin abrazarme, sin tocarme siquiera.

Cuando le pongo así de furioso, cuando por fin se quiebra y pierde el control..., entonces es cuando no le odio. De hecho, casi me gusta un poco. Porque ahí es donde veo un poco más de mí misma

Cuando tiene mal genio, cuando está enfadado, cuando quiere matar a alguien..., ahí le entiendo. Es cuando por fin tenemos algo en común.

Le cojo la cara entre las manos y le devuelvo el beso. Le hundo los dedos entre el pelo, empapado en sudor. Su cuero cabelludo irradia calor.

Quiero sentir el resto de su cuerpo.

Tanteo los botones de su camisa, que son de esos tapados, de esos que nunca puedes desabrochar, aunque los veas a plena luz.

Así que le rasgo la parte delantera de la camisa, como si él fuera Superman y hubiese un asteroide viniendo directamente hacia nosotros. Le paso las manos por la piel ardiente, sintiendo los músculos crispados por la excitación.

Me mete la lengua en la boca tan profundamente que casi me ahoga. Su incipiente barba me araña la mejilla. Intenta quitarme el vestido, pero está tan tieso y apretado que ni siquiera puede subirme la falda a la altura de la cintura.

Con un gruñido de frustración, coge su chaqueta del suelo y saca un cuchillo del bolsillo del pecho. Pulsa un botón y la hoja se abre, rápida y brutalmente afilada. Se parece mucho a la que lleva Nero. Y, al igual que mi hermano, por la forma en que Callum lo sujeta, me doy cuenta de que sabe utilizar un cuchillo.

—No te muevas —me ruge inmovilizándome contra el asiento.

Me mantengo totalmente quieta. Con cinco o seis tajos rápidos, me quita el vestido del cuerpo, y lo deja hecho pedazos en el suelo de la limusina.

Estoy completamente desnuda.

Callum se toma un segundo para devorarme el cuerpo con la mirada. Luego se desabrocha los pantalones, y libera su polla.

Nunca lo admitiría ante él, pero Callum tiene una polla preciosa. Nunca había visto nada igual. Las profundas marcas de su cinturón de Adonis conducen directamente a su verga, tan gruesa que apenas puedo rodearla con la mano. Callum tiene la piel pálida y suave, y su polla es casi exactamente del mismo color, con un solo toque rosado en la punta.

Disfruté bastante chupándosela en la ducha. Era increíblemente suave y se deslizaba dentro y fuera de mis labios con facilidad.

De hecho, estaría dispuesta a repetirlo ahora mismo. Pero Callum es demasiado impaciente.

Tira de mí para que me siente a horcajadas sobre su regazo. Su polla, que me llega hasta el ombligo, se interpone entre nosotros. Deslizo los labios de mi coño hacia delante y hacia atrás a lo largo de su miembro, humedeciéndolo. Luego me coloco sobre su glande inmenso, y dejo que me la meta. Callum reclina la cabeza contra el asiento y suelta un gemido profundo y gutural cuando mi coño se traga su verga. Tiene las manos alrededor de mi cintura, y me empuja hacia abajo.

Oh, Dios mío, qué maravilla…

Llevaba toda la noche mojada por la desquiciante fricción de mi coño desnudo bajo aquel vestido. Estaba cachonda y frustrada, sin dejar de preguntarme cuándo demonios iba a volver a tener sexo.

He de admitir que, por un segundo, la oferta de Oliver no me pareció tan mala. Es arrogante, inmaduro y un poco idiota, pero al menos adoraba mi cuerpo.

Pero, cuando me habló de la noche que follamos en las dunas, me vino a la cabeza una imagen diferente: Callum empujándome contra la pared de cristal de la ducha y metiéndome esa hermosa y gruesa polla. Pensé en el calor húmedo y en las manos de mi marido sobre mí, no en las de mi exnovio.

No he podido dejar de pensar en ello.

Ahora que vuelvo a sentirlo, me parece incluso mejor que la primera vez. Callum está aún más salvaje y voraz que antes. Se lleva mis pechos a la boca, los chupa como si estuviese hambriento y yo fuera lo único que lo mantiene con vida. Cuando me suelta el pezón, empieza a chuparme el cuello, de un modo tan brusco y ávido que sé que mañana voy a estar llena de marcas.

Brinco arriba y abajo sobre su regazo, cabalgando sobre su polla. El movimiento de la limusina al pasar por algunos baches de la carretera no hace sino aumentar la fricción. Hasta la vibración del motor aumenta la sensación. Huelo el cuero de los asientos, el alcohol del minibar, la sangre de la camisa de Callum y el sudor de su piel.

Me agarra del pelo y me muerde el cuello como el vampiro que imagino que es. Me produce escalofríos, me hace aferrarme a su cuello y estrecharme contra su polla.

—Aida —gime en mi oído—. Eres jodidamente preciosa.

Me quedo paralizada un segundo.

Callum nunca me había hecho un cumplido. Creía que le gustaban las chicas como Christina Huntley: delgadas, rubias, estilosas, populares. Bien educadas, como un caniche de exposición.

Cuando atacó a Oliver, pensé que lo hacía por orgullo. Que le había cabreado que Oliver se colara en su recaudación de fondos e intentara poner sus manos en la propiedad de Callum.

Nunca me imaginé que Callum pudiese estar celoso de verdad.

¿Será que le gusto a mi estirado, engreído y perfeccionista marido?

Empiezo a cabalgar de nuevo sobre su polla, esta vez moviendo las caderas para que mi coño se deslice arriba y abajo por toda la longitud de su miembro.

Callum jadea y me rodea con los brazos con tanta fuerza que apenas puedo respirar.

Acerco mis labios a su oreja.

—¿Me deseas, Cal? —le susurro.

—No te deseo —gime con la voz ronca y cruda—. Te necesito.

Sus palabras liberan algo dentro de mí. Esa parte de mí que intentaba contener mi propia y desesperada atracción porque era demasiado intensa, demasiado peligrosa para consentirla. No podía permitirme desear a este hombre porque no tenía sentido. Pensaba que no tenía poder sobre él.

Ahora me doy cuenta de que lo necesita tanto como yo.

Me corro con tanta fuerza que el cuerpo entero me tiembla entre sus brazos. Siento como si una cascada rompiera a través de mí. Unas putas cataratas del Niágara de placer, que bajan y bajan y bajan. Imparables. Desinhibidas.

Incluso después de alcanzar el clímax, sigo queriendo más. El orgasmo ha sido increíble, pero no me ha satisfecho del todo. Necesito más.

Callum me tumba bocarriba y se sube encima de mí antes de penetrarme de nuevo. Me mira directamente a los ojos, su azul claro en mi gris humo.

Cuando lo miro a los ojos, normalmente es porque estoy furiosa y quiero desafiarlo. Nunca nos habíamos mirado así: expectantes, curiosos, sin dobleces.

Callum no es un robot. Siente las cosas con la misma intensidad que yo. Quizá incluso más, porque siempre está intentando ocultarlas.

Por primera vez, presiona sus labios contra los míos con dulzura. Su lengua saborea y explora.

Le devuelvo el beso, sin dejar de mover las caderas bajo las suyas. Siento que se acerca otro clímax, la otra mitad del anterior. ¿Por qué nuestros cuerpos encajan con tal perfección cuando todo lo demás entre nosotros está en el lado opuesto?

—Eres mía, Aida —me gruñe Callum al oído—. Mataré a cualquiera que intente tocarte.

Y, al decir eso, entra en erupción dentro de mí. Yo también me corro, y este segundo orgasmo es aún más fuerte que el primero. El más fuerte que he sentido nunca, de hecho.

No estoy segura de seguir viva cuando termine.

16

CALLUM

Por suerte, Aida y yo somos los primeros en volver a la casa, porque los restos de su vestido están esparcidos por el suelo de la limusina, y ella no tiene nada más que ponerse que la chaqueta de mi traje.

No le importa una mierda. Como el espíritu libre que es, se envuelve el cuerpo con mi chaqueta y entra descalza corriendo, despidiéndose del chófer con un gesto de alegría.

Me gustaría seguirla, pero el teléfono me vibra en el bolsillo: es mi padre, que llama para ponerme a parir.

—¿En qué coño estabas pensando? —me dice en cuanto descuelgo.

—Ese pedazo de mierda ha intentado agredir a mi mujer.

—Te has liado a puñetazos en tu propia recaudación de fondos. ¡Con Oliver Castle! ¿Sabes lo que eso significa?

—Tiene suerte de que no le haya estampado los sesos en el cemento.

—Si lo hubieses hecho, ahora mismo estarías en la cárcel —gruñe mi padre—. No le has dado una paliza a un chico cualquiera de una fraternidad universitaria: Henry Castle es uno de los hombres más ricos de Chicago. Ha donado cincuenta mil para tu campaña.

—Pues no le van a devolver el dinero.

—Vas a tener que darle mucho más que un reembolso para evitar que destruya tu carrera.

Rechino los dientes con tanta fuerza que noto las muelas como si estuviesen a punto de partirse por la mitad.

—¿Qué es lo que quiere?

—Lo sabrás mañana. A las ocho de la mañana, en Keystone Capital. No llegues tarde.

Joder. Henry Castle es peor que su hijo: desmedido, arrogante y exigente al máximo. Querrá que me arrastre y le bese el anillo, cuando yo lo que quiero es castrarle para evitar que engendre más hijos de mierda.

—Allí estaré.

—Esta noche has perdido el control —dice mi padre—. ¿Qué coño pasa entre esa chica y tú?

—Nada.

—Se supone que es un activo, no un pasivo.

—Ella no ha hecho nada. Ya te he dicho que ha sido Castle.

—Pues contrólate. No puedes permitir que te distraiga de tu objetivo.

Cuelgo, hirviendo por todas las cosas que quería gritar al teléfono y no he dicho.

Fue él quien me obligó a casarme con Aida, ¿y ahora se cabrea porque ella no es una pequeña pieza de ajedrez que puede ir moviendo por el tablero como hace con todos los demás?

Eso es lo que más admiro de ella. Que es salvaje y feroz. Necesito esforzarme al máximo solo para conseguir que se ponga un maldito vestido. Ella nunca se rebajaría ante Henry Castle. Ni yo tampoco.

Subo a nuestro dormitorio. Supongo que se está lavando los dientes y preparándose para ir a la cama. En cambio, se abalanza sobre mí en cuanto entro. Me besa profundamente, y tira de mí hacia la cama.

—¿No estás cansada? —le pregunto.

—Ni siquiera es medianoche. —Se ríe—. Pero si prefieres irte a dormir, vejestorio…

—A ver qué hace falta para cansarte, maldita lunática —le digo y la arrojo sobre el colchón.

Aida sigue profundamente dormida cuando me levanto para ir a la reunión con Henry Castle. Le subo las mantas hasta los hombros desnudos, aunque me parece una pena cubrir esa piel suave y brillante.

Parece agotada después del maratón de polvos que nos dimos anoche. Nos hemos pasado la noche haciendo algo que se acercaba más a la lucha libre que a follar. Me estaba poniendo a prueba, a ver si yo dejaba que ella asumiera el control, comprobando hasta dónde llega mi energía y mi aguante.

Ni de coña me iba a rendir yo antes que ella. Cada vez que intentaba dominarme, volvía a inmovilizarla y me la follaba sin piedad, hasta que los dos jadeábamos y acabábamos empapados de sudor.

Podía ver cómo la excitaba, sentir mi fuerza contra la suya, saber que no cedería ni un milímetro ante ella. Le gusta llevarme al límite, ver hasta dónde puede llegar ella antes de que yo salte. Lo hace dentro y fuera del dormitorio.

Bueno, pues yo soy una puta montaña que no se va a mover. Pronto lo aprenderá.

Y también lo hará Henry Castle. Sé que cree que he venido a su despacho a arrastrarme, pero eso no va a pasar ni de puta coña.

De hecho, cuando su secretaria me dice que me siente y espere delante de su puerta, le digo:

—Nuestra reunión es a las ocho. —Y me meto dentro.

Tal como sospechaba, Henry está sentado detrás de su escritorio, sin hacer nada en este momento.

Es un hombre grande, completamente calvo, bien musculado y gordo. Lleva trajes holgados de hombros anchos, lo que le da una apariencia más corpulenta. Sus negras cejas parecen no pertenecer a su cabeza, que por lo demás no tiene pelo.

—Griffin —dice con una severa inclinación de cabeza. Intenta hablar con un tono de mando.

Me hace un gesto para que me siente frente a su escritorio. La silla es baja y estrecha, deliberadamente inferior a la que ocupa el propio Henry.

—No, gracias —digo y me quedo de pie para apoyarme despreocupadamente en el lateral de su escritorio. Ahora soy yo quien le mira desde arriba.

Me doy cuenta de que le molesta. Se pone de pie casi al instante, con el pretexto de mirar alguna de las fotografías de su estantería.

—Ya sabes que Oliver es mi único hijo.

Coge una foto enmarcada de un niño en una playa. El niño corre hacia el agua. Detrás de él hay una casa, pequeña, azul, casi una cabaña. La arena llega hasta los escalones.

—Ajá. —Asiento sin pretensiones—. ¿Dónde es eso?

—En Chesterton —se limita a decir Henry.

Quiere volver a centrar la conversación en el tema. En lugar de eso, me salgo por la tangente, para cabreo suyo.

—¿Vais mucho por ahí?

—Solíamos hacerlo. Todos los veranos. Aunque acabo de vender la casa. Lo habría hecho antes, pero Oliver se puso como loco. Es más sentimental que yo.

Henry vuelve a dejar la foto en la estantería y se gira para mirarme. Sus espesas cejas negras se ciernen sobre sus ojos.

—Agrediste a mi hijo anoche.

—Él agredió a mi mujer.

—¿A Aida Gallo? —Henry se permite una pequeña mueca de desprecio—. No te ofendas, pero yo no me fiaría de lo que ella te diga.

—Eso es tremendamente ofensivo. —Le sostengo la mirada—. Por no mencionar que lo vi con mis propios ojos.

—Hicisteis que se lo llevara escoltado el equipo de seguridad. Me esperaba un trato mejor teniendo en cuenta que soy uno de tus mayores benefactores.

Resoplo lentamente.

—Por favor. Ya tengo mucho dinero. Así que no voy a prostituir a mi mujer por cincuenta de los grandes. Y, en cualquier caso, mi relación es contigo, no con Oliver. No creo que el hecho de que sea un borracho baboso te pille de sorpresa, así que vayamos directamente al grano y dime qué te molesta.

—Bien —suelta Henry. Se pone rojo y la calva le brilla más que nunca—. He oído que vas a vender la propiedad de Transit Authority a Marty Rico. La quiero yo.

Por Dios. Todavía no soy concejal, la propiedad no está en venta, y, sin embargo, la mitad de los hombres de Chicago intentan meterle mano.

—Hay varios interesados. —Tamborileo ligeramente con los dedos sobre su escritorio—. Pienso escuchar todas las ofertas.

—Pero me la darás a mí —dice Castle amenazante.

Puede amenazar todo lo que quiera. No voy a dar nada gratis.

—Siempre que el precio sea el adecuado.

—Créeme, no quieres enemistarte conmigo.

Henry ha vuelto a su mesa y sigue de pie, porque quiere estar por encima de mí. Por desgracia para él, eso no sirve de nada si no eres el hombre más alto de la habitación.

—Seguro que se te ocurre algo jugoso —comento—. Después de todo, en la puerta pone «capital».

La cara se le oscurece cada vez más. Tiene pinta de que esté a punto de estallarle una vena.

—Me pondré en contacto con tu padre para hablar de esto.

—No te molestes —le digo—. A diferencia de tu hijo, yo hablo en mi propio nombre.

17

AIDA

Callum se levanta temprano, se va en silencio hasta el cuarto de baño y cierra la puerta para no despertarme con el ruido de la ducha.

Cuando por fin me despierto del todo, hace rato que se ha ido, probablemente a alguna reunión. Aún puedo oler su champú y su loción de afeitar en el ambiente. Un aroma que cada vez me resulta más erótico.

Me regodeo en la satisfacción de la noche anterior.

Nunca habría creído que Callum Griffin tuviese la capacidad de ser tan apasionado o sensual. Francamente, es el mejor sexo que he tenido en mi vida, con la persona que menos me gusta. Menudo enigma. Porque casi me hace sentir… simpatía hacia él, y yo no tenía eso en mente en absoluto.

La cabeza me da vueltas. ¿Qué demonios está pasando? ¿Será esto una especie de síndrome de Estocolmo porque llevo demasiado tiempo involucrada con los Griffin?

Por suerte, hoy me voy a casa para poder recuperar un poco la cordura.

Ojalá fuera por un motivo más feliz. Es el aniversario de la muerte de mi madre, un día que paso siempre con mi padre y mis hermanos. Me hace mucha ilusión. No he vuelto desde que me casé. Me pregunto si me sentiré distinta ahora que vivo técnicamente en otro lugar.

No siento la mansión de los Griffin como mi hogar. Hay un par de cosas que me gustan, sobre todo la sala de cine y la piscina. Todo lo demás está demasiado ordenado, como si alguien fuera a venir en cualquier momento a hacer un reportaje para una revista. La mayoría de los sofás, atrincherados tras un montón de tiesos cojines y desprovistos de accesorios cómodos como libros o mantas, no parecen pensados para sentarse en ellos.

Además, el personal de la casa es ingente. Limpiadoras, cocineras, ayudantes, chóferes, guardias de seguridad... Es difícil sentirse cómoda cuando sabes que alguien puede entrar sin hacer ruido en una habitación en cualquier momento. Porque, aunque siempre se retiran educadamente si ven que el espacio está ocupado, te recuerdan que no estás sola y que estás en un nivel incómodo por encima de ellos.

Yo hablo con «el servicio», sobre todo con Marta, porque es a la que veo más a menudo. Tiene una hija de siete años, le gusta el reguetón y es el Miguel Ángel del maquillaje. Parece guay, como si pudiéramos ser amigas. Salvo que tiene que atenderme como si fuera una Griffin.

Es curioso, porque los Gallo no somos precisamente pobres. Pero supongo que hay niveles de riqueza, como en todo.

Me alegraré de volver a la realidad por un día.

Nessa me presta amablemente su Jeep para ir a casa. En realidad, no tengo coche propio. En casa de papá siempre había suficientes vehículos en el garaje como para que pudiese llevarme el que quisiera, eso en caso de que Nero no hubiese desmontado el motor para alguno de sus extraños propósitos. Supongo que ahora podría comprarme uno. Tengo mucho dinero en el banco. Pero detesto la idea de tener que mendigar a los Griffin una plaza de garaje.

Me dirijo al Old Town, y me siento como si hubiesen pasado meses en lugar de solo unas semanas desde la última vez que estuve aquí.

Conducir por estas calles tan familiares es como volver a ser yo misma. Veo las tiendas y panaderías que tan bien conozco, y pienso en lo disparatado que es que Callum y yo hayamos vivido a solo unos kilómetros el uno del otro todo este tiempo y que, sin embargo, nuestros mundos sean tan diferentes.

En el Old Town han vivido todo tipo de personas a lo largo de los años. Cuando estaba lleno de granjas alemanas, lo llamaban el Cabbage Patch. Más tarde se mudaron aquí los puertorriqueños y un ejército de artistas. Y un montón de italianos también.

Nuestra casa es una antigua e inmensa mansión victoriana. Tiene cuatro plantas. Es tan oscura y con las tejas tan empinadas que parece una casa encantada, a la sombra de robles muy viejos y rodeada por un jardín con verja.

Mi padre excavó un aparcamiento subterráneo para las manualidades de Nero. Me meto allí para aparcar antes de subir las escaleras hasta la cocina, donde sorprendo a Greta al rodearle la gruesa cintura con los brazos.

—*Minchia!* —grita dando vueltas con una cuchara en la mano y llenándome de salsa de tomate—. ¡Aida! ¿Por qué no me dijiste que venías a casa? Habría hecho la cena.

—Ya estás haciendo la cena —observo.

—Te habría preparado una cena mejor.

—Me encanta todo lo que haces —digo al tiempo que trato de arrebatarle la cuchara de la mano para poder probar la salsa.

En vez de eso, la utiliza para darme con ella en los nudillos.

—Aún no está lista.

La agarro por la cintura y vuelvo a abrazarla con fuerza, intentando levantarla del suelo.

—*Smettila!* Para antes de que te rompas la espalda. ¡O me rompas a mí la mía!

Así que me contento con besarla en la mejilla.

—Te echo de menos. La cocinera de los Griffin hace una comida repugnante.

—Con todo ese dinero, ¿no tienen una buena cocinera? —dice asombrada.

—Todo comida sana. Lo odio.

Greta se estremece como si dijera que sirven ratas vivas.

—No hay nada más sano que el aceite de oliva y el vino tinto. Come como un italiano y vivirás para siempre. No es bueno estar demasiado delgado.

Reprimo una carcajada. No creo que Greta haya estado nunca a menos de veinte kilos de la delgadez, y yo nunca he sido precisamente un palo. Así que no es que hablemos por experiencia. Pero suena horrible igualmente.

—¿Dónde está papá? —le pregunto.

—En la habitación de tu madre.

Se refiere a la sala de música. Mi madre se formó como pianista clásica antes de conocer a mi padre. Su piano de cola sigue en una habitación del último piso, junto con todos sus cuadernos y partituras.

Subo los dos tramos de escaleras para encontrarme con papá. Las escaleras son estrechas y chirrían, las contrahuellas de madera apenas son lo bastante anchas para que Dante suba sin que los hombros le rocen las paredes por ambos lados.

Papá está sentado en la banqueta del piano de mi madre, mirando las teclas. Hace afinar y revisar el piano cada año, aunque mamá era la única que lo tocaba.

La recuerdo sentada exactamente en ese lugar. Me asombraba la rapidez con que volaban sus manos sobre las teclas, teniendo en cuenta lo pequeñita que era y que sus manos eran solo un poco más grandes que las mías.

No tengo muchos más recuerdos de ella. Me da envidia que mis hermanos sí que pudieran conocerla durante mucho más tiempo que yo. Yo solo tenía seis años cuando murió.

Ella se pensaba que era una gripe. Se encerró en su habitación porque no quería contagiarnos a los demás. Cuando mi padre se dio cuenta de lo grave que estaba, ya era demasiado tarde. Murió de meningitis después de estar enferma solo dos días.

A mi padre lo inundó un horrible sentimiento de culpa. Todavía se siente así.

En nuestro mundo, sabes que puedes perder a un familiar de forma violenta. Los Gallo hemos perdido a muchos más de la cuenta. Pero jamás esperas que un ladrón silencioso, una enfermedad de mierda, golpee de esa forma a una mujer tan joven y sana.

Papá se quedó destrozado. Amaba profundamente a mi madre.

La vio por primera vez cuando ella actuaba en el teatro Riviera. Luego le envió flores, perfumes y joyas durante semanas antes de que ella accediera a cenar con él. Era doce años mayor que ella y ya tenía mala fama.

La cortejó durante dos años más antes de que ella aceptara al fin casarse con él.

No sé lo que mi madre pensaba del trabajo y de la familia de mi padre. Lo que sí sé es que al menos adoraba a sus hijos. Siempre hablaba de sus tres guapísimos chicos y de mí, su última sorpresita.

Dante tiene su determinación, Nero su talento, Sebastian su bondad… Y yo no sé qué tengo: sus ojos, supongo.

Y sé tocar un poco el piano. Aunque no como ella.

Veo los hombros anchos de papá encorvados sobre las teclas. Toca el do central. Tiene el dedo tan grueso que apenas puede mantenerse dentro de los límites de la tecla. Papá tiene una cabeza inmensa que se asienta casi directamente sobre los hombros. Sus cejas son tan gruesas como mi pulgar. Aún las tiene muy negras, al igual que el bigote. Pero la barba ya está gris, y en su pelo oscuro y rizado se ven algunos mechones blancos.

—Ven a tocar conmigo, Aida —dice sin darse la vuelta. Es imposible acercarse a él en silencio. Y no solo en nuestra casa, donde crujen las escaleras.

Me siento a su lado en la banqueta. Él se mueve para hacerme sitio.

—Toca la canción de tu madre.

Extiendo los dedos sobre las teclas. Siempre pienso que no me voy a acordar. No sabría decir cómo empieza, ni podría tararearla correctamente. Pero el cuerpo recuerda mucho más que el cerebro.

Ella tocaba esta melodía una y otra vez. No era la más difícil, ni siquiera la más bonita. Solo la que tenía grabada a fuego en la cabeza. *Gnossienne n.º 1* de Erik Satie. Una pieza extraña e inquietante.

♫ *Gnossienne n.º 1, Erik Satie*

Empieza rítmica, misteriosa, como una pregunta. Después parece responder airada y dramáticamente. Luego se repite, aunque no del todo igual.

No hay compases ni barras de división. Puedes tocarla como quieras. Mamá unas veces la tocaba más rápido, otras más lento, un día más fuerte y otro más suave, según su estado de ánimo. Después del segundo tiempo, pasa a una especie de puente, la parte más melancólica de todas. Y luego vuelve al principio una vez más.

—¿Qué significa? —le pregunté cuando era pequeña—. ¿Qué es una *gnossienne*?

—Nadie lo sabe —me contestó ella—. Satie se inventó la palabra. La toco para papá.

Cierra los ojos, y sé que está imaginando las manos de mi madre sobre las teclas, moviéndose con mucha más sensibilidad que las mías.

Recuerdo cómo mecía su esbelto cuerpo al ritmo de la música, la forma en que cerraba sus ojos grises. Puedo oler las lilas frescas que colocaba en un jarrón junto a la ventana. Cuando abro los ojos, la habitación está más oscura de lo que ella la tenía.

Los robles han crecido en grosor y altura desde entonces, y se apiñan contra la ventana. Ya no hay jarrón ni flores frescas.

Nero está de pie en la puerta: alto, delgado, con el pelo negro cayéndole sobre uno de los ojos. Tiene un rostro bello y cruel como el de un ángel vengador.

—Deberías tocarla tú —le digo—. Lo haces mejor que yo.

Niega rápidamente con la cabeza y vuelve a bajar las escaleras. Lo que más me sorprende es que haya subido siquiera. No le gustan los recuerdos. Ni las muestras de cariño. Ni los aniversarios.

Papá mira el anillo de mi mano izquierda. Hace que me pese la mano y me dificulta tocar.

—¿Se portan bien contigo, Aida? —dice.

Vacilo al recordar cómo me robó Callum la ropa anoche, cómo se abalanzó sobre mí en el coche y cómo me cortó el vestido. Cómo sabía su boca. Cómo le respondió mi cuerpo.

—Ya sabes que puedo cuidar de mí misma, papá —le digo al fin.

—Lo sé —asiente.

—Tymon Zajac vino anoche a la recaudación de fondos de Callum.

Papá inhala con fuerza. Si estuviésemos en el exterior, habría escupido al suelo.

—El Carnicero. ¿Qué quería?

—Dijo que quería unas propiedades de Transit Authority que están a punto de subastarse. Pero no creo que fuera eso, en realidad; creo que estaba poniendo a prueba a Callum. Y puede que a mí también. Para ver cómo reaccionaríamos ante sus exigencias.

—¿Qué dijo Callum?

—Le mandó a tomar por culo.

—¿Cómo lo encajó Zajac?

—Se piró.

Mi padre frunce el ceño.

—Ten cuidado, Aida. Eso no se va a quedar sin respuesta.

—Lo sé. Pero no te preocupes, los Griffin tienen seguridad por todas partes.

Asiente, pero no parece satisfecho.

Oigo un ruido metálico abajo, en la cocina. Esta casa no tiene aislamiento: el ruido se propaga por todas partes.

A continuación, llega el sonido atronador de la voz de Dante y una risa que suena como la de Sebastian.

—Han llegado tus hermanos —dice papá.

—Vamos.

Le apoyo una mano en el hombro y me levanto de la banqueta del piano.

—Iré enseguida.

Bajo las escaleras. Efectivamente, mis tres hermanos están hacinados en la pequeña cocina con Greta. Dante está intentando limpiar los restos de los platos que Sebastian acaba de tirar al suelo con una de sus muletas. La rodilla de Seb sigue metida en una férula de alta tecnología que se supone que es útil, pero que lo ha convertido en un desastre con patas, todavía peor de lo habitual.

Al menos camina. O casi.

—Hola, torpe —le digo dándole un abrazo.

—¿Eras tú la que tocaba? —dice Sebastian devolviéndome el abrazo.

—Sí.

—Sonaba como ella.

—No, en absoluto —digo, negando con la cabeza.

—Para nada —asiente Nero.

—Dame la escoba —le exige Greta a Dante—. No haces más que esparcir el desastre.

Mientras ella está de espaldas, Nero le roba uno de sus panecillos de naranja y se lo mete en la boca. Como si intuyera las travesuras que se cuecen a su espalda, se da la vuelta de nuevo y lo mira con dureza. Nero intenta mantener el rostro perfectamente inmóvil, a pesar de tener las mejillas tan infladas como las de una ardilla.

—¡Esos son para la comida! —grita Greta.

—*E'o e 'omida* —dice Nero con un panecillo de naranja entero en la boca.

—¡No, no lo es! Y no comas hasta que no venga tu padre.

Nero traga con fuerza.

—No va a comer. Ya sabes cómo está hoy.

—¡Pues no lo empeores! —grita Greta—. Y tú —añade, señalando a Sebastian con el dedo—. Vete de aquí antes de que rompas algo importante.

—Vale, vale.

Sebastian vuelve a colocarse las muletas bajo los sobacos y, mientras se arrastra hacia el salón, está a punto de tirar la tetera de Greta y derriba la escoba.

Nero coge el mango con la mano derecha, mientras roba otro panecillo de naranja con la izquierda. Le pasa la escoba a Greta con el panecillo oculto a la espalda.

—Toma, Greta. Sabes que solo quiero ayudar.

—Ayudarías más poniéndote en mis zapatos, demonio.

—Depende. ¿De qué talla son?

Ella intenta azotarle con un paño de cocina. Él sale corriendo de la cocina y empuja a Sebastian, que casi se cae.

Dante los sigue a un ritmo más pausado. Yo salgo la última, mirando los panecillos de naranja recién glaseados, pero no quiero arriesgarme a que Greta se enfade.

Al final, conseguimos que venga papá cuando sacamos su viejo juego de *mahjongg* y abrimos la botella de vino que ha traído Dante. Jugamos un torneo por tandas, en el que Nero acaba saliendo victorioso, pero no sin haber recibido todo tipo de acusaciones de tramposo y exigiendo volver a contar todas las piezas por si alguna se hubiese «extraviado» en el transcurso de la partida.

Cuando la comida está lista, obligamos físicamente a Greta a sentarse a comer con nosotros en lugar de estar trabajando todo el tiempo. Nero la convence para que beba una copa de vino, y luego varias más, que es cuando nos cuenta historias sobre un famoso escritor que conocía y con el que se habría acostado —una o dos veces— hasta que escribió un personaje basado en ella, lo que la ofendió terriblemente.

—¿Era Kurt Vonnegut? —dice Sebastian.

—No. —Greta niega con la cabeza—. Y no os pienso decir cómo se llamaba. Estuvo casado parte del tiempo que estuvimos juntos.

—¿Era Steinbeck? —pregunta Nero, sonriendo con malicia.

—¡No! ¿Qué edad crees que tengo? —dice Greta indignada.

—Maya Angelou —sugiero yo con expresión de inocencia.

—¡No! Basta ya de adivinar, que no tenéis respeto por nada.

—No es una falta de respeto —dice Dante—. Todos ellos son autores excelentes. Ahora bien, si te dijéramos Dan Brown…

Greta, a la que le encanta *El código Da Vinci*, ya se ha hartado de nosotros.

—¡Se acabó! —exclama, al tiempo que se levanta amenazante de la silla—. Os voy a tirar el postre a la basura.

Nero me hace una enloquecida señal para que vaya a rescatar el *semifreddo* del congelador, antes de que Greta pueda desatar su venganza.

En general, el día es tan alegre como cabría esperar, teniendo en cuenta la ocasión. El único que no está tan animado como de costumbre es Sebastian. Hace todo lo posible por sonreír y participar en los juegos y en la conversación con el resto, pero me doy cuenta de que las semanas de inactividad y haberse perdido lo que más le gusta del mundo le están pasando factura. Está delgado y pálido, y tiene cara de cansado, como si hubiese dormido poco.

Sé que no quiere que me vuelva a disculpar. Pero ver cómo intenta recorrer los estrechos pasillos y las innumerables escaleras de esta casa con esas malditas muletas me está matando.

A pesar de este triste recordatorio, me parece que la tarde finaliza demasiado pronto.

Cuando terminamos de comer y recoger la mesa, Dante y Nero tienen que volver al proyecto de Oak Street Tower, y Sebastian tiene clase de Biología.

Podría quedarme con papá, pero sé que se va a acabar el vino y se pondrá a mirar viejos álbumes de fotos. No soy tan dura como para aguantar eso. Todas esas fotos de papá, mamá y mis hermanos viajando por Sicilia, Roma, París, Barcelona, mientras yo aún ni existo o, como mucho, soy un bebé en un cochecito, solo me recuerdan lo que me he perdido.

Le doy un beso a mi padre y me ofrezco a ayudar a Greta con los platos, aunque sé que no me va a dejar. Luego bajo al garaje y recupero el Jeep de Nessa.

Vuelvo a la mansión de los Griffin a las tres de la tarde.

No espero encontrar a nadie en casa, aparte del personal. Cuando Imogen no está trabajando en los negocios familiares, se dedica a extender su influencia por decenas de organizaciones benéficas y asociaciones, o bien a socializar estratégicamente con las esposas ricas e influyentes de los ciudadanos más importantes de Chicago. Fergus, Callum y Riona trabajan muchas horas, y Nessa tiene clases casi todos los días, ya sea en Loyola o en el Lake City Ballet.

Sin embargo, al entrar por la puerta lateral que da a la cocina, oigo dos voces masculinas.

Son Callum y su guardaespaldas, sentados en los taburetes en mangas de camisa. Sus chaquetas cuelgan del respaldo de las sillas.

No sé de qué hablan, pero me enfurece de inmediato ver a esa bestia de boxeador, de quien ahora he sabido que se llama Jackson Howell Du Pont. Callum lo conoció en la escuela cuando iba a la Lakeside Academy. Jack es uno de los muchos descendientes de la familia Du Pont, cuyos miembros hicieron fortuna primero con la pólvora y, más tarde, cuando inventaron el nailon, el Kevlar y el teflón.

Por desgracia para el pobre «Jackie», los Du Pont tuvieron demasiado éxito difundiendo su nombre y su semilla, y ahora hay unos cuatro mil de ellos. La rama de Jack, en concreto, apenas rascó un poco para pagar una lujosa educación en una escuela privada, pero sin el habitual fondo fiduciario del que suele ir acompañada. Así que el pobre Jack se ha quedado para llevar a Callum de un lado para otro, hacerle recados, vigilarle el culo y, de vez en cuando, romper alguna que otra rótula. Como hizo con mi hermano.

Después de haber visto las ojeras y la tristona sonrisa de Sebastian, me entran ganas de coger la cuerda de piano más cercana y enrollársela a Jack en torno a la garganta. Callum ha procurado, muy sabiamente, mantener a su guardaespaldas en un segundo plano, lejos de la casa Griffin y fuera de mi vista. Así que supongo que no esperaba que yo llegara tan temprano.

—¿Qué coño hace él aquí? —gruño.

Callum y Jack ya se han levantado, sobresaltados por mi repentina aparición.

—Aida… —Callum levanta las manos en señal de advertencia—. Ya todo es agua pasada.

—¿Ah, sí? Porque Sebastian sigue cojeando. Mientras que al parecer este puto borracho sigue currando para ti.

Jack pone los ojos en blanco, se acerca al frutero de la encimera y coge una jugosa manzana.

—Ponle una correa a tu perra —le dice a Callum.

Para mi sorpresa, Callum se vuelve hacia Jack con el rostro inmóvil, pero los ojos en llamas.

—¿Cómo has dicho?

Veo un ligero brillo de metal en el interior de la chaqueta del traje de Jack. Una Ruger LC9 en el bolsillo interior, que ahora cuelga sobre el respaldo de su silla, en vez de estar bien pegada a su cuerpo. Menudo aficionado de mierda.

En dos pasos he llegado a la funda y he sacado la pistola. Compruebo que está cargada, quito el seguro y cargo una bala.

Callum y Jack se quedan paralizados al oír la bala deslizándose en la recámara.

—¡Aida! —dice Callum bruscamente—. No…

Yo ya estoy apuntando a Jack con la pistola.

—Has dejado el arma desatendida. —Chasqueo la lengua y muevo la cabeza en señal de desaprobación—. Muy descuidado por tu parte, Jackie. ¿Dónde te formaste? ¿En la Academia de Policía de Chicago? ¿O en la universidad de payasos?

—Que te den, zorra insolente —gruñe Jack con la cara roja de rabia y enseñándome los dientes—. Si no estuvieses casada con él…

—¿Qué harías? ¿Dejarías que te pateara los dientes como la última vez? —resoplo.

Jack está tan enfadado que sé que ya estaría yendo a por mí si no tuviese la pistola apuntándole directamente al pecho.

Callum tiene sentimientos encontrados. Por un lado, me doy cuenta de que está cabreado porque he sacado una pistola en su cocina y he apuntado con ella a su guardaespaldas. Por el otro, no le gusta nada la forma en que me habla Jack. Para nada.

—Baja el arma, Aida —me ordena, pero es a Jack a quien mira con una gélida furia en los ojos.

—Lo haré —digo bajando la pistola para que el cañón apunte directamente a la rodilla de Jack—. Después de que él pague por lo que le hizo a mi hermano.

En realidad, nunca he disparado a nadie. He ido muchas veces al campo de tiro con mis hermanos, donde solemos disparar a esas figuras de papel; unas veces, una silueta humana en blanco, y otras, un zombi o un ladrón. Sé cómo apuntar al centro de masa, cómo agrupar los disparos, cómo apretar el gatillo en lugar de sacudirlo y cómo controlar el retroceso.

Pero es extraño apuntar a una persona real. Veo gotas de sudor en el nacimiento del pelo de Jack y me doy cuenta de que le tiembla ligeramente el ojo derecho mientras me mira. El pecho le sube y le baja. Es una persona de verdad, a pesar de ser un imbécil rabioso. ¿En serio le voy a enchufar una bala?

Jack decide que la mejor forma de salir de esta es intimidarme. Puede que piense que está aplicando psicología inversa. O quizá simplemente es tonto del culo.

—No vas a dispararme —se burla—. No eres más que una mocosa malcriada de la mafia, una aspirante a chica dura como el cobarde de tu hermano.

Callum, más perspicaz que Jack, ve mis intenciones antes incluso de que yo me mueva. Se lanza a por la pistola, y me echa las manos hacia arriba justo cuando aprieto el gatillo.

El disparo resuena con estruendo en la cocina y nos deja medio sordos.

Gracias a la intervención de Callum, no le doy en la pierna a Jack. En cambio, la bala deja un surco en la parte exterior del brazo izquierdo de Callum, antes de incrustarse en la puerta de uno de los armarios a medida de Imogen, fabricados en madera de cedro.

Como si se hubiese derramado tinta escarlata en un papel, la sangre le empapa la manga de la camisa a Callum. Mira hacia abajo y observa estoicamente los daños, antes de retorcerme el brazo por la espalda y sujetármelo con fuerza.

—Te he dicho que no lo hicieras —me gruñe al oído.

—¡Ha intentado dispararme! —grita Jack con incredulidad—. ¡Ha apretado el gatillo! ¡Zorra de los cojones! Voy a…

—Cierra la puta boca y no la abras —ladra Callum.

Jack se queda de piedra en el sitio, congelado en su intento de avanzar hacia mí. Tiene una expresión confusa en medio de esa carota cuadrada.

—Si vuelves a hablarle así a mi mujer, te vacío el cargador en el pecho.

Jack abre la boca como si fuera a protestar, solo para volver a cerrarla cuando ve la mirada de Callum.

En realidad, yo no puedo verla, porque Callum aún me está retorciendo el brazo detrás de la espalda, de forma bastante dolorosa. Pero puedo sentir el calor que irradia su cuerpo. Puedo oír la mortal seriedad de su amenaza. Lo dice en serio. Cada palabra.

—Estás..., estás sangrando en el suelo, jefe —dice Jack humildemente.

Efectivamente, se está formando un pequeño charco a la izquierda de Callum, y se empieza a filtrar en la impecable lechada entre las baldosas de Imogen. Otra cosa que la va a cabrear de verdad.

—Limpiad esto, por favor —dice Callum en dirección a la puerta.

Veo que al menos tres miembros del personal de la casa nos están mirando, intentando averiguar qué demonios está pasando. Una de las criadas, Linda, parece especialmente alarmada por el hecho de que Callum me esté agarrando así. Martino, el paisajista, se asoma por la ventana, y pone cara de susto al ver toda la sangre del suelo.

—Vete a casa —le ordena Callum a Jack—. Te llamaré por la mañana.

Jack asiente. Parece escarmentado. No establece contacto visual conmigo mientras se larga corriendo delante de mí.

Espero que Callum me suelte cuando Jack se haya ido. Suponía que me sujetaba así para asegurarse de que no iba a atacar de nuevo a su guardaespaldas. Pero, en vez de eso, me saca por la fuerza de la cocina, por el pasillo.

—¿Adónde vamos? —exijo intentando zafarme de su mano.

Callum se limita a apretarme más fuerte. El dolor me sube por el brazo derecho hasta el hombro. Se me ha entumecido la mano. Me rodea el cuerpo con el brazo izquierdo y me agarra la parte delantera de la camiseta con la mano. Tengo la espalda contra su pecho. Noto el latido de su corazón, furioso como un tambor de guerra.

—Ya puedes soltarme, yo no... ¡Ay!

Me empuja escaleras arriba, con tanta fuerza y rapidez que mis pies apenas tocan el suelo. Sigue llevándome casi a rastras hasta que llegamos al final del pasillo y atravesamos la puerta de nuestra habitación. Solo entonces me suelta, y cierra la puerta tras de sí.

Se gira para mirarme, con las pupilas contraídas convertidas en puntitos, de modo que sus ojos parecen más azules y fríos que nunca. Ya no está tan pálido como un vampiro, sino con la piel encendida y la mandíbula rígida de tanto apretarla.

—Mira —le digo—. Sé que se ha complicado un poco…

Cruza el espacio que nos separa de una zancada, y me coge del pelo. Me echa la cabeza hacia atrás y me besa con voracidad.

Esto es lo último que me esperaba. Toda la rebeldía desaparece de mi cuerpo. Me hundo contra él, aliviada y sin tensión. Creo que me ha perdonado o que al menos comprende por qué lo he hecho.

Inmediatamente me doy cuenta de que esa suposición no puede ser más equivocada. En cuanto se tocan nuestros pechos, noto que su cuerpo sigue ardiendo y temblando, que cada músculo le palpita por el esfuerzo de contener la emoción que lo embarga.

Me llena la boca con la lengua. Sus labios rechinan contra los míos con tanta fuerza que noto cómo los míos empiezan a hincharse. Me aplasta contra él, aún decidido a someterme, aunque yo ya me haya sometido. Solo cuando las rodillas literalmente se me doblan, me levanta y me lleva a la cama.

Me saca la camisa por encima de la cabeza. Como una niña obediente, levanto los brazos. Una vez que tengo la camiseta a medio quitar, me tira de las muñecas por detrás, con la camiseta de algodón aún enrollada alrededor de un brazo. Me cruza rápidamente las muñecas y usa la retorcida camisa a modo de cuerda para anudarlas.

Luego me desabrocha los pantalones cortos. De un fuerte tirón, me los baja junto con las bragas hasta las rodillas.

Me siento tremendamente estúpida en esa postura, con los brazos atados a la espalda y los tobillos también apresados, a menos que quiera intentar salirme de los pantalones sin caerme de bruces.

—Callum —digo titubeando—. ¿Puedes...?

Callum se está deshaciendo el nudo de la corbata. Se la quita del cuello y se acerca a mí tensando la tela entre las dos manos como un garrote. Me preocupa un poco que esté a punto de estrangularme. En lugar de eso, me amordaza con la corbata, que me calla al instante, y me la anuda detrás de la cabeza.

Saboreo la seda con la lengua. Debe de ser cara.

Se me pasa por la cabeza que igual Callum planea atarme y dejarme aquí como castigo por disparar a su empleado. Pero pronto me doy cuenta de que Callum no tiene intención de marcharse. Se sienta en el borde de la cama y me sube bruscamente a su regazo. Me arroja sobre sus muslos, de modo que la cara se me queda junto a sus espinillas y el culo desnudo al aire.

En un segundo me doy cuenta de lo que está planeando. Empiezo a retorcerme e intento sacar los pies de los pantalones cortos, gritando a través de la mordaza:

—No te atrevas... —Aunque me salga más bien: «*No de adeva...*».

Callum levanta una mano grande y fuerte y la deja caer de golpe sobre mi trasero. Se oye un chasquido agudo, casi tan fuerte como el disparo de la cocina. Un instante después, me invade un dolor punzante.

—¡Aaaaaah! —chillo a través de la mordaza.

¡PLAF!

Ni siquiera sabía que había vuelto a levantar la mano, y ya me ha azotado en el mismo sitio, esta vez incluso más fuerte.

¡PLAF!

¡PLAF!

¡PLAF!

Su precisión es despiadada. Cada golpe aterriza exactamente en el mismo punto de mi nalga derecha. Me siento como si me la hubiesen rociado con gasolina y le hubiesen prendido fuego.

Pataleo e intento rodar fuera de su regazo, gritando todo tipo de insultos. Callum me tiene bien sujeta; su mano izquierda me aprieta entre los omóplatos mientras su mano derecha administra el castigo.

Lucho de un modo especialmente vigoroso.

—¡Estate quieta o recibirás el doble! —ladra Callum.

Eso solo hace que patalee con más fuerza. ¡¿Cómo coño se atreve a intentar azotarme?! ¿Cómo se atreve a amenazarme? Cuando me libere, le pienso meter un puñetazo justo donde le he disparado, y luego le daré una patada en un sitio peor.

¡PLAF!

Callum golpea con la palma de la mano en la nalga izquierda. ¡Joder! ¿Por qué me duele aún más? ¿Cómo me abofetea tan fuerte? ¡Es como un jinete azotando a un caballo!

¡PLAF!

¡PLAF!

¡PLAF!

Nunca me habían azotado. No me puedo creer que el culo me arda y me palpite tanto.

Callum me ha dicho que me quede quieta, pero no puedo. No puedo evitar apartarme ante el siguiente golpe, apretar las piernas y retorcerme sobre la dura superficie de los pantalones en sus muslos.

Lo que produce a su vez un efecto vergonzoso.

Al fin y al cabo, estoy desnuda. Los apretones y retorcimientos de mi desnudez contra la fina lana de los pantalones de Callum crean todo tipo de fricciones en lugares muy inconvenientes…

Tengo los pezones duros como piedras dentro del sujetador. Siento calor y humedad entre los muslos. No puedo verlas, pero sospecho que tengo las mejillas tan rojas como el culo.

Dejo de luchar, sobre todo porque no quiero excitarme más de lo que ya estoy. Tampoco quiero que Callum se dé cuenta. Es de lo más humillante. Si se da cuenta del efecto que esto está teniendo en mí, nunca podré volver a mirarle a la cara. Pero él ya lo sabe. Es la hostia de perspicaz. En el momento en que dejo de luchar contra él, cuando mi respiración cambia y me tenso, él para los azotes. Se detiene un momento, con la palma de la mano apoyada en mis nalgas palpitantes.

Y entonces empieza a amasarme y acariciarme el culo, suavemente.

El roce sienta increíblemente bien. Es como la vez que le birlé a Dante uno de sus *brownies* «especiales» y me lo comí entero antes de ir a que me dieran un masaje. Cada apretón de la mano de Callum envía impulsos de placer que recorren mis neuronas, haciéndolas brillar como una ristra de luces de Navidad.

Sin quererlo, gimo y aprieto los muslos contra la parte exterior de la pierna de Callum.

—¿Te gusta? —gruñe, con la voz más grave y áspera que nunca. Las yemas de sus dedos bailan por la hendidura de mi culo antes de recorrer el espacio entre mis muslos para confirmar lo que ya sospecha. Efectivamente, sus dedos se deslizan fácilmente por la resbaladiza superficie de mi coño—. Me lo imaginaba. —Respira entrecortadamente.

Y, sin previo aviso, hunde dos dedos en mi interior. Suelto un gemido profundo y desesperado. Mi coño está tan hinchado y caliente que esos dedos son lo más placentero que ha habido nunca en mi interior. Es como si estuviesen hechos a medida, potentes…, tan a medida como uno de los putos armarios de Imogen.

Callum desliza sus dedos dentro y fuera, disfrutando de los ansiosos sonidos suplicantes que se me escapan a través de la mordaza.

Dios mío, cómo quiero que me folle.

Lo deseo tanto que siento que podría estar dispuesta a morir después, si solo pudiese conseguir lo que necesito durante cinco minutos seguidos.

—Mira lo que has hecho. —Callum se toca la herida del brazo izquierdo. Cuando baja las yemas de los dedos y las planta en mi cara, veo que brillan con sangre fresca—. Ya estoy harto de tus idas de olla. Esto se va a acabar esta noche. A partir de ahora, vas a ser la esposa que me prometieron. Útil. Servicial. Obediente.

Metiéndome los brazos por debajo del cuerpo, Callum se pone en pie y me levanta de sus rodillas. Me arroja bocabajo sobre la cama, con las muñecas aún atadas a la espalda y las rodillas dobladas debajo de mí para que mi culo quede en pompa.

Oigo un botón que se suelta y una cremallera que baja. Las manos fuertes y cálidas de Callum me agarran por las caderas. La derecha desaparece momentáneamente mientras Callum coloca su polla en mi entrada, y luego vuelve.

Me penetra con un solo empujón de las caderas. Entra hasta el fondo y se pega a mi culo, con la parte delantera de sus muslos apoyada en la parte trasera de los míos. Me sujeta con fuerza de las caderas, y deja que su polla permanezca completamente en el interior, tan adentro que siento el glande palpitando contra mi cuello uterino.

Solo entonces vuelve a sacarla, casi entera, antes de volver a introducirla hasta el fondo.

Lo hace varias veces, y así puedo apreciar toda la longitud de su polla. Luego empieza a follarme con fuerza. Más fuerte, más rápido. Nuestros cuerpos chocan con un sonido no tan agudo como el de los azotes, pero más rápido e insistente.

Estar tan excitada y que luego me dé placer de una manera tan agresiva es muy... satisfactorio. Es como tomarse un polo en un día caluroso, o ver a un niño malcriado cayendo de bruces. No puedo estar más feliz. No solo quiero esto; lo necesito, joder.

Entonces Callum empieza a torturarme de verdad.

Me rodea la cadera y encuentra mi clítoris con los dedos. Me acaricia ligeramente con la punta de los dedos antes de aumentar gradualmente la presión.

Jadeo y gimo dentro de la mordaza, intentando mover las caderas para ejercer más presión en el punto adecuado.

Callum no me deja. Sabe lo que quiero, pero me lo niega.

Su brazo me rodea con fuerza. Sigue empujando dentro de mí, cada vez más profundamente. Se inclina hacia mí.

—¿Vas a ser una buena chica, Aida? —me gruñe al oído—. ¿Una buena esposa?

Estoy gimoteando, casi suplicando. No quiero decirlo. Maldita sea, ¡no quiero decirlo!

—Dímelo —canturrea Callum—. Dime que serás una buena chica.

De ninguna manera. No pienso hacerlo.

Voy a hacerlo.

Apretando los ojos con fuerza, asiento con la cabeza.

Ahí es cuando Callum presiona con fuerza mi clítoris. Me frota al compás de sus embestidas, justo en el punto adecuado, justo de la forma que sabe que me va a hacer acelerar hasta la estratosfera.

Y despego. Hemos abandonado el planeta, damas y caballeros; aquí arriba, solo hay estrellas que están en llamas.

Estoy flotando, volando, zumbando a millones de kilómetros, experimentando un tipo de placer que ni siquiera había imaginado que existía. Fuerte, rápido, sin fin.

Pierdo la noción de lo que hace Callum. Simplemente me he ido.

No vuelvo a la tierra hasta que Callum me atrae hacia sus brazos y me estrecha con fuerza entre ellos.

Me ha quitado la mordaza y las improvisadas esposas. Estoy tumbada desnuda sobre su pecho, y él se ha quitado toda su ropa también. Mi cuerpo sube y baja al ritmo de su respiración. Apoya la barbilla en mi sien.

Su respiración es constante y tranquila. Noto sus brazos cálidos y suaves. No sé si alguna vez he sentido su cuerpo así de relajado. Lo he visto rígido y controlado, pero nunca tranquilo.

—¿Tú también te has corrido así?

Me besa un lado de la cabeza.

—Por supuesto.

—Eso ha sido…

¿Qué, exactamente? ¿Una locura? ¿Impresionante? ¿Confuso? ¿Alucinante? ¿Imborrable?

—Lo sé —dice Callum.

Hay una larga pausa.

—¿Lo habías hecho antes? —pregunto, sin poder evitarlo.

Otra larga pausa en la que creo que no contestará.

—Así no —dice al fin.

Dios de mi vida.

Soy una chica bastante obstinada. Pensaba que sabía lo que me gustaba y lo que no.

Pero puede que acabe de descubrir una categoría totalmente nueva…

18

CALLUM

Aida está tumbada en mis brazos. Puedo sentir lo excitada y caliente que está todavía. Y he visto con qué fuerza se ha corrido. Me preocuparía por cómo se ha sentido después, si no estuviese tan distraído con mi propio y absoluto asombro.

Ya había atado a mujeres y me las había follado con brusquedad. Algunas me lo pidieron, y otras veces solo estaba experimentando. Algunas chicas son tan aburridas cuando follan que da igual que las ates, porque de cualquier forma se van a quedar ahí tumbadas.

Y, en todos los casos, me sentía como si estuviese siguiendo una serie de pasos.

Con Aida, ha sido totalmente distinto.

El sexo con ella siempre lo es.

Follar solía ser para mí una liberación. Un acto manual que podía ser bueno, malo o indiferente. Nunca imaginé que pudiese ser tan alucinante que se apoderara de mí, de mi cuerpo y de mi cerebro. Una locura de puro e intenso placer. Y, para mi extrañeza, mucho más fuerte de lo que estoy acostumbrado.

Y luego están los factores psicológicos. Aida me atrae de un modo que no puedo comprender. Es como si cada uno de sus rasgos estuviese formado por una especie de código secreto diseñado para clavárseme en el cerebro. La forma alargada y almendrada de sus ojos gris ahumado. Las demenciales curvas de su cuerpo. Su piel suave de color cedro. El modo en que destellan sus dientes cuando me sonríe. Cómo se muerde el borde del labio inferior cuando está excitada o intenta no reírse.

Le encanta la pasión de cualquier tipo. Le encanta estar enfadada, ser testaruda, alegre o traviesa. Lo único que no le gusta es la falta de emociones.

Por desgracia, eso es todo lo que yo soy. Frío. Contenido. Carente de placer.

Hasta que estoy cerca de ella. Entonces se activan mis sentidos hasta un grado febril. Huelo, saboreo y veo con más agudeza. Puede llegar incluso a ser demasiado.

Me asusta cómo pierdo el control cerca de ella. En las pocas semanas que hace que conozco a Aida, he perdido los nervios más veces que en todos mis años anteriores.

Sin embargo, no quiero que acabe. No me imagino volviendo a la aburrida indiferencia. Aida es la puerta a otro mundo. Quiero quedarme a su lado para siempre.

Por el amor de Dios, ¿qué estoy diciendo?

Nunca había tenido estos pensamientos, y mucho menos había permitido que se formaran en palabras.

¿Cómo es posible que me involucre así con una chica que está directamente mal de la puta olla? ¡Ha intentado dispararle a Jack! ¡En mi cocina! Si hiciera eso en un acto de campaña, estaría jodido para siempre. Y yo tampoco lo dejaría pasar por alto.

Tengo que calmarme y mantener la cabeza fría.

Esa resolución dura unos cinco segundos, hasta que acerco la nariz a su pelo e inhalo ese aroma salvaje suyo, como a sol y sal marina, café intenso, pimienta y solo un toque de melosa dulzura. Entonces vuelvo a sentir esa sacudida, la inyección de adrenalina que desconecta los neurotransmisores de cada uno de mis impulsos.

Cuando suena el teléfono de Aida, casi se me sale el corazón por la boca.

Se despierta de un salto, después de haberse quedado dormida en mi hombro.

—¿Quién es? —murmura.

—Es tu teléfono.

Sale rodando de la cama, graciosamente torpe. Ni siquiera intenta tener gracia. Se deja caer por el borde del colchón como un oso panda y punto.

Busca el teléfono a tientas y finalmente lo encuentra medio debajo de la cama.

—¿Dante? —Se lo acerca a la oreja.

Escucha un momento, con las cejas fruncidas en un gesto bastante parecido a la expresión que tiene por defecto la persona con quien habla.

—*Cavolo!* —exclama—. *Sei serio? Che palle!*

Nunca le había oído a Aida hablar más que una o dos palabras en italiano. Me pregunto si es lo que habla en casa con su familia. Es evidente que lo hace con fluidez.

Aida tiene muchos talentos ocultos.

La subestimé cuando nos conocimos. Pensé que era una niña malcriada, desordenada, inculta y sin motivación ninguna.

Ya me ha demostrado varias veces que se enteraba mucho más del negocio de su padre de lo que yo pensaba. Es astuta, observadora y persuasiva cuando quiere. Lista e ingeniosa. Sabe manejar un arma: mi palpitante bíceps puede dar fe de ello. Y es muy valiente. La forma en que se me quedó mirando fijamente cuando tiró el reloj de mi abuelo por encima de la barandilla... Fue una gilipollez por su parte, pero en realidad fue bastante inteligente.

Sebastian y ella estaban en inferioridad de condiciones. Si me hubiese entregado el reloj, yo habría podido dispararles a los dos y marcharme. Al arrojarlo al lago, me incitó a actuar de forma impulsiva. Creó el caos y dividió a sus oponentes.

Aida puede ser precipitada y rabiosa, pero no se deja llevar por el pánico. Incluso ahora, al teléfono con su hermano, cuando es evidente que algo va mal, no ha perdido la cabeza. Recibe la información y responde con rapidez y concisión.

—*Capisco. Sì. Sarò lì presto.*

Cuelga la llamada y se vuelve hacia mí.

Bajo la luz acuosa que entra por los postigos, reluce como una diosa de bronce. No se da cuenta (ni le importa) de que está completamente desnuda.

—Dante dice que alguien ha prendido fuego a las instalaciones y el equipo de Oak Street Tower. Hemos perdido unos dos millones en maquinaria pesada, además de los daños del edificio.

—Vamos. —Ya me estoy levantando de la cama.

—No… Yo iba a ir, pero no hace falta que tú vengas.

—¿No quieres que vaya? —pregunto, de pie en la puerta que separa el dormitorio del cuarto de baño.

—No. Es decir, sí, puedes, pero no…

Se mueve incómoda de un pie a otro. Mi pequeña Aida, cero avergonzada de estar completamente desnuda, pero ruborizada por una pregunta directa sobre algo que ella quiere.

—Yo voy contigo —digo con firmeza—. Ahora estamos en el mismo equipo, ¿no?

—Sí… —responde, algo escéptica.

Luego, como si ya estuviese convencida, me sigue hasta el vestidor, donde por cierto ya he vuelto a poner su ropa, un trabajo que me ha llevado cinco minutos.

He ordenado a Marta que le compre a Aida un guardarropa adecuado de ropa de «trabajo», por así decirlo. A finales de esta semana, Aida debería tener toda una ristra de vestidos de gala y de cóctel, pantalones y vestidos de verano, chaquetas de punto, blusas, faldas, sandalias, tacones, botas y chaquetas. Otra cosa ya será si acepta usar algo de todo eso o se niega en redondo.

De momento, se pone unos pantalones cortos vaqueros y una vieja camiseta de los Cubbies. Se sienta en la alfombra para atarse las zapatillas.

Yo también me visto.

Aida levanta una ceja sorprendida.

—¿Vaqueros? —dice ocultando una sonrisa.

—¿Qué pasa?

—Nunca te he visto llevar vaqueros. ¡Cómo no iban a ser de Balenciaga! —añade poniendo los ojos en blanco.

—Aida —digo con calma—. Yo no elijo ninguna de mis prendas, incluidos estos vaqueros. Ni siquiera sé qué marca es Balan o Balín o lo que sea.

—¿Cómo? —Aida se detiene con una sola zapatilla puesta—. ¿No te compras tu propia ropa?

—No.

—¿Y quién lo hace?

—Ahora mismo, Marta. Antes se encargaba otro ayudante llamado Andrew. Establecimos una línea estética, y entonces…

—¿Así que nunca vas de tiendas?

—No.

—¿Por qué no?

—¿No se supone que nos íbamos? —le digo.

—¡Sí, voy! —Aida se calza la otra zapatilla y se levanta de un salto.

Mientras bajamos deprisa las escaleras, sigue dándome la tabarra:

—Pero ¿y si no te gusta el color, o...?

La meto en el coche a toda prisa y le digo:

—Aida. Estoy literalmente todo el día trabajando. Ya sea en proyectos de campaña o en alguno de nuestros muchos negocios. Varios de los cuales, como muy bien sabes, son más difíciles y peligrosos que otros. Cuando socializo, es en actos en los que necesito establecer contactos. No recuerdo la última vez que hice un recado o cualquier otra cosa para entretenerme.

Aida se queda callada más tiempo de lo habitual.

—Qué triste —dice al fin.

Niego con la cabeza.

—Me gusta estar ocupado. No es triste; lo hago porque quiero.

—Pero ¿y qué sentido tiene si no te diviertes por el camino?

La miro de reojo.

—No considero que los maratones de *El Señor de los Anillos* sean tan divertidos. —No puedo evitar burlarme un poco de ella, porque sé muy bien que Aida suele aburrirse o no encontrar demasiado interés en las cosas del día a día. Por eso siempre se mete en líos.

Por supuesto, no responde con la ligereza habitual. Se muerde el borde de la uña del pulgar, más pensativa que molesta.

—Yo puedo hacer más que esto, ¿sabes? —dice—. De hecho, sé hacerlo.

Me mira, como para comprobar que no me estoy burlando de ella.

No me burlo.

—Ya sé lo lista que eres. Supiste qué intenciones tenía Madeline Breck mucho mejor que yo —le digo.

—Tengo un montón de buenas ideas —afirma—. Papá siempre tenía mucho miedo de que me hicieran daño, pero soy igual de lista que Dante o Nero. O Seb. Soy lo bastante inteligente para que no me maten.

—Mientras puedas contener el mal genio —digo, medio sonriendo.

—Yo no... —protesta Aida acaloradamente, interrumpiéndose cuando ve que me estoy cachondeando de ella. Casi—. Yo no tengo mal genio —añade con dignidad—. Tú no sabes lo que es tener que ser siempre el perro más pequeño de la pelea. Tengo que atacar yo primero y con más fuerza.

Soy incapaz de imaginármela siendo una blandengue. Lo estropearía todo de ella.

—Bueno, que da igual —continúa Aida rápidamente—. Lo que sigo sin saber es por qué quieres ser concejal. Los Griffin sois la hostia de ricos. Tienes amigos en toda la ciudad. Tu territorio es seguro. ¿Para qué coño quieres sentarte en un despacho y ocuparte de toda esa mierda?

—¿Por qué crees que la gente se gasta medio millón de dólares en hacer campaña para que lo elijan concejal cuando el sueldo es de 122.304 dólares? —le pregunto.

—Bueno, evidentemente porque así puedes hacer lo que te dé la puta gana con la zonificación y con la legislación fiscal, y satisfacer los intereses empresariales, además de repartir favores a todos los demás.

—Así es —le digo, animándola a seguir adivinando.

—Pero no parece que merezca la pena. Puedes conseguir toda esa mierda con sobornos e intercambiando favores. O con violencia a la antigua.

—Pero de ese modo siempre estás a merced de otra persona —le digo—. De un detective incorruptible o de un político codicioso que recibió una mordida mejor de otro. El verdadero poder no es trabajar para el sistema, sino dirigirlo. Incluso construirlo tú mismo.

Hago una pausa, para recordar un poco nuestra historia familiar en común.

—¿Recuerdas cuando los italianos dirigían esta ciudad? —le pregunto—. Capone tenía al alcalde en nómina. Imagínate que Capone hubiese sido el alcalde. O el gobernador. O el puto presidente.

—No me gusta cómo utilizas el tiempo pasado para referirte a nuestros días de gloria —dice Aida con ligereza—. Pero te entiendo. Supongo que es lógico que tu padre tenga tanto interés en llegar a un acuerdo entre nuestras familias. No se trata de estas elecciones. Se trata de las siguientes. Si queréis dirigir toda la ciudad, nos necesitáis de verdad.

—Sí —admito en voz baja.

Nos hemos acercado a la torre, cuyo armazón a medio construir sale disparado hacia el cielo. Solo se han terminado los pisos de abajo. El solar es un amasijo de maquinaria pesada, montones de materiales de construcción, oficinas improvisadas de obra, baños portátiles y camiones aparcados.

El lugar estaría oscuro y desierto si todo el lado norte no estuviese iluminado por luces y sirenas. Veo un camión de bomberos, dos ambulancias y varios coches de policía. Dante está hablando con un agente uniformado, mientras otro policía le toma declaración a un guardia de seguridad herido y vendado. Supongo que es el guardia que estaba de servicio cuando alguien ha incendiado las máquinas.

El aire apesta a gasolina y metal carbonizado. Al menos cuatro piezas de maquinaria pesada son insalvables, incluidas dos excavadoras, una retroexcavadora y toda una grúa. Los esqueletos ennegrecidos aún humean, y el suelo está embarrado por las mangueras de los bomberos.

—Ha sido ese puto polaco, lo sé —dice una voz en el lado opuesto a Aida.

Nero aparece de la oscuridad, silencioso como un murciélago. Es rápido y jodidamente escurridizo. Probablemente podría robarle la pistola del cinturón al policía más cercano sin que este se diera cuenta hasta que intentara quitársela al finalizar el turno.

—¿Cómo puedes estar tan seguro? —murmura Aida.

Baja la voz para que no llamemos demasiado la atención. Yo porque no quiero que mi nombre aparezca en todo esto, y Nero porque tiene, como mínimo, una puta tonelada de multas de aparcamiento sin pagar.

—Esta es su carta de presentación —dice Nero—. Son como los rusos, pero más pirados todavía. Les encanta montar una escena y toda la mierda del simbolismo. Además —dice, al tiempo que ladea la cabeza hacia la grúa, bajo la cual arde un bulto ennegrecido—, han dejado eso.

—¿Qué es? —exclama Aida.

Palidece. Sé que está pensando lo mismo que yo: el objeto tiene el aspecto crudo y agrietado de la carne carbonizada.

—Es una cabeza de jabalí —dice Nero—. La tarjeta de visita del Carnicero.

Dante se une a nosotros, con la piel más oscura que nunca por todo el humo que invade el aire. El sudor le ha trazado un rastro más pálido a los lados de las mejillas a medio afeitar. Tiene los ojos negros y brillantes, y en ellos se reflejan las luces intermitentes de los coches de policía.

—El guardia de seguridad les está contando que ha sido cosa de un grupo de niñatos gamberros. Nos hemos enterado antes de que llegara la policía. Por suerte, el camión de bomberos ha sido más rápido que la poli, o también habríamos perdido la mitad del edificio.

—¿No quieres que sepan que es Zajac? —le digo.

—No queremos que la poli se meta en nuestros asuntos y punto —responde Dante.

De hecho, lanza una mirada inquisitiva a Aida, como si le estuviera preguntando qué hago yo aquí.

—Yo le he pedido venir —le digo—. Me siento responsable, porque fui yo quien le tocó las narices a Zajac en la recaudación de fondos.

—La tenía tomada con nosotros de todas formas —responde Nero—. Ya nos hemos peleado con él dos veces porque sus hombres invadieron nuestro territorio. Han robado a nuestros proveedores y han asaltado bancos en nuestros barrios.

—Está claro que quiere empezar un conflicto —interviene Dante, con una voz profunda que resuena como un motor al ralentí—. Deberíamos…

Su propuesta se ve interrumpida por el tableteo de una semiautomática; suena como una traca de petardos, pero cien veces más fuerte. Un Land Rover negro pasa a toda velocidad, con tres hombres asomados a las ventanillas bajadas, apuntando con sus pistolas. Los fogonazos les iluminan la cabeza cubierta con pasamontañas.

En cuanto empiezan los disparos, los hermanos de Aida intentan protegerla. Yo ya le he rodeado los hombros con los brazos y la he metido detrás del volante del camión más cercano.

Los policías que quedan también corren a cubierto, al tiempo que piden refuerzos por radio. Agachados detrás de sus vehículos, unos pocos intentan incluso devolver el fuego. El todoterreno ya ha rociado el solar con una lluvia de balas, antes de desaparecer por la esquina.

A uno de los agentes le han dado en el pecho. Gracias al chaleco, el golpe solo le ha echado hacia atrás, contra el parachoques de su coche patrulla. Otro agente, con menos suerte, ha recibido un balazo en el muslo. Su compañero lo lleva a rastras detrás de un montón de pilotes mientras pide a gritos un médico.

—¿Os han dado? —gruñe Dante al resto.

—No —dice Nero de inmediato.

—¿Y a ti? —le pregunto yo a Aida, pasándole las manos por los brazos y las piernas, para asegurarme de que no está herida.

—Estoy bien —dice con firmeza.

Intento prestar atención a mi propio cuerpo, por encima del ruido sordo de la sangre que me retumba en los oídos y de la exaltación de mis neuronas. No creo que me hayan disparado.

—Estamos bien —le digo a Dante.

—¿Has visto a alguno de los tiradores?

—Llevaban la cara cubierta. Creo que he visto un reloj de oro en la muñeca de uno de ellos. Nada que pueda servir.

—El final de la matrícula era 48996 —interviene Aida.

—¿Cómo lo has podido ver? —exige Dante.

Aida se encoge de hombros.

—Porque soy más bajita.

—¡Ese loco hijo de puta! —exclama Nero, al tiempo que sacude la cabeza con asombro—. De verdad quiere que lo aniquilemos de una puta vez, ¿no?

—Intenta provocar una respuesta —afirma Dante, frunciendo el ceño.

—¡No te levantes! —digo bruscamente, al ver que Nero está a punto de incorporarse—. No sabemos si ese era el único coche.

Podría haber otro. O francotiradores —añado, al tiempo que hago un gesto con la cabeza hacia las innumerables ventanas de los rascacielos que rodean la obra.

—No podemos quedarnos aquí —murmura Aida—. La policía va a registrarlo todo. A menos que sean idiotas y crean que es todo una coincidencia, ahora van a investigar mucho más en serio.

Con lentitud, nos vamos escabullendo por el lado opuesto del solar, en dirección a la camioneta de Nero. Es el vehículo más cercano y está en la zona menos iluminada.

Nos metemos todos a presión en la cabina para que Nero nos lleve a Aida y a mí a la vuelta de la esquina, donde hemos dejado mi coche.

—Puede que Zajac trate de provocarnos para una represalia inmediata —dice Dante—. Necesitamos escondernos esta noche. Pensar cómo vamos a responder. Aida, deberías venir a casa con nosotros.

—Se queda conmigo —le digo.

Dante frunce el ceño.

—No sabemos a ciencia cierta detrás de quién va el Carnicero. Ha destrozado nuestra obra, pero fue a tu recaudación de fondos. No sabemos si esto ha sido por Aida o por ti. O por ambos.

—Exacto, por eso Aida debe quedarse conmigo. Si por lo que sea esto va contra vuestra familia, estará más segura con la mía.

—¿Qué os dijo Zajac exactamente? —pregunta Dante.

Le resumo la conversación

—No sé si realmente quiere esa propiedad de Chicago Transit Authority o si solo me estaba poniendo a prueba. En realidad, lo que más parecía haberle jodido era lo de la boda. Creo que intenta que todo se resquebraje antes de que se consolide la alianza.

—Podría ser. —Dante arruga la frente en un gesto pensativo—. El Carnicero tiene la piel muy fina. Es un demente y un soberbio y se siente ofendido con facilidad. Probablemente esté enfadado porque no le ofrecimos a Aida primero.

Aida interviene.

—Pero qué puto asco. Para empezar, es un viejo. Y, para seguir, no soy un puto tazo.

—De cualquier modo, es demasiado tarde —gruño—. Tú eres mía. Y me da igual lo que quiera como premio de consolación, porque no lo va a conseguir.

—Sigo pensando que Aida debería venir con nosotros —dice Dante—. Conocemos al Carnicero mejor que tú.

—Eso no va a pasar —afirmo rotundamente. No pienso perder de vista a Aida.

Dante frunce el ceño, porque no está acostumbrado a que nadie contradiga sus órdenes. Pero no todo es ego: puedo ver preocupación de verdad en su cara, cómo teme por Aida. Y por eso suavizo el tono, aunque solo un poco.

—La protegeré —le prometo.

Dante asiente con brusquedad. Me cree.

—Dejaremos pasar la noche —dice—. Y, por la mañana, averiguaremos dónde se esconde Zajac y planearemos nuestra respuesta.

—Una respuesta coordinada —digo.

—Sí —asiente Dante.

Aida y yo salimos del camión en dirección a mi Audi. Yo observo a Dante, que aún no está muy convencido de que su hermana se vaya conmigo.

Es Aida quien le convence.

—Estaré a salvo con Callum. —Le da un rápido abrazo a su hermano mayor y le aprieta el brazo a Nero—. Nos vemos pronto.

Cuando arranco el coche, le digo sin mirarla:

—Me alegro de que te hayas quedado conmigo.

Aida observa mi perfil mientras conduzco.

—Quiero que seamos socios —dice—. Y no solo... compañeros de habitación obligados a compartir casa.

—Yo también quiero eso.

Es más fácil decirlo que hacerlo. Pero ya no parece imposible. Empiezo a creer que Aida y yo sí que podríamos trabajar juntos. Podríamos ser más fuertes juntos que por separado.

Aida suspira.

—Desde luego, nos ha dado donde más nos duele.

—¿Porque la torre es un gran proyecto? —le pregunto.

—Porque no se trata solo del dinero. También es por la mano de obra: tenemos que proporcionar un flujo constante de contratos a los gremios y sindicatos para mantenerlos afines. Los materiales, los trabajos... Si no puedes alimentar la maquinaria, se para. Y, por supuesto —añade, mirándome de reojo—, están las otras capas de la maquinaria. Los envíos que transportan algo más que madera y ladrillos. Los negocios que blanquean dinero para los otros negocios. Es un entramado, está todo interconectado y todo depende del buen funcionamiento de las partes individuales.

Asiento con la cabeza.

—Nosotros trabajamos igual.

Nuestros negocios pueden diferir, pero las estrategias son similares.

—Solo faltan un par de días para las elecciones —reflexiona Aida—. Me pregunto si Zajac no intentará reventar eso también.

Sujeto el volante con fuerza.

—Como lo intente, esta vez el Carnicero se encontrará en el extremo equivocado del cuchillo.

19

AIDA

A la mañana siguiente debo salir temprano porque tengo una clase de Literatura que no quiero perderme. Me he estado esforzando mucho este semestre, y hasta apruebo los exámenes. Creo que ya es hora de dejar de marear la puta perdiz y terminar la carrera.

Callum no quiere que vaya a ninguna parte hasta que todo este asunto con Zajac se haya terminado, pero finalmente cede con la condición de que a Nessa y a mí nos lleven unos de sus hombres a la universidad. Por desgracia, la única persona disponible es Jack.

Bajo las órdenes de Callum, me abre la puerta del coche con una cortesía forzada. A los dos nos invade una oleada de repugnancia. La tensión en el coche es tan notable que la pobre Nessa abre los ojos como platos. Está demasiado confusa, demasiado incómoda como para iniciar su habitual torrente de alegre conversación.

—¿Habéis visto que se supone que hay una especie de lluvia de meteoritos esta noche? —nos pregunta.

Jack gruñe desde el asiento del conductor.

Le miro la nuca y me pregunto si valdría la pena otra pelea con Callum si le diese a Jack una colleja cuando lleguemos al campus.

—¿Qué? —le digo a Nessa.

—Os he preguntado… Da igual.

Jack nos deja delante de la biblioteca Cudahy, con los ojos fijos hacia delante mientras espera a que bajemos del coche.

—Gracias, Jack —dice Nessa cortésmente al salir.

—Sí, gracias, «Jeeves» —le murmuro al salir por la puerta.

Veo cómo se le ponen blancos los nudillos en el volante y prácticamente oigo cómo le rechinan las muelas. Doy un portazo para molestarle más y me dirijo a clase, con la esperanza de que Jack esté demasiado irritado como pasar a recogerme cuando acabe.

No dejo de sacar el móvil a escondidas durante la clase para ver si mis hermanos me han enviado un mensaje o si lo ha hecho Cal. Sé que piensan darle caza al Carnicero. Espero que estén todos juntos, sea lo que sea lo que estén haciendo. Zajac me da miedo. Sé de dónde viene. Hay una diferencia entre crecer en una familia criminal y abrirse camino en el mundo criminal. El Carnicero juega a este juego para ganar o morir.

Para él no hay medias tintas.

Me alegro de que mis hermanos no estén solos en esto, pero me molesta que me dejen otra vez fuera de la acción. Esta mañana le he exigido a Cal que me llevara con él. Se ha negado antes incluso de que las palabras salieran por mi boca.

—No, Aida. No tenemos ni idea de dónde está el Carnicero ni de hasta dónde piensa llevar esto. Nos podría tender una emboscada dondequiera que vayamos.

—Entonces ¿por qué vas tú? Envía a otra persona. A Jack, por ejemplo —le he dicho, esperanzada.

—Este no es un trabajo para el chico de los recados. Zajac no se anda con chiquitas. Anoche no se limitó a dispararnos a nosotros, sino que también hirió a dos policías. No sabemos hasta dónde tiene intención de llegar.

—Conozco a gente que conoce a su gente. Puedo ser de ayuda —he insistido.

Callum me ha agarrado por el brazo con tanta fuerza que me ha dolido. Me ha clavado sus ojos azules, sin pestañear siquiera.

—No te vas a meter en esto. Y te juro por Dios que te encerraré en ese armario durante un mes antes de dejarte vagar por Little Ukraine hablando con camareros y estrípers.

Cada vez que alguien me dice lo que no puedo hacer, las ganas por desobedecer se multiplican por cien.

Callum ha visto el destello de rebeldía en mis ojos, ha suspirado y ha aflojado un poco la mano con la que me cogía del brazo.

—Te prometo que, en cuanto sepa algo, te llamaré.

—O me mandas un mensaje.

Callum ha asentido.

—Te lo prometo.

Así que le he dejado que se vaya y, en vez de ir a Little Ukraine, he decidido no saltarme las clases. De todos modos, no iría allí si quisiera información sobre el Carnicero; tengo una pista mucho mejor que esa.

Por ahora estoy atrapada en la clase de Literatura comparada, pasando olímpicamente del análisis de los personajes feministas en las novelas de Austen. En lugar de eso, me pregunto qué me querría decir Nero cuando me ha enviado el siguiente mensaje:

Hemos encontrado al tirador. También tenemos una pista sobre el viejo cabrón.

Le contesto al mensaje, pero no me envía nada más.

La clase termina abruptamente, o eso me parece a mí mientras miro por la ventana totalmente distraída.

Cojo un puñado de libros que ni me molesto en guardar en la mochila y me pongo a trotar por el campus en dirección al aparcamiento oeste, donde se supone que he quedado con Nessa y nuestro despreciable chófer.

Cuando ya casi he llegado al sitio correcto, oigo una voz masculina que dice:

—¿Necesita que la ayude a llevar todos esos libros, señorita?

Por un segundo, me pienso que es Callum. No sé por qué, porque él no hace imitaciones cursis como esta de gentil vaquero. Cuando me doy la vuelta, me encuentro con la cara bronceada y sonriente de Oliver. Está magullado donde Callum lo calentó a fondo. Y una línea oscura en el centro del labio marca el lugar donde se lo partió.

—Ah —digo molesta—. Eres tú.

—No es exactamente el entusiasta saludo que me esperaba —dice Oliver, que me sigue el paso.

—¿A qué has venido?

Hace años que dejó la universidad, así que no sé qué pinta aquí.

—He venido a hablar contigo.

Me tropiezo con una piedra oculta en la hierba, y se me dobla el tobillo.

—¡Ay! ¡Joder! —siseo tambaleándome un poco.

—Cuidado —dice él, agarrándome el codo.

—Estoy bien.

Intento apartar el brazo. Ahora cojeo ligeramente. No creo que sea un esguince; es solo que está sensible y se ha torcido y tienes que atenderlo un minuto.

—Ven aquí —dice Oliver—. Siéntate un momento.

Me aleja del aparcamiento y me lleva a un pasaje subterráneo con un banco de piedra, oculto en parte bajo un saliente.

Oliver es tan grande y autoritario que no puedo apartarme; al menos, no sin hacerme daño. Me dejo caer en el banco. Oliver se sienta a mi lado, casi obligado a rodearme con el brazo por la estrechez del espacio. Huelo la colonia que lleva siempre, agradable pero un poco fuerte.

—No puedo quedarme —le digo—. Me vienen a recoger.

Me quito la zapatilla y me masajeo el tobillo, a ver si deshago la torcedura.

—Pues que esperen un momento.

Me coge el pie y, sin quitarme el calcetín, se lo pone en el regazo y empieza a masajearme el tobillo. Me sienta bien, pero no quiero que se equivoque ni un pelo. Así que, al cabo de un minuto, le digo:

—Así está bien, gracias. —Y retiro el pie.

Oliver me mira con sus grandes ojos marrones y una expresión de reproche.

—Aida, lo que hiciste me destrozó el corazón. ¿Sabes lo doloroso que fue ver una foto tuya con un maldito vestido de novia en el Facebook de los cojones? ¿Precisamente al lado de él?

Respiro hondo, intentando sacar paciencia de algún sitio.

—Lo siento, Oliver. Fue todo muy repentino. Para mí fue también bastante sorprendente. —No sé cómo explicárselo sin contarle más de lo que debo. Lo único que puedo decir, aunque no suene demasiado convincente, es—: No lo hice para hacerte daño.

—Pero me lo hiciste. Todavía me duele. Esto me está matando cada día.

Suelto un suspiro, culpable y molesta a la vez. Oliver puede ser un pelín… melodramático.

—¡Ni siquiera sabía que salías con él! —grita.

Me aprieto la frente con los nudillos. Me palpita el tobillo. En realidad, hace un poco de frío aquí fuera, alejados de la luz del sol y cerca del gélido túnel de cemento.

Me siento mal por la forma en que dejé a Oliver. De verdad que sí. Fue bastante raro. Es realidad, nunca me hizo nada malo. Me llevaba de viaje, me compraba tropecientos regalos, no paraba de decirme lo locamente enamorado que estaba de mí.

Empezó como algo casual. Yo no me creía que un ricachón hipercapitalista, el típico niñato de club de campo con fondo fiduciario, estuviese tan pillado por mí. Me imaginaba que Oliver solo quería follar con una chica mala. Que estaría harto de que las Madison y las Harper del mundo se negaran a mirarle a los ojos mientras le hacían una mamada.

Coincidimos en la misma fiesta hace dos veranos. Nos morreamos borrachos en la caseta de los barcos. Luego intentó meterme la mano en la braguita del biquini, y yo le tiré al lago.

Un par de semanas después, volvimos a encontrarnos en una fiesta en Wicker Park. Me echó la bronca por lo del lago, y le dije que había tenido suerte de que hubiésemos estado nadando y no escalando montañas.

Al día siguiente me envió un ramo de trescientas rosas de color rosa a casa de mi padre.

Así fue desde ese momento. Él no dejaba de hacer esos grandes gestos para conquistarme, y yo le seguí la corriente durante un tiempo. Cenas, bailes, viajes de fin de semana. Pero no me lo tomaba en serio. Nunca pensé que quisiera llevar a casa a la hija de un gángster para conocer al señor y la señora Castle. Incluso entre sus amigos, me daba cuenta de que a veces estaba orgulloso de presumir de mí, y otras nervioso, como si yo fuese a sacar una navaja y apuñalar a alguien.

Estuve tentada en una o dos ocasiones. Ya conocía a algunos de los amigos de Oliver de habérmelos cruzado en los mismos círculos superpuestos de la gente que solo va a las fiestas, de los criminales y de los ricos herederos de Chicago.

No todos eran malos. Pero, cuando algunos de los niñitos de la clase alta se ponían a hablar, a mí me daban ganas de perforarme los tímpanos solo para no tener que escuchar sus estupideces.

Además, me dio un poco de yuyu que Oliver me dijera que me quería solo después de un par de semanas. Me llamaba diosa, ángel, la única persona real del planeta...

Yo no soy ningún ángel.

Para mí no era más que otro tío más: a veces divertido, a veces bueno en la cama, pero no era para nada un novio, y mucho menos un mejor amigo o un alma gemela.

A mí me parecía que Oliver no me conocía en absoluto. En su cabeza, él estaba enamorado de alguna versión mejorada de mí.

Intenté romper con él varias veces. Me seguía a todas partes, me lo encontraba en todas las fiestas, me rogaba que volviera con él. Una vez incluso voló hasta Malta para darme una sorpresa estando yo allí de vacaciones.

Podía ser convincente. Era guapo, considerado, un amante decente. Cuando yo atravesaba un periodo de sequía, me lo ponía muy fácil para volver a caer en sus brazos.

Pero sabía que tenía que romper del todo. Porque, si de verdad él estaba enamorado de mí, yo no podía prolongarlo sabiendo que no sentía lo mismo por él. Así que finalmente le dejé, de la forma más brutal y definitiva que pude. A ver si al fin pillaba el mensaje.

Después de eso, prácticamente tuve que convertirme en una ermitaña durante unos meses. Ni fiestas, ni cenas, ni bailes, ni siquiera ir a una puta bolera, porque sabía que Oliver estaría al acecho, tratando de encontrar el modo de «coincidir conmigo» de nuevo.

Tuve que bloquearle en todas partes, cambiar mi número. Y por fin, POR FIN, tras meses de mensajes, flores, llamadas perdidas y hasta cartas, joder, Oliver paró. Dejó de hacerlo durante casi dos meses completos. Así que me resultó bastante chocante volver a verle en la fiesta de compromiso. Y luego otra vez en la recaudación de fondos.

Pero este es el encuentro más incómodo de todos. Porque ¿cómo sabe Oliver que estoy aquí? ¿Conoce mi horario de clases o qué?

—Oliver, corta el rollo. Tienes que dejar de acosarme.

Pone esa cara de pena inmensa. Como si él fuese un cachorro gigante, y yo no dejara de darle patadas.

—No te estoy acosando, Aida. He venido a ver a la hermana pequeña de Marcus. Prometí llevarla a comer el día de su cumpleaños.

Hum. Es posible. Sin embargo, si lo ha dicho para ponerme celosa, no le va a funcionar.

—Vale, te creo, pero aun así será mejor que dejes de intentar hablar conmigo allá donde vaya. Por si no te habías dado cuenta, mi marido es un poco celoso.

—Sé perfectamente cómo es Callum Griffin —sisea Oliver—. Ese pedazo de mierda engreído, arrogante, forrado de dinero sucio… Sin ofender —añade, recordando que mi dinero es igual de «sucio» que el de Callum. Y que además estoy casada con él—. No me puedo creer que te ponga esas manos frías y muertas encima todas las noches. —Oliver tiene los ojos vidriosos y febriles—. ¿Cómo coño ha llegado a pasar, Aida? ¿Cómo consiguió que te enamoraras de él cuando yo fui incapaz?

Eso me hace sentir mal, un poco al menos. Yo no me enamoré de Callum. Y me parece cruel dejar que Oliver piense que sí.

—No me…, no es… —Me relamo los labios—. No se trata de amor exactamente.

—Lo sabía —respira Oliver—. Lo supe en cuanto me di cuenta de lo que de verdad es su familia. Son de la puta mafia, igual que la tuya.

Hago una mueca de dolor. Nunca le he contado ningún secreto a Oliver. Aunque tampoco es información de alto secreto que los Gallo lleven seis generaciones siendo una de las familias de gángsteres de Chicago.

—Nuestras familias tienen una… relación, digámoslo así. Creo que estarás de acuerdo en que Callum y yo somos culturalmente más compatibles de lo que hubiésemos sido nosotros dos. Así que no tiene sentido…

—Eso es una gilipollez. —Intenta cogerme las manos y yo se las aparto como si estuviésemos haciendo el juego de manitas calientes—. Sé que te obligaron a casarte con él. Sé que habrías vuelto conmigo, Aida, si…

—No —le interrumpo bruscamente—. No íbamos a volver juntos, Oliver. Nunca. Con o sin Callum de por medio.

—Eso ya lo veremos —dice Oliver.

Estoy a punto de levantarme. Ya llego tarde de verdad, y Nessa debe de estar esperando desde hace por lo menos diez minutos. Oliver me agarra de la muñeca y tira de mí para que me vuelva a sentar. Me sujeta con fuerza y me mira a los ojos.

—Sé lo que sientes por mí, Aida. Lo admitas o no. —Me observa el pecho, y se da cuenta de que se me han puesto los pezones duros bajo la camiseta.

—Eso no es… ¡Es que hace un frío de cojones en este banco! —grito.

Oliver me hace callar con su boca, y me planta con fuerza un beso húmedo.

Le doy un empujón lo más rápido posible, salgo echando leches del banco y me vuelvo a torcer el puñetero tobillo.

—¡Ni se te ocurra! —le digo con la mano extendida para detenerle cuando veo que él también se levanta—. Me tengo que ir. No me sigas. No me llames. Y, definitivamente, no me vuelvas a besar en tu puta vida.

Oliver no responde. Se queda ahí de pie, con el ceño fruncido y las manos metidas en los bolsillos.

Vuelvo cojeando en dirección al coche, dando pisotones con mi único pie bueno y echando humo por las orejas.

¡Me jode que me haya besado! Puede que mi matrimonio con Callum no sea del todo de verdad, pero no estoy dispuesta a ser infiel. Y menos con Oliver, que me está empezando a dar miedo en serio.

Cuando llego al aparcamiento, veo a Nessa de pie en la acera con la mochila colgada al hombro.

—¿Dónde está Jack? —le pregunto.

—El coche está ahí. —Nessa señala una plaza de aparcamiento cercana—. Pero está cerrado y vacío.

Saco el móvil con la intención de enviarle a Jack un mensaje con algo educado y sencillo, quizá uno de esos emoticonos con el dedo corazón, cuando aparece justo a mi lado y dice:

—¿Ya estáis listas para iros?

—¡Sí! —dice Nessa dulcemente.

—Hace veinte minutos que estamos listas para irnos —miento—. ¿Dónde estabas?

—Meando. —Mantiene abierta la puerta trasera para que Nessa y yo podamos pasar al interior. Sin creérmelo del todo, me recuesto en el asiento de cuero.

Voy en silencio todo el trayecto de regreso a la mansión de los Griffin, devanándome los sesos, a ver cómo coño voy a evitar a Oliver Castle en el futuro. Más o menos a mitad de camino, recibo un mensaje de Callum.

Cuando vuelvas, pásate por la biblioteca a verme.

Salgo del coche en cuanto para, entro a toda prisa en la casa, donde hace una temperatura ideal, y subo directamente las escaleras hasta la biblioteca.

Callum está sentado en uno de los sillones nuevos, esta vez de cuero color crema en lugar de marrón. Me siento en el sillón de enfrente.

El traje oscuro que lleva le hace parecer pálido y sereno. Por lo rígidos que tiene los hombros, me doy cuenta de que ha encontrado algo.

Antes de que diga nada, quiero contarle que Oliver ha aparecido en el campus. El problema es que la única vez que he visto a Callum perder los nervios de esa manera fue porque Oliver me metió mano la otra noche. No es algo fácil de contar. No me apetece mucho sacar el tema. Sobre todo, con lo bien que nos va últimamente. Pero no me da tiempo a decir ni una palabra porque Callum dice:

—Hemos encontrado a uno de los tiradores. Pero al Carnicero no. Tus hermanos creen que deberíamos destrozarle el casino a Zajac esta noche. A ver si así sale.

—¿Vas a ir con ellos? —pregunto.

Noto que hace acopio de valor antes de contestar.

—Sí. Y, si quieres, puedes venir con nosotros.

Me doy cuenta de que eso no es lo que él quiere para nada, pero me lo ha ofrecido sin esperar siquiera a que yo se lo pregunte. Ahora sí que no quiero hablarle de Oliver ni de coña. En lugar de eso, le digo:

—Sí que quiero ir.

A Callum no parece que le haga demasiada gracia, pero no retira su oferta.

Qué curioso que me haya invitado a entrar en la biblioteca. No he puesto un pie aquí desde la primera noche que nos conocimos.

El retrato restaurado de la requetetatarabuela está de nuevo sobre la chimenea. Y el reloj de carruaje y el reloj de arena. Pero ya no hay reloj de bolsillo.

Callum sabe lo que estoy mirando.

—El reloj de bolsillo era mío, el de carruaje es de Riona y el de arena es de Nessa —dice.

—¿Qué significan? —le pregunto, sin tener claro si quiero saberlo.

—Mi abuelo nos los legó cuando nacimos. Él siempre decía: «Lo único que tenemos es tiempo».

—¿Estabas muy unido a él?

—Sí. —Callum asiente—. Más que a nadie.

Joder, odio sentirme culpable. ¿Por qué cogí ese puto reloj? Si nunca lo hubiese tocado… No estaría ahora aquí, supongo. Mirando el apuesto y esbelto rostro de Callum.

—Yo… lo siento —digo.

Callum sacude la cabeza como si ya ni siquiera recordara que el reloj se ha perdido.

—Eso ya es agua pasada, Aida. Lo importante es lo de esta noche.

20

CALLUM

Cuando empezamos a dar caza al Carnicero, he de admitir que me alegro de la hostia de tener a los hermanos de Aida de mi lado. Puede que mi padre tuviese razón en lo de que yo era demasiado arrogante al estar así de seguro de nuestro dominio. Estoy desbordado con lo de asegurar acuerdos, conseguir votos y taparle la boca a Zajac, todo a la vez.

Curiosamente, también me gusta tener a Aida en mi equipo. En realidad, cuando no le prende fuego a nuestra biblioteca o tira mi posesión más querida por encima de una barandilla, es tremendamente útil. He localizado a uno de los hombres de Zajac, el propietario del Land Rover que usaron en el tiroteo, gracias a que ella memorizó la matrícula. Se llama Jan Kowalski, pero todo el mundo le llama Rollie.

Me pongo en contacto con Dante y Nero para que vayamos juntos a por él.

Lo encontramos en un concesionario de coches usados en East Garfield. El Carnicero es dueño de varios concesionarios de coches y talleres. Así puede matar dos pájaros de un tiro: blanquea dinero mediante la venta de coches, mientras despieza y revende los coches que roban sus secuaces.

Nero va por detrás mientras Dante y yo entramos por la puerta principal en busca de Rollie. Ya sé cómo es, porque he tenido pequeños tratos con él en el pasado. Y, como debe de ser imbécil, gracias a que todo lo postea en las redes sociales, Dante y Nero también han tenido el placer de ver fotos de Rollie emborrachándose en el pub, de Rollie enseñando el nuevo par de Yeezys que probablemente birló y de Rollie haciéndose el tatuaje más espantoso del mundo, de dos manos rezando.

Así que le reconocemos fácilmente en el taller del concesionario. Lleva un mono de trabajo y un pañuelo mugriento que le sujeta el pelo largo y rubio. En cuanto ve la figura de Dante en la puerta, tira el cárter de aceite de la camioneta F-150 en la que está trabajando e intenta salir corriendo por las puertas del taller como una puta liebre.

Por desgracia para él, Nero ya está preparado y al acecho detrás de una pila de neumáticos. Si Rollie es una liebre, Nero es un galgo: ágil, veloz y totalmente despiadado. Le engancha a Rollie las piernas con una llave de ruedas y se abalanza sobre su espalda para inmovilizarlo contra el suelo.

Dante noquea al encargado con un derechazo brutal, y yo hago un rápido barrido en el local para asegurarme de que no hemos pasado por alto a ningún otro empleado.

Encuentro a un mecánico agazapado detrás de un BMW. Es mayor y no tiene ninguna de las marcas habituales de la mafia polaca: tatuajes, cadenas de oro y anillos horteras. Supongo que solo trabaja en los coches y que no es uno de los soldados del Carnicero.

De todos modos, le registro y luego le encierro en el despacho tras arrancar el cable del teléfono de la pared.

Dante y Nero ya están «poniéndose al día» con Rollie. No hace falta mucho para hacerle hablar. Nos da el teléfono que utiliza el Carnicero para contactar con él, así como varios lugares donde «podría» estar Zajac.

—Me da igual dónde «pueda» estar —sisea Nero—. Dinos dónde está ahora mismo.

—¡No lo sé! —grita Rollie, pasándose el dorso de la mano por la nariz ensangrentada que le acaba de dejar Nero—. No soy uno de sus mejores hombres.

—Anoche te envió a la obra con una buena recortada —le digo.

Rollie desvía la mirada entre Nero y yo, lamiéndose los labios nerviosamente.

—No sabía quién estaba allí. No sabía que erais vosotros. Nos dijo que rociáramos el solar a base de bien, que hiriéramos a la policía y que montáramos una buena.

—Y una mierda —gruñe Dante, con la voz áspera como la grava—. Sabías que esa obra era nuestra.

—¡No sabéis cómo es Zajac! —balbucea Rollie—. No es como con otros jefes, de los que puedes aceptar un trabajo o no. Él te da una orden y tú tienes que cumplirla. Si la cagas, te da una advertencia. La vuelves a cagar, y se acabó.

—¿Cuál es la advertencia? —pregunta Dante.

Rollie levanta la mano derecha. Le falta el dedo meñique, seccionado con un tajo limpio en la base. La piel rosada y tensa demuestra que se trata de una herida relativamente reciente.

—A mí como si es el puto hombre del saco. —Nero agarra a Rollie por la parte delantera del mono y lo acerca de un tirón—. En esta ciudad, solo hay un nombre al que deberías temer. Te haga lo que te haga Zajac, yo te lo haré diez veces peor. Si él te pega un tiro, yo sacaré a rastras tu alma chillona desde el infierno solo para matarte de nuevo.

Los ojos de Nero parecen inexpresivos y oscuros entre los coches. En cierto modo, es el más «guapo» de los hermanos de Aida: pómulos altos, labios carnosos… Eso hace que la crueldad de su expresión sea todavía más inquietante. Nero saca un cuchillo del bolsillo y levanta la hoja tan deprisa que parece surgir de la nada. Aprieta la punta contra la vena saltarina de la garganta de Rollie.

—Dime dónde está Zajac o te cortaré esta arteria. Y así te quedarán unos doce segundos para responderme antes de que te desangres en el suelo.

No le está amenazando. En realidad, por la mirada esperanzada de sus ojos, Nero espera que Rollie no hable para que su mano haga lo que obviamente está deseando hacer.

—¡No lo sé! Te lo juro...

Nero le corta el antebrazo a Rollie de un tajo rápido, desde la manga subida del mono hasta la muñeca. La hoja está muy afilada. La sangre se derrama como una sábana que cae sobre el suelo de cemento.

—¡Aaah, me cago en la puta! ¡Ya basta! —aúlla Rollie, intentando cubrirse la herida con la mano manchada de grasa.

—Último aviso —dice Nero, con la hoja ya preparada de nuevo.

—¡No lo sé! ¡Espera, espera! —chilla Rollie cuando Nero le acerca el filo al cuello—. Sí sé algo... Hay una chica con la que se ha estado viendo.

—Sigue —le digo.

—Trabaja en el Pole. Tiene un piso en algún lugar de Lawndale que le paga él. Eso todo lo que sé, lo juro.

—Te creo —dice Nero, que igualmente le coloca la hoja a Rollie en la garganta.

Se la habría abierto de par en par si Dante no le hubiese cogido la muñeca. La punta del cuchillo tiembla a un milímetro del cuello de Rollie.

—Eso no es necesario —dice Dante—. Nos ha contado lo que sabe.

—También intentó dispararnos, por si lo habías olvidado.

—No lo he olvidado —dice Dante antes de soltar la muñeca de su hermano.

En cuanto Dante le suelta la mano, Nero ataca de nuevo, y le clava a Rollie el cuchillo en la mejilla en lugar de en la garganta. Rollie pega un alarido y se pasa la mano por el largo corte que le va de la oreja a la mandíbula.

—Esto es un recordatorio —dice Nero—. La próxima vez que quieras disparar a alguien, ten mejor puntería o quédate en casa.

Dante frunce el ceño, pero lo deja estar.

Estamos a punto de irnos cuando oigo un estrépito: cristales rotos y, a continuación, un aullido mientras alguien corre hacia mí, blandiendo un bate de béisbol. Me agacho y el bate me pasa silbando por encima de la cabeza. Instintivamente, le doy un puñetazo en las tripas. Cuando se dobla, le arranco el bate de la mano y le vuelvo a golpear en la mandíbula.

Es el mecánico. Tiene algo enrollado alrededor de los nudillos, una especie de trapo, que no ha impedido que se le clavaran un montón de cristales cuando ha atravesado de un puñetazo la ventana de la oficina. Le sangra todo el brazo. Se le ha ido toda la fuerza ahora que no tiene el bate de béisbol. Supongo que solo ha actuado por desesperación, ya que no tenía ninguna posibilidad de vencernos en una pelea ni a Dante ni a Nero ni a mí.

Ahora está en el suelo jadeando y resollando, tratando de decidir si debe oponer más resistencia.

—Quédate ahí, joder —le dice Nero, que lo empuja junto a Rollie—. De hecho, túmbate bocabajo y cuenta hasta cien antes de levantarte, o te meto una bala en la mollera.

No sé si Nero lleva un arma en realidad, pero los dos hombres yacen obedientemente bocabajo, y Rollie empieza a contar. Los dejamos allí y corremos a nuestros coches.

—No sabía que supieras pelear, niño rico —dice Nero con una expresión de leve sorpresa en los ojos.

—Tampoco es que haya sido gran cosa.

El mecánico tendrá al menos cincuenta años y medirá unos quince centímetros menos que yo. Lo que demuestra lo aterrorizado que debe de estar de Zajac si ha preferido enfrentarse a nosotros tres antes que darle explicaciones al Carnicero.

—Aun así —dice Dante—, has reaccionado muy rápido.

—Estrechar manos y dar palmaditas en la espalda sí que es nuevo para mí. —Me encojo de hombros—. Todavía recuerdo cómo ensuciarme las manos.

—Fergus sabe pelear —dice Dante—. Solían llamarle doctor Hueso, ¿no?

Se refiere a la etapa de mi padre como cobrador y sicario antes de hacerse con el control de lo que quedaba de la familia Griffin.

—Así es.

Mi padre podía fracturarle a un hombre el brazo en espiral con solo un giro de muñeca, si eso era lo que se necesitaba para que cumpliera con los pagos.

No cabe duda de que me enseñó algunas cosas. La primera fue que nunca hay que luchar si antes se puede negociar. Porque el resultado de una pelea nunca es seguro.

El problema es que no creo que Zajac quiera negociar. No sin derramar antes un poco de sangre.

Aida llega a casa poco después que yo. Sube a la biblioteca y la pongo al corriente de lo que hemos estado haciendo.

Me doy cuenta de que está enfadada por no haber participado en las actividades de la mañana, pero cumpliré mi promesa y la llevaré conmigo esta noche, si es lo que realmente quiere.

Cuando se va a nuestro cuarto a dejar los libros, Jack asoma la cabeza en la biblioteca.

—¿Puedo hablar contigo un momento, jefe?

Jack y yo somos amigos desde hace mucho tiempo. En nuestra época universitaria, tuvo movidas serias. En las fiestas pasaba MDMA para pagarse el estilo de vida que tendría cualquier chaval con fondo fiduciario. Solo que a él no le esperaba fideicomiso ninguno. Cuando la policía hizo una redada en su residencia, tuvo que deshacerse de unos veintiocho mil dólares de producto. Yo le pagué a su proveedor y luego conseguí que Jack viniera a trabajar para mí. Ha sido un buen empleado y un buen amigo, aunque a veces se muestre demasiado… ansioso. Como con el hermano de Aida en el muelle. Y en ocasiones con la propia Aida. Puede que Aida saque de quicio a María Santísima, pero no deja de ser mi mujer. Si Jack no aprendió la lección en la cocina, voy a tener que volver a recordársela.

—He recogido a las chicas en la universidad —dice.

—Muy bien.

—Aida estaba hablando con alguien.

Le dirijo una mirada penetrante por si está intentando empezar otra vez a darme la puta matraca.

—Se le permite hacer eso.

—Era Oliver Castle.

Se me hace un nudo en el estómago. Si hubiese dicho cualquier otro nombre, lo habría ignorado. Pero no puedo evitar sentir celos de ese aspirante a playboy con cerebro de mosquito. Que yo sepa, es el único novio de verdad que ha tenido Aida y, por algún motivo, me está corroyendo por dentro. Pensar en los dos nadando juntos en alguna playa tropical, riendo y hablando, Aida en biquini con la piel más bronceada que nunca…

Me dan ganas de arrancarle la cabeza a Castle.

Además, sé muy bien que no va a Loyola. Estaba en el campus por una única razón.

—¿Y qué le ha dicho?

—No lo sé —dice Jack—. No he podido acercarme lo suficiente para oír. Pero han estado hablando un buen rato.

Siento cómo me tiembla el ojo. Aida no ha mencionado nada sobre Oliver. No ha dicho ni una palabra de haberlo visto.

—¿Estás seguro de que era Castle?

—Al cien por cien. Se ha marchado justo después de haber estado hablando con ella. Lo he seguido hasta su coche, el Maserati gris.

Sí, es él.

—Y hay algo más —dice Jack.

—¿El qué?

—Se han besado.

Es como si el suelo bajo mis pies se acabara de caer.

Me olvido por completo de Zajac. Toda mi rabia, mi deseo de violencia y venganza se vuelven contra Castle. Si estuviese en la habitación ahora mismo, le pegaría un tiro en la cara.

—Gracias por decírmelo —digo con los labios apretados.

Ella le ha besado. Luego ha vuelto a casa, alegre como siempre, y tan pancha, como si no hubiese pasado nada.

Puede que para ella no sea nada.

Al fin y al cabo, nunca hemos hablado de esto. Nunca hemos prometido sernos fieles. Nuestro matrimonio es un acuerdo comercial; no debo olvidarlo. En realidad, los votos que hicimos no significan nada. Las únicas promesas de verdad fueron las que hicieron mi padre y el de Aida.

Aun así, me carcome.

¿Está quedando con él en secreto? ¿Están follando? ¿Aida lo querrá todavía?

Voy a preguntarle.

Me dirijo a grandes zancadas por el pasillo hasta nuestro dormitorio, resuelto a enfrentarme a ella.

Cuando entro por la puerta, está escribiendo algo en el móvil. Para rápidamente, desliza el dedo hacia arriba para cambiar de aplicación, luego le da la vuelta y lo deja bocabajo sobre la cama.

—¿Qué pasa? —dice ella.

—¿Qué estabas haciendo?

—¿Qué quieres decir?

—Ahora mismo. En el teléfono.

—Oh —dice con las mejillas ligeramente sonrosadas—. Solo estoy añadiendo algunas canciones nuevas a Spotify. Tengo que hacer una lista de reproducción para cuando ganes las elecciones.

Está mintiendo. Estaba escribiendo un mensaje, estoy seguro.

Debería cogerle el teléfono y exigirle ver qué estaba haciendo.

Pero tiene contraseña, y Aida es terca como una mula. No me la dará. Y se convertirá en una lucha sin cuartel que me la dé.

Mejor esperar. Le robaré la contraseña y luego revisaré su teléfono sin interrupciones y sin que se entere.

Me obligo a adoptar una expresión tranquila e impenetrable.

—Vale —digo—. Deberíamos comer algo antes de salir.

—¿Qué quieres comer? —pregunta aliviada de que haya dejado el tema.

—Me da igual.

21

AIDA

Cal me ha interrumpido en medio de algo que prefiero no enseñarle, al menos todavía. Pero ahora está raro. Estamos en la planta de abajo, zampándonos dos de las comidas que el chef siempre deja preparadas en la nevera. Cal mastica la carne como si ni siquiera pudiese saborearla, cabreado y sin dejar de mirar por la ventana de la cocina hacia la piscina.

—¿Qué te pasa? —le pregunto mientras me como un bocado de costilla estofada y zanahoria a la parrilla.

Esto es lo más lujoso que debe de haber en Griffin Restaurant, así que intento disfrutar de la comida. Pero no es fácil hacerlo con Callum sentado a mi lado con cara de póquer.

—Nada —dice brevemente.

—¿Por qué estás así? ¿Te da cosa que estemos sacudiendo el avispero?

Soy consciente de que alguien llamado el Carnicero no es el mejor individuo con el que enemistarse. Aun así, me entusiasma la perspectiva de dar caza a Zajac. Llevo semanas haciéndome la buena. Ya es hora de meterme en un pequeño lío.

—Sí —dice Callum en tono de protesta—. Me preocupa enfrentarme a un gángster psicópata. Sobre todo, dos días antes de las elecciones.

—Pues entonces, igual tendríamos que esperar hasta después de las elecciones para devolverle el golpe.

—Si no lo encontramos esta noche, eso es lo que haré, sí —dice Callum—. Pero prefiero ocuparme de ello cuanto antes.

El teléfono de Callum vibra con un mensaje. Le echa un vistazo y dice:

—Tus hermanos ya están aquí.

Un minuto después se paran frente a la casa, aparcan y bajan del Escalade de Dante con cautela. No han estado aquí desde la fiesta de Nessa. Noto lo incómodos que están cuando entran por la puerta de la cocina.

—Bonita casa —dice Dante cortésmente, como si no la hubiese visto antes.

—Sí, muy bonita. —Nero tiene las manos en los bolsillos mientras echa un vistazo a la moderna y reluciente cocina. Detiene los ojos en algo que está fuera de lugar. Se echa hacia delante para observarlo más de cerca y dice—: ¿Eso es un…?

—Sí —le digo—. Y no hace falta que hablemos de ello.

Imogen ya me leyó la cartilla sobre lo del agujero de bala en la puerta de su armario. Creo que estaba más enfadada que cuando envenené a su hijo. Esta casa es su verdadera niña bonita. La cosa se habría puesto fea si Callum no me hubiese cubierto, diciéndole que había sido un accidente. No parecía convencida.

—¿Cómo voy a conseguir que alguien lo arregle siquiera? —preguntó Imogen con los ojos encendidos—. ¿Cómo voy a explicarle a un carpintero que tiene que sacar una bala antes de rellenar el agujero?

—Podrías hacerte la sorprendida —le dije servicialmente.

Callum me fulminó con la mirada para indicarme que me callara inmediatamente.

—Yo te saco la bala primero, si quieres —dijo.

—¡No! —espetó Imogen—. No toques nada. Ya habéis hecho bastante.

Aún no se ha arreglado, y es un tema delicado que no necesito que Nero saque justo antes de que tengamos que irnos.

Pero en ese momento entra en la cocina el tercero en discordia.

—El coche ya está en la puerta principal —dice Jack mostrando las llaves.

—No me digas que él va a venir —le digo a Callum.

—Pues sí.

—No necesitamos…

—No vamos a presentarnos allí faltos de personal —me interrumpe Callum.

—Tus hermanos también han traído a alguien.

—Gabriel está en el coche —confirma Dante.

Gabriel es nuestro primo y uno de los matones de mis hermanos. Parece un oso de peluche gigante algo brusco, pero, cuando se requiere, se puede convertir en un letal asesino.

—Bueno, vale —digo solo con una pizca de enfado—. ¿Y cuál es el plan?

—Pues… —Callum intercambia una mirada con mis hermanos—. Hay dos opciones. Una, ir tras la pista de la chica que Zajac se ha estado tirando.

—Pero no tenemos su dirección —dice Nero, obviamente poco partidario de esta opción—. Y no sabemos con qué frecuencia la ve.

—O —continúa Callum, como si no le hubiesen interrumpido— podríamos asaltar uno de sus negocios. Dejarle todo hecho una mierda, quizá llevarnos algo, y luego esperar a que nos llame.

—Creemos que lo mejor es su casino, porque está alejado y tiene mucho dinero en efectivo —dice Dante.

—¿Y por qué no las dos cosas? —digo yo—. ¿Estás hablando de Francie Ross? Trabaja en Pole, ¿no?

—¿La conoces? —pregunta Callum rápidamente.

—No. Pero conozco a una chica que la conoce a ella. Eso es lo que intentaba deciros.

Callum me lanza una mirada entre molesta y curiosa.

—¿Y tu amiga sabe dónde vive Francie?

—Tal vez. Deberíamos preguntarle.

—Pero ¿para qué vamos a molestarnos con eso? —responde Nero—. ¿Qué importa encontrar a Zajac? Lo que tenemos que hacer es devolverle el golpe por lo que nos hizo en el solar. No hace falta que lo miremos a los ojos para darle una patada en las pelotas.

Dante tiene más pinta de indeciso, pero al fin dice:

—El casino parece una apuesta más segura.

—Bueno… —Callum me mira—. Pues hagamos las dos cosas. Vosotros podéis ir al casino mientras Aida y yo hablamos con su amiga.

—¿Crees que con tres personas es suficiente? —le dice Dante a Nero.

—Por supuesto.

—Llevaos también a Jack —dice Callum.

—Entonces Aida y tú os quedaréis solos… —dice Dante.

—No necesitamos un ejército —resoplo—. Solo vamos a hablar con una camarera.

Dante mete la mano en la chaqueta. Me pasa una Glock cargada.

—¿Es prudente? —dice Jack, que no le quita ojo a la pistola cuando Dante me la pone en la mano.

—No te preocupes —le digo dulcemente—. No la voy a abandonar por ahí como una idiota.

Jack parece querer replicar, pero lo deja estar, porque Callum está justo aquí.

—¿Los demás tenemos lo que necesitamos? —pregunta Dante. Todos asentimos—. Vámonos entonces.

Dante y Nero vuelven al Escalade. Yo saludo a Gabriel con la mano a través de la ventanilla. Él me sonríe y me devuelve el gesto. Jack sube a su lado en el asiento trasero y se presenta con un gruñido y un movimiento seco de la cabeza.

Estoy muy contenta de no tener que pasar más tiempo encerrada en un coche con él, y aún más feliz de que Cal y yo vayamos tras mi pista. Bueno, es también un poco la suya... Pero yo lo pensé primero.

De todos modos, me gusta cuando Cal conduce. Así puedo mirarle a hurtadillas mientras él presta atención a la carretera.

Cada vez que estamos a solas es como si la energía cambiara. Ahora mismo hay una densa tensión entre nosotros, y mi mente vuelve inevitablemente a lo que hicimos la última vez que estuvimos solos. Como estoy pensando en cosas tan agradables, me sobresalto cuando Callum me pregunta:

—¿Por qué rompiste con Oliver Castle?

Doy un brinco al recordar cómo Oliver me ha abordado en el campus. ¿Cómo puede seguir topándose así conmigo? Al principio, cuando me lo encontraba en todas las fiestas, supuse que mis amigos le enviaban mensajes. Pero que luego...

—¿Y bien? —insiste Callum, interrumpiendo mis pensamientos.

Suspiro, porque volver a hablar de esto me cabrea. Sobre todo, teniendo en cuenta que la posibilidad de que después haya una nueva sesión de sexo desenfrenado y picante provocado por los celos es remota.

—Simplemente, nunca me sentí del todo bien —digo—. Era como ponerse un zapato en el pie equivocado. Enseguida resultaba incómodo, y cuanto más tiempo pasaba, peor.

—Así que, cuando nos conocimos, ¿no estabas enamorada de él? —pregunta Callum. Hay un ápice de vulnerabilidad en su pregunta.

Nunca he oído a Callum vulnerable. Ni siquiera un uno por ciento. Deseo desesperadamente mirarle, pero uso toda mi fuerza de voluntad para mantener la vista fija al frente. Siento que estamos siendo sinceros por un momento y no quiero estropearlo.

—Nunca le he querido —le digo a Cal, con voz firme y segura.

Exhala, con un suspiro de alivio.

Tengo que sonreír, y pienso en algo poético.

—¿Qué? —pregunta Callum.

—Bueno, irónicamente, cuando rompí con Oliver, supuse que debía encontrar a alguien más compatible. Alguien más parecido a mí.

Ahora es Cal quien se ríe:

—Pues has encontrado justamente lo contrario.

Los opuestos tienen una especie de simetría. Fuego y hielo. Serio y travieso. Impulsivo y comedido. En cierto modo, pertenecen el uno al otro.

Pero Oliver y yo éramos más bien dos objetos elegidos al azar: un bolígrafo y un búho. Una galleta y una pala.

Por eso no había emoción por mi parte, solo indiferencia. El amor es un tira y afloja. O el odio.

Aparcamos delante del Pole. Es un club de cabaret en el extremo oeste de la ciudad, oscuro, de techos bajos, muy grande y sórdido. Aunque también es muy famoso porque no es el típico club de estriptis. Los espectáculos son raros, fetichistas… Algunas bailarinas son medio famosas en Chicago, como Francie Ross, que es una de las estrellas principales. No me sorprende que Zajac se fijara en ella.

—¿Has estado aquí antes? —le pregunto a Callum.

—No —contesta despreocupado—. ¿Está bien?

—Ahora lo verás. —Sonrío con un poco de malicia.

Los porteros nos piden el carnet al entrar.

El sonido de los graves de los altavoces retumba y le da una cierta espesura al ambiente. Huelo el penetrante aroma del alcohol y los vahos terrosos de los vapeadores. La luz es de un rojo intenso, y hace que todo lo que está aquí dentro parezca envuelto en sombras negras y grises.

El interior es como una casa de muñecas gótica. Reservados de felpa, papel pintado con motivos botánicos, espejos ornamentados... Las camareras van vestidas con arneses de tiras de cuero, y algunas los complementan con orejas también de cuero de animales y colas de piel a juego: conejitas, zorros y gatos, sobre todo.

Veo una mesa que se vacía cerca del escenario y arrastro a Callum hacia ella antes de que nos la quiten.

—¿No deberíamos estar buscando a tu amiga? —dice.

—Puede que estemos en su sección. Si no, iré a buscarla.

Mira a su alrededor, a las camareras pechugonas y a los camareros con sus ceñidos trajes de polipiel desabrochados hasta el ombligo.

—Así que esto es lo que le va a Zajac, ¿eh?

—Creo que a todo el mundo le va esto, en un grado o u otro —respondo, y a continuación me muerdo la comisura del labio y le sonrío traviesa solo un poquito.

—¿Ah, sí? —Callum me mira, curioso y más que un poco distraído—. A ver, cuéntame más.

Señalo con la cabeza la esquina de nuestro reservado, donde de un gancho cuelgan un par de esposas plateadas.

—Te veo perfectamente haciendo un buen uso de estas.

—Eso depende —gruñe Callum con una mirada maliciosa— de cómo te comportes esta noche...

Antes de que pueda contestar, viene nuestra camarera a tomarnos nota. No es mi amiga Jada. Pero me confirma que Jada está trabajando esta noche.

—¿Puedes decirle que venga? —pregunto.

—Claro —asiente la chica.

Mientras esperamos, las luces se atenúan aún más y el DJ baja la música.

—Señoras y señores —canturrea—, demos la bienvenida al escenario al único, al inigualable... ¡Eduardo!

—Oh, esto te va a encantar —le susurro a Callum.

—¿Quién es Eduardo? —murmura.

—¡Chisss!

Un foco sigue a un joven delgado que posa un momento bajo su luz y luego se va al escenario. Lleva un sombrero de fieltro y un traje de los años cuarenta muy entallado con unas hombreras enormes. Tiene un bigote muy fino y un cigarrillo colgando de la boca.

Su presencia es magnética. Todos los ojos de la sala están puestos en él y en la manera tan escandalosa que tiene de pavonearse.

Justo antes de subir al escenario, se detiene junto a una rubia muy guapa de la primera fila. A pesar de sus protestas y de su evidente timidez, la coge de la mano y la arrastra hasta el escenario.

Hace un pequeño juego cómico en el que le dice a la chica que le sujete una flor. La parte de arriba de la flor se desprende inmediatamente, y empieza a resbalársele a la chica por la blusa. Eduardo le quita de nuevo la flor antes de que ella pueda moverse, y ella da un gritito. Luego le enseña la coreografía de un baile, un seductor tango que él ejecuta con maestría, y a la chica la mueve de aquí para allá como si fuese una marioneta. Todo sin dejar de hacer bromas y chascarrillos. El público se parte de risa. Tiene una voz grave y suave y un ligero acento.

Finalmente, le dice a la chica que ya ha terminado y le pide un beso en la mejilla. Cuando ella frunce los labios a regañadientes, él le pone la mejilla y, en el último momento, gira la cabeza y la besa en toda la boca.

Al público le encanta, y no deja de vitorear y corear: «¡Eduardo! ¡Eduardo!».

—Gracias, amigos míos. Pero, antes de irme, ¡un último baile! —grita.

Mientras suena la música, baila por el escenario, muy rápido, muy elegante... Se sujeta el sombrero de fieltro y se lo quita de un tirón, y cae un mechón de pelo rubio platino. Se arranca el bigote y se abre la parte delantera del traje para mostrar dos pechos absolutamente espectaculares, enormes y desnudos, salvo por un par de borlas rojas que cubren los pezones. «Eduardo» salta y se contonea para que las borlas giren y luego lanza un beso al público, hace una reverencia y abandona el escenario.

Callum se ha quedado como si le hubiesen dado una bofetada. Me río tanto que se me saltan las lágrimas. Yo ya he visto el espectáculo de Francie tres veces, y sigue dejándome boquiabierta. Su capacidad para caminar, bailar y hablar como un hombre, e incluso reírse como un hombre, es increíble. No se sale del personaje ni un segundo, no hasta el final.

—Es Francie Ross —le digo a Callum, por si aún no lo sabe.

—¿Esa es la novia del Carnicero? —pregunta asombrado.

—Sí, si los rumores son ciertos.

Tengo la oportunidad de preguntárselo a Jada cuando es ella la que nos trae las bebidas. Le pone un whisky con hielo a Callum y un vodka con arándanos a mí.

—¡Eh! —me dice—. Hace mucho que no te veo.

—¡Ya lo sé! —le sonrío—. Llevo una temporada de locos.

—Eso he oído —dice Jada, lanzando una mirada muy expresiva a Callum.

Jada tiene el pelo teñido de negro, multitud de piercings y labios color ciruela. Su padre trabajó para el mío hasta que lo metieron en chirona por delitos no relacionados con él. Básicamente, intentó estafar a los de la lotería del estado. Le iba muy bien hasta que ganó dos veces seguidas «por error», lo que les puso un poco sobre aviso.

—¿Has visto el espectáculo? —me pregunta Jada.

—¡Sí! Francie es la mejor. —Me inclino un poco hacia delante, todavía con la voz baja para que la tape la música—. ¿Es verdad que está liada con ese gángster polaco?

—No lo sé.

Jada coge un vaso vacío de la mesa contigua a la nuestra y lo deja en su bandeja. No me mira a los ojos.

—Venga ya —la engatuso—. Sé que estáis muy unidas.

—Igual si lo está —dice sin comprometerse.

—¿Y él viene por aquí a verla?

—No —dice Jada—. No que yo haya visto.

Es evidente que no le gusta que la interrogue así. Pero yo no quiero dejar el tema todavía.

Callum mete la mano bajo la mesa y deja suavemente un billete doblado en la palma de la mano de Jada.

—¿Dónde vive? —le pregunta.

Jada duda. Echa un vistazo rápido a la palma de su mano para ver de qué cantidad es el billete.

—En el edificio amarillo de Cherry Street —dice al fin—. Tercer piso sin ascensor. Él va allí los martes por la noche. Es cuando no trabaja.

—Ya está —le murmuro a Callum después de que Jada se haya ido—. Si después de que le jodamos hoy el casino no se pone en contacto con nosotros, lo pillaremos el martes.

—Sí —asiente Callum—. Aún es pronto; mándales un mensaje a tus hermanos para ver si nos necesitan en el casino.

Estoy a punto de hacerlo cuando Jada nos trae otra ronda de bebidas.

—A esta invito yo —dice. Ahora que he dejado de interrogarla, se muestra mucho más amable—. No te hagas tanto de rogar la próxima vez.

A mí me da un vodka con arándanos. En realidad, no quería otro, pero si es gratis…

—Gracias —digo al tiempo que levanto la copa en señal de brindis.

—Roxy Rotten es la siguiente —dice Jada—. A esta no deberíais perdérosla.

Al llevarme la pajita a los labios, veo un brillo extraño en la superficie de la bebida. Vuelvo a ponerla en la mesa y la observo con detenimiento. Quizá solo sea el modo en que la luz roja se refleja en mi roja bebida. Pero la parte de arriba me parece un poco aceitosa. Como si el vaso no estuviese del todo limpio.

—¿Qué? —dice Callum.

No sé si debería bebérmelo.

Estoy a punto de decirle a Callum que mire su copa también, pero ya se la ha bebido de un trago.

Las luces vuelven a atenuarse, y el DJ presenta a Roxy Rotten. Roxy hace un estriptis maquillada de zombi, con un juego de luces negras que dan la ilusión de que va perdiendo trozos del cuerpo mientras baila. En el paso final, parece que se le cae la cabeza. Las luces vuelven a encenderse, y Roxy se sitúa en el centro del escenario, de nuevo milagrosamente de una pieza, y deja que el público vea su precioso cuerpo pintado de verde.

—¿Nos vamos? —le digo a Callum.

—¿Han contestado tus hermanos?

—Todavía no —le digo cuando compruebo mi teléfono.

—Bueno, pues nos vemos. Quiero decir «nos vamos». —Sacude la cabeza—. ¿Te lo vas a terminar? —Señala mi segunda copa.

—Eh…, no. —Vierto la mitad de la nueva bebida en el vaso de la primera para que Jada no se ofenda—. Vámonos.

Yo me pongo de pie primero, y me cuelgo el bolso al hombro. Cuando Callum se levanta, trastabilla un poco.

—¿Estás bien?

—Sí —resopla—. Me duele un poco la cabeza, es todo.

Puedo ver lo poco estable que está. Y por el whisky no es, porque solo se ha bebido dos copas, y por experiencia sé que con eso apenas se entona.

Veo a Jada de pie junto a la barra, con los brazos cruzados. Parece una malévola gárgola con orejas de zorro de cuero y los labios pintados de morado oscuro.

—Vámonos de aquí —le murmuro a Callum mientras le paso el brazo por encima de mis hombros.

Me recuerda con espanto al día en que nos conocimos, cuando tuve que llevar a Sebastian así por todo el muelle. Callum pesa lo mismo y se desploma más y más a cada paso. Intenta decirme algo, pero tiene los ojos en blanco y la voz pastosa e incoherente.

Si consigo meterlo en el coche, podré llegar a un lugar seguro y llamar a mis hermanos.

Igual que en el muelle, la puerta parece estar a un millón de kilómetros. Vamos a paso de tortuga. Nunca lo conseguiré.

Cuando por fin llego a la salida, nos rodean unos cuantos gorilas.

—¿Hay algún problema, señorita?

Estoy a punto de decirles que necesito que alguien me ayude a llevar a Callum al coche. Y ahí es cuando me doy cuenta de que no han venido a ayudarnos, sino a bloquearnos el paso.

Miro a mi alrededor, al semicírculo de hombres fornidos y corpulentos.

No hay tiempo para llamar a mis hermanos.

Hago lo único que se me ocurre.

Me desplomo como si me estuviese desmayando. Ojalá que no me haga demasiado daño cuando me dé contra el suelo.

22

CALLUM

Me despierto con las manos atadas sobre la cabeza, colgado de un gancho para carne.

Para mí no es una buena postura. Soy un tío grande, y tener todo mi peso colgando de los brazos desde a saber cuándo hace que los sienta como si se me estuvieran a punto de dislocar. Además, me va a explotar la puta cabeza del dolor.

Lo último que recuerdo es a un tío que en realidad no era un tío bailando el tango por el escenario.

Ahora estoy en un almacén que apesta a óxido y mugre. Y por debajo, un olor helado, húmedo y putrefacto.

Y hace un frío de cojones. Incluso con la chaqueta del traje, estoy tiritando. Quizá sean los efectos de las drogas. Me noto los músculos débiles y temblorosos. Mi visión pasa de borrosa a nítida como un par de prismáticos que enfocas de repente.

Las drogas. Alguien le echó droga a mi bebida. Cuando estaba sentado con…

¡AIDA!

Giro la cabeza de un lado a otro para buscarla.

Por suerte, no está colgada de un gancho a mi lado. Tampoco la veo por ninguna parte del almacén, que está por otro lado desierto. Solo veo una mesa cubierta con un paño blanco manchado. Que en general no suele ser una buena señal.

Quiero ponerme a gritar llamando a Aida. Pero no quiero por otra parte hacer ruido en caso de que ella haya conseguido largarse. No sé cómo he llegado aquí yo, ni tampoco si ella estaba conmigo o no.

Dios, cómo me duelen los hombros. Casi puedo tocar el suelo con los pies, pero no.

Empiezo a retorcer las muñecas contra la cuerda áspera y tosca para ver si hay alguna posibilidad de soltarme. El movimiento hace que mi cuerpo gire sobre sí mismo ligeramente, como un pollo en un asador, pero no parece aflojar el nudo.

Lo único bueno es que no tengo que esperar mucho.

El Carnicero entra en el almacén, flanqueado por dos de sus acólitos. Uno es delgado, con el pelo rubio y tatuajes en los dos brazos. El otro me resulta familiar: podría haber sido uno de los porteros de Pole. Mierda. Probablemente lo era.

Pero quien llama mi atención es el Carnicero. No aparta de mí sus ojos de mirada furiosa, con una ceja siempre arqueada un poco más alta que la otra. Su nariz parece más aguileña que nunca bajo una luz tan directa, sus mejillas más hundidas. Las cicatrices con pinta de cráteres que tiene por toda la cara son demasiado profundas para ser de acné; podrían ser heridas de metralla de alguna explosión ocurrida hace mucho tiempo.

Zajac se para frente a mí, lo que hace que se quede casi justo por debajo de la única luz del techo. Levanta un dedo y me toca el pecho. Luego me empuja y me hace oscilar indefenso de un lado a otro del gancho. No puedo evitar gruñir ante el aumento de la presión sobre mis brazos. El Carnicero esboza una pequeña sonrisa. Le encanta mi situación.

Retrocede de nuevo y le hace un gesto con la cabeza al portero del club.

El portero le quita el abrigo a Zajac, que parece más pequeño sin él. Pero, cuando se remanga la camisa de vestir a rayas, los antebrazos son gruesos, con un tipo de musculatura que solo se consigue a base de hacer cosas prácticas. Mientras se remanga la manga izquierda con movimientos hábiles y seguros, dice:

—La gente cree que me pusieron el mote por lo que pasó en Bogotá. Pero no es cierto. Me llamaban el Carnicero mucho antes de eso.

Se remanga la manga derecha hasta que queda a la misma altura que la izquierda. Luego se acerca a grandes zancadas a la mesa cubierta. Retira la tela, y veo exactamente lo que me esperaba: un juego de cuchillos de carnicero recién afilados, ordenados por forma y tamaño de las hojas. Cuchillos de carnicero, cimitarras y cuchillos de chef: todo destinado a deshuesar, filetear, trinchar, rebanar y picar.

—Antes de ser delincuentes, los Zajac teníamos un oficio que transmitíamos de generación en generación según lo aprendíamos. Puedo descuartizar un cerdo en cuarenta y dos minutos. —Levanta un cuchillo largo y delgado y toca la hoja con la yema del pulgar. Sin ejercer ninguna presión, la piel se desgarra y una gota de sangre se acumula en el acero—. ¿Qué crees que podría hacerte a ti en una hora? —musita al tiempo que me mira de arriba abajo el cuerpo estirado.

—Para empezar, podrías contarme qué coño quieres —digo—. Es imposible que esto sea por lo del Transit Authority.

—No —susurra Zajac, con los ojos apagados bajo la luz mortecina.

—Entonces ¿por qué?

—Pues por el respeto, por supuesto —responde—. Vivo en esta ciudad desde hace doce años. Mi familia lleva aquí tres generaciones. Pero eso tú no lo sabes, ¿verdad, señor Griffin? Porque ni siquiera me has honrado con un mínimo de curiosidad por tu parte.

Deja el cuchillo que sostiene y elige otro. Aunque tiene los dedos gruesos y rechonchos, maneja el arma con la misma destreza que Nero.

—Los Griffin y los Gallo… —dice mientras se acerca a mí con un cuchillo en la mano—. Sois todos igual de arrogantes. Los Gallo entierran a dos de mis hombres bajo cemento y creen que se ahí se acaba todo. Tú aceptas mi donación y luego te niegas a reunirte conmigo cara a cara. Luego pactáis un acuerdo matrimonial sin siquiera tener en cuenta a mis hijos. O invitarme a la boda.

—La boda se planeó con poca antelación —digo con los dientes apretados. Me arden los hombros. No me gusta lo cerca que están Zajac y ese cuchillo.

—Sé exactamente por qué se celebró la boda —dice—. Yo lo sé todo…

Si tanto sabe, me gustaría exigirle que me diga dónde está Aida ahora mismo.

Pero sigo pensando si eso no la delataría. Puede que haya conseguido escapar. Si es así, espero por Dios que llame a la policía o a sus hermanos.

Por desgracia, no creo que nadie llegue a tiempo. Si es que saben dónde encontrarme siquiera.

—Esto era un matadero —dice Zajac, señalando con la punta de su cuchillo el almacén vacío—. Aquí mataban mil cerdos al día. La sangre corría por ahí abajo —añade, y señala una rejilla metálica que pasa por debajo de mis pies—, por esa tubería, y luego directamente al río. A lo largo de un kilómetro y medio aproximadamente, lo que salía de las fábricas hacía que el agua corriese roja.

No puedo ver la tubería a la que se refiere, pero sí que huelo el agua húmeda y sucia.

—Un poco más abajo, la gente ya podía nadar —dice con los ojos fijos en la hoja de su cuchillo—. A esa altura ya parecía bastante limpio.

—Esta metáfora, ¿nos lleva a algún sitio? —digo impaciente. Me arden los putos hombros. Si Zajac va a matarme, prefiero que lo haga ya—. ¿Se supone que yo soy la persona que nada en aguas sucias?

—¡No! —suelta fulminándome con la mirada—. Todo el mundo en Chicago quiere pensar que su ciudad está limpia. Tú simplemente eres la persona que se come el beicon, pero que se cree mejor que el hombre que lo ha descuartizado.

Suspiro, intentando fingir interés, cuando en realidad lo que hago es escudriñar la estancia. Miro a los dos guardaespaldas, tratando de encontrar la forma de salir de esta mierda. Y todo sin dejar de restregarme las muñecas contra la cuerda, a ver si las libero poco a poco. O simplemente para frotarme la piel. No soy capaz de saberlo.

Zajac ha terminado su monólogo. Me corta la chaqueta y la camisa con unos cuantos tajos rápidos. Todavía me cuelgan de los brazos partes de las mangas, pero tengo el torso desnudo, que sangra por cinco o seis cortes superficiales. El Carnicero es tan experto que podría haberme rasgado la camisa sin rozarme la piel siquiera. Me ha clavado el cuchillo a propósito. Para afilarlo.

Presiona la punta contra la parte inferior derecha del abdomen.

—¿Sabes lo que hay ahí? —dice.

No quiero jugar a este juego con él.

—No.

—El apéndice. Un pequeño tubo de tejido de unos nueve centímetros que sale desde el intestino grueso. Para el humano actual, probablemente sea solo un vestigio de una etapa evolutiva anterior, pero a veces sale a relucir cuando se infecta o se inflama. No veo ninguna cicatriz de laparoscopia, así que supongo que el tuyo sigue intacto.

Permanezco tercamente en silencio. Me niego a seguirle el juego.

El Carnicero me pone la parte plana de la hoja en la palma de la mano.

—Tenía intención de esperar hasta después de las elecciones para hacer esto, pero me habéis tenido que tocar las narices. Habéis destrozado mi casino y habéis molestado a mi chica en su lugar de trabajo. Así que te cuento lo que vamos a hacer: los Gallo van a devolverme el dinero que han robado en mi casino.

No sé cuánto se han llevado, pero ojalá haya sido una puta tonelada de dinero.

—Tú me vas a vender la propiedad de Transit Authority con mucho descuento.

No. Tampoco.

—Y, después de las elecciones, me vas a proporcionar el puesto del Gobierno municipal que me dé la gana a mí.

Eso será cuando las ranas críen puto pelo.

—Como pago inicial por estos servicios, voy a sacarte el apéndice —dice Zajac—. No lo echarás de menos. La intervención, aunque sea muy dolorosa sin anestesia, no es mortal.

Vuelve a levantar la punta del cuchillo y la coloca directamente sobre la parte de mis entrañas que supuestamente no es esencial. Respira hondo y se prepara para rebanarme la carne. Luego me clava el cuchillo en el abdomen.

Lo introduce con una lentitud agonizante.

Aprieto los dientes todo lo que puedo, no abro los ojos cerrados..., pero no puedo evitar soltar un grito ahogado.

Joder, cómo duele. He oído que ser apuñalado es más doloroso que recibir un disparo. Como recientemente mi dulce esposa consiguió que una bala me rozara el brazo, puedo dar fe de que, cuando te clavan un cuchillo lentamente en las tripas, es cien veces peor. Me suda la cara, me tiemblan los músculos. El cuchillo solo ha penetrado cinco o seis centímetros en mi carne.

—No te preocupes —sisea el Carnicero—: Terminaré en una hora o así…

—Espera un segundo, espera un segundo… —Respiro entrecortadamente.

Hace una pausa sin sacarme el cuchillo del abdomen.

—¿Podrías descansar un momento y rascarme la nariz? Tengo un picor que me está volviendo loco —le digo.

Zajac emite un irritado bufido y tensa el brazo para clavarme el cuchillo con más ahínco.

En ese momento, desde la puerta entra volando una botella con un trapo ardiendo metido en el cuello. La botella se rompe contra el suelo de cemento; el alcohol en llamas se esparce en un charco y salen por los aires fragmentos de cristal. Uno de ellos alcanza la manga del portero, que se da la vuelta para intentar sacárselo de un manotazo.

Se oye otro ruido seco y luego una explosión, esta más fuerte y cercana.

—Ocupaos de eso —le sisea Zajac a sus hombres.

El rubio se va enseguida, bordea los restos del cóctel molotov y sale por una puerta lateral. El portero se va directo a la puerta principal y recibe un balazo en el hombro en cuanto la atraviesa.

—*Kurwa mać!* —ladra el Carnicero. Se pone de un salto detrás de mí por si el tirador está a punto de entrar.

Esperamos. No pasa nadie. Veo que Zajac está indeciso: por un lado, no quiere dejarme aquí solo. Por otro, ahora está en desventaja. No tiene ni idea de cuánta gente ha venido a asaltar el almacén. No quiere quedarse aquí atrapado si son mis hombres los que irrumpen por la puerta.

A medida que pasan los segundos, oímos sonidos mezclados con gritos, carreras y el estrépito de algo que se rompe. Es imposible distinguir qué está pasando. El cóctel molotov sigue ardiendo; de hecho, las llamas se han propagado por el suelo de cemento. Tal vez se esté quemando la pintura. Unas nubes espesas de humo negro nos hacen sudar y toser.

Zajac maldice. Se acerca a la mesa, coge un cuchillo de carnicero con una mano y un machete con la otra. Sale a toda prisa por la misma puerta lateral por la que ha desaparecido su lugarteniente rubio.

En cuanto me quedo solo, me empiezo a retorcer y a luchar contra las cuerdas. Tengo el brazo izquierdo prácticamente entumecido, pero aún puedo mover el derecho. Tiro de él todas mis fuerzas. Me crujen las manos, las muñecas, los brazos y los hombros. Estoy a punto de dislocarme el pulgar. Pero, finalmente, logro sacar la mano derecha.

Alguien entra corriendo descalzo por la puerta y salta por encima del cuerpo, tendido en el suelo, del portero que ha recibido el disparo en el hombro.

El pelo oscuro de Aida ondea tras ella mientras corre por el cemento. Esquiva ágilmente las llamas y los cristales rotos, y solo se detiene para coger un cuchillo de la mesa. Me lo pone en la palma de la mano.

—¡Corta la cuerda! —grita—. ¡Está demasiado alta para que pueda alcanzarla yo!

Tiene sangre por todo el lado derecho de la cara y la mano izquierda envuelta en un trapo.

—¿Estás bien? —Alargo la mano hacia arriba para cortar la cuerda que aún me sujeta la mano izquierda—. ¿Dónde están tus hermanos?

—No tengo ni idea; esos matones se han llevado mi teléfono. También mi pistola, así que Dante se va a cabrear. Soy la única que está aquí.

—¿Cómo? ¿Y qué demonios ha sido todo ese ruido entonces?

—¡Una distracción! —dice Aida alegremente—. Ahora date prisa, antes de que…

La cuerda se rompe y me caigo sobre el cemento. Siento los brazos como si no estuviesen pegados al cuerpo. También me laten las piernas. Por no hablar del pinchazo en el costado derecho.

—¿Qué te han hecho? —pregunta Aida con la voz temblorosa.

—Estoy bien —le digo—. Pero será mejor que…

En ese momento regresa el soldado rubio con otro de los hombres de Zajac. Los dos están armados y nos apuntan con sendas pistolas desde la puerta.

—No te muevas —dice el rubio.

El aire está lleno de humo. No sé hasta qué punto puede vernos; lo suficiente como para dispararnos, de eso estoy seguro. Cojo a Aida del brazo y empiezo a retroceder.

Recorremos la rejilla metálica por el suelo hasta el vertedero donde los carniceros descargaban la sangre y las vísceras en el río.

—¡Alto! —grita el gorila, que avanza hacia nosotros a través del humo. Levanta su AR, y se la apoya en el costado.

Oigo un ruido sordo cuando piso una rejilla abatible.

Sin perder de vista a los hombres de Zajac, presiono la punta del zapato contra la esquina de la rejilla, para ver si la puedo levantar sin utilizar las manos.

Pesa mucho, pero empieza a moverse hacia arriba, lo suficiente para que pueda meter todo el pie por debajo.

—Quedaos ahí con las manos en alto —ladra el soldado rubio mientras se acerca a nosotros.

Le meto una patada a la reja hasta abrirla del todo.

Rodeo a Aida con los brazos y murmuro:

—Respira hondo.

Ella tensa el cuerpo.

Luego la cojo en brazos y salto a través de la reja. Nos precipitamos los dos a una tubería de metro y medio de ancho que lleva a Dios sabe dónde.

Caemos en el agua sucia y helada. La corriente es rápida y nos arrastra.

Está oscuro..., tanto que da igual tener los ojos abiertos o cerrados. Sin soltar ni un ápice a Aida, levanto una mano para ver si hay aire sobre nuestras cabezas. Rozo la tubería con la mano: no hay espacio entre el agua y el metal.

Eso significa que tendremos que recorrerla lo más rápido posible. La corriente nos hace avanzar. Pataleo con los pies para impulsarnos más.

Puede que llevemos bajo el agua unos treinta segundos hasta ahora. Yo puedo aguantar la respiración dos minutos, pero no debería asumir que Aida aguante más de un minuto.

Ella no lucha entre mis brazos, no se resiste. Puedo sentir lo tensa y aterrorizada que está. Pero confía en mí. Dios, ojalá no haya cometido el peor de los errores.

Avanzamos a toda velocidad y yo pataleo cada vez con más fuerza. Entonces salimos disparados por un desagüe, desde donde caemos metro y medio directamente al río Chicago.

La corriente nos arrastra hasta el centro del río, a unos seis metros de cada orilla. No me gustaría estar aquí si viene algún barco, pero tampoco sé bien a dónde dirigirnos. Miro a mi alrededor y trato de averiguar dónde estamos exactamente.

Aida se aferra a mi cuello, y se impulsa solo con una mano. No es una experta nadadora, y la corriente es poderosa. Está tiritando. Yo también.

—¿Cómo sabías que podíamos salir? —me pregunta castañeteando los dientes.

—No lo sabía —digo—. ¿Y tú cómo coño has venido a buscarme?

—¡Ah, es que he estado todo el rato contigo! —dice Aida—. Esa zorra traidora de Jada le ha echado droga a las bebidas, pero yo la mía no me la he bebido porque tenía una pinta rara.

—¿Y por qué no me lo has dicho?

—¡Iba a hacerlo! Pero ya te la habías bebido de un trago. No quiero convertir esto en una crítica hacia vuestra cultura, pero los irlandeses podríais aprender a beberos una copa a traguitos, de vez en cuando. No todo es un chupito.

Pongo los ojos en blanco.

—En fin —continúa—, que he intentado llevarte al coche, pero no dejabas de tropezarte y resbalar, y los gorilas me han rodeado. Así que, cuando te has desmayado, yo he fingido lo mismo. Lo he hecho genial. Te habrías quedado alucinado con mi actuación. No me he salido del personaje ni cuando el más grande me ha aplastado la mano con el maletero.

La miro con asombro. Mientras yo estaba totalmente K.O., ella tramaba y planeaba.

—Luego hemos llegado al almacén y nos han encerrado dentro. A ti te han llevado no sé dónde, y a mí me han metido en una especie de despacho. El tío ni me había atado porque pensaba que aún estaba inconsciente. Me ha dejado sola un segundo, pero ha cerrado la puerta con llave. No tenía teléfono: se ha llevado mi bolso y la pistola de Dante. Así que he subido al conducto de ventilación…

—¿Que tú qué?

—Sí. —Sonríe—. He desenroscado el tornillo con la uña, he quitado la tapa y he salido. Me he acordado de volver a poner la tapa, eso sí. Ojalá me hubiese quedado para ver la cara del colega cuando ha vuelto; se habrá pensado que he hecho algún tipo de truco rollo Houdini. He dejado los zapatos por el camino, porque hacían demasiado ruido en el conducto de ventilación. Luego me he metido en una cocinita que tenía nevera, congelador y un armario lleno de alcohol. Así es como he hecho los cócteles molotov. Había un montón de cosas; Zajac debe de trabajar mucho en ese edificio, no solo cuando tortura a la gente.

Hace una pausa, con las cejas arqueadas por la preocupación.

—¿Te ha cortado? Estabas sangrando…

—Estoy bien —le aseguro—. Solo me ha pinchado un poco.

—Los guardias se han acojonado. No querían decirle a Zajac que yo me había escapado. Le tienen un miedo atroz. Así que con eso he ganado tiempo para correr por ahí armando bulla. He robado una pistola y le he disparado a uno de ellos. Otro me ha agarrado por detrás y me ha estampado la cabeza contra la pared. He tenido que dispararle al pie como nueve veces antes de darle. Luego me he quedado sin balas. Pero te he encontrado justo después.

La observo completamente asombrado. Le brillan los ojos de emoción, con una sonrisa extasiada por todo lo que ha conseguido.

Es una locura y un caos absoluto, y podrían habernos matado, pero nunca me he sentido más vivo. El agua helada, el aire nocturno, las estrellas, cómo se refleja la luz en los ojos grises de Aida… Lo siento todo con claridad pasmosa. Qué bonito es todo, joder.

Le cojo la cara a Aida y la beso. Es un beso tan largo e intenso que nos hundimos bajo el agua y luego volvemos a salir a la superficie sin haber separado nuestros labios.

—Eres increíble —le digo—. También estás como una puta cabra. Deberías haber huido.

Aida me mira con su expresión más seria.

—Nunca te abandonaría.

Damos vueltas ligeramente en la corriente, mientras las luces de la ciudad giran a nuestro alrededor. Estamos abrazados, mirándonos a los ojos, moviendo los pies en el agua.

—No yo tampoco —le prometo—. Siempre te encontraré, Aida.

Me besa de nuevo, con unos labios fríos y temblorosos… que siguen siendo lo más suave que he tocado en mi vida.

23

AIDA

Las elecciones son dos días después.

Cal está ya perfectamente. En un par de cuchilladas le han tenido que poner puntos, pero ahora casi ni se nota que ha estado en una pelea. Yo, en cambio, tengo que llevar una escayola gigante, ya que al parecer el imbécil del gorila ese me rompió dos dedos al golpearme la mano con la puerta del maletero. Me alegro mucho de haberle disparado.

Me cuesta un montón escribir en el teléfono, y me resulta un fastidio interesante, porque tengo un proyecto muy importante entre manos y no quiero que se joda por ser incapaz de comprobar el correo electrónico.

—Yo te ayudo si quieres —dice Cal con la mano extendida para coger mi teléfono—. Tú me dictas y yo tecleo.

—¡No! —digo y me aparto—. No necesito ayuda.

—¿Qué estás tramando? —pregunta con suspicacia.

—No es asunto tuyo. —Me vuelvo a meter el teléfono en el bolsillo.

Frunce el ceño. Ya está nervioso porque se supone que en cualquier momento sabremos cómo han quedado las elecciones. Así que no debería provocarle.

Suena el teléfono y casi se le sale el corazón por la boca. Se lo lleva a la oreja y escucha.

Veo cómo se va aliviando cada vez más. Cuelga la llamada con una sonrisa.

—¡Enhorabuena! —grito.

Me levanta y me hace girar hasta que le rodeo la cintura con las piernas y le beso mucho mucho tiempo.

—Lo has conseguido —le digo.

Vuelve a dejarme en el suelo, con sus brillantes ojos azules clavados en los míos.

—Lo hemos conseguido los dos, Aida. De verdad. Tú lograste el apoyo adicional que necesitaba de los italianos. Me ayudaste a ganarme a la gente adecuada. Quiero que vengas a trabajar conmigo. Todos los días. Cuando te gradúes, quiero decir.

El corazón me da un vuelco un poco raro. Qué locura todo. Hace un par de semanas, era incapaz de imaginarme que Callum y yo pudiéramos compartir habitación sin asesinarnos el uno al otro.

—¿Compañeros de piso y de trabajo? —digo burlona.

—¿Por qué no? —Callum frunce el ceño—. ¿Te hartarías de mí?

—No. No eres precisamente muy hablador. —Me río—. En realidad..., me calma mucho estar cerca de ti.

Es verdad. Cuando Cal no me saca de quicio, me tranquiliza. Me siento segura a su lado.

—Pero ¿qué vamos a hacer con Zajac? —le pregunto.

Dante y Nero se llevaron unos quinientos mil dólares en efectivo del casino del Carnicero, además de destrozarle bastantes máquinas. No hemos sabido nada desde entonces. La sensación es igual que la que trae la calma antes de la tormenta.

—Bueno, Nero cree que deberíamos...

Nos interrumpen Fergus e Imogen, que se han enterado de la noticia. Irrumpen en el despacho de Cal, con ganas de celebrarlo con champán.

Intento apartarme para dejarlos a solas, pero Imogen me pasa el brazo por los hombros y me vuelve a llevar con ellos.

—¿No quieres una copa? También queremos celebrarlo contigo, Aida. Los logros del marido pertenecen a la mujer, y viceversa.

Parece que Imogen me ha perdonado el asesinato de su armario. De hecho, insiste en que vayamos todos a cenar para celebrarlo, incluidas Nessa y Riona. Me percato de que ya está hecha la reserva en el Everest. No me queda otra que sonreír ante la confianza que tiene Imogen en su hijo.

Sus padres se van. El silencio entre nosotros es cálido.

—Supongo que quieres que me cambie —le digo a Callum.

Él le echa un vistazo a mi camiseta y mis pantalones cortos.

—No lo sé. —Me dedica una media sonrisa—. Te ves bastante guapa tal y como estás.

Levanto las cejas con asombro.

—¿Quién eres y qué has hecho con mi marido?

Cal se encoge de hombros.

—Estás preciosa con todo. No te voy a dar órdenes con eso.

Le hago ojitos y le sonrío.

—¿Y si me gusta que me mandes? —le susurro.

Me agarra del brazo y me gruñe al oído.

—Entonces ve a por ese vestidito azul que te he comprado, y ya verás cómo te recompenso.

En cuanto adopta ese tono controlador, se me pone la piel de los brazos de gallina y me entra una sensación de calor, palpitante y nerviosa.

Una parte de mí quiere desobedecerle.

La otra parte quiere ver qué ocurrirá si le sigo el juego.

Así que entro al vestidor, busco el vestido que me ha pedido y me lo pongo. Luego me cepillo el pelo, me lo sujeto con un pasador, me coloco unos pendientes con forma de margaritas blancas y me calzo unas sandalias. Cuando termino, Callum me está esperando abajo. Desciendo la escalera como una reina del baile, deslizando la mano por la barandilla en un intento por parecer grácil.

Callum me sonríe. Está demasiado guapo con esa camisa de vestir azul pálido y los pantalones del traje. Se ha afeitado, y ahora tiene la mandíbula más marcada que de costumbre. Le puedo ver la impecable forma de los labios, el modo en que sonríen, aunque sus ojos parezcan serios.

—¿Dónde están los demás? —le pregunto.

—Les he dicho que vayan en el otro coche. Jack nos llevará a ti y a mí. —Me coge de la mano y me acerca—. Espero que no tengas nada bajo esa falda.

—Por supuesto que no —digo con delicadeza.

Jack ya está junto al coche, sujetando la puerta. Desde que robó en el casino con mis hermanos y mi primo está un pelín más amable conmigo. No sé si es porque le gusta mi familia o porque les tiene miedo. Pero lo cierto es que desde entonces no ha hecho ni un solo comentario grosero, y yo no he tenido que dispararle en ningún momento.

Callum y yo pasamos al asiento trasero. Veo que Cal ya ha subido la mampara. Pone también la música más alta de lo habitual.

—¿A qué distancia está el restaurante? —le pregunto.

—Creo que tendré el tiempo justo…

Sin molestarse siquiera en abrocharse el cinturón, se coloca delante de mí y mete la cabeza bajo la falda de mi vestido de verano. Ahogo un grito y subo un poco más el volumen de la música. Luego me recuesto contra el asiento.

Callum me lame el coño con movimientos largos y lentos. Recién afeitado, siento su boca increíblemente suave. Sus labios acarician mi piel, lo noto deslizar la lengua cálida, húmeda y sensual entre mis pliegues.

Me encanta follármelo en el coche. Nunca he sabido por qué la gente tenía chófer. Ahora me doy cuenta de que se debe cien por cien a esto: para poder convertir un aburrido trayecto al trabajo en la mejor parte de la jornada. Algún día, cuando todos tengamos coches robot, miraremos por las ventanillas de los demás y lo único que veremos será a gente echando un polvo.

Yo ya empiezo a responder como el perro de Pávlov en cuanto huelo el olor del acondicionador para cuero: de repente me resulta el aroma más erótico del mundo.

Me encanta la sensación de los asientos contra mi piel desnuda, la forma en que el movimiento del coche me mece y me empuja aún más contra la lengua de Callum. Joder, qué bien se le da esto. Parece frío y estirado, cuando la realidad es que sus manos y su boca están calientes como la mantequilla. Sabe exactamente con qué fuerza lamer y chupar para proporcionar la máxima estimulación y que nunca resulte demasiado.

Muevo las caderas, cabalgo sobre su cara al tiempo que me esfuerzo en no hacer ruido. Puede que haya renunciado a vengarme de Jack, pero eso no significa que quiera ofrecerle todo un espectáculo.

Pero, cuando Cal mete los dedos en mi interior, me es imposible permanecer callada. Los gira suavemente y los desliza al compás de la lengua, con lo que todos mis puntos más sensibles arden al instante.

Me retuerzo contra sus dedos, la respiración se me acelera y siento cómo me recorre un hormigueo toda la piel. El calor se extiende en espiral desde mi vientre. Tengo el coño empapado y ultrasensible.

Callum sube la otra mano y me baja la parte delantera del vestido. Saca uno de mis pechos, lo acaricia con la mano, lo pelliza y tira suavemente del pezón.

Va aumentando gradualmente la presión hasta que me aprieta las tetas, pellizcando y tirando de los pezones con brusquedad. No sé por qué, pero esto es la hostia de maravilloso. Quizá sea porque ya estoy muy excitada, o puede que solo sea porque me gusta cuando Cal es un poco brusco en la cama. Existe tanta tensión entre nosotros que cuando hay cierta agresividad nos proporciona un alivio brutal. Nos da un lugar donde canalizarla.

Nunca he tenido una relación como esta. Siempre había gente que odiaba y gente que me gustaba, y esas dos categorías eran polos opuestos. Mis novios entraban en la categoría de «dulces y divertidos», no en la de «me vuelven jodidamente loca».

Callum se está convirtiendo un poco en ambas cosas. Y, de algún modo, eso hace que mi atracción por él sea diez veces mayor. Él capta todas mis emociones: resentimiento, celos, rebeldía, deseo, ira, curiosidad, alegría e incluso respeto. Lo agrupa todo en un solo paquete. El resultado es absolutamente irresistible. Me cautiva por completo.

Cal sigue lamiéndome el coño, metiéndome los dedos y apretándome las tetas, todo al mismo tiempo. Estimulando cada parte de mí hasta que me retuerzo y me aprieto contra él, a punto de explotar.

Noto cómo el coche gira y empieza a frenar. Es ahora o nunca.

Me dejo ir, y me corro una y otra vez sobre la superficie plana de la lengua de Cal. Las olas de placer me poseen. Tengo que morderme el labio y cerrar los ojos con fuerza para no gritar.

El coche se detiene. Cal se incorpora y se limpia la boca con el dorso de la mano.

—Justo a tiempo.

Jadeo como si hubiese corrido un kilómetro.

—Se te ha quedado el pelo hecho un desastre —le digo.

Se lo alisa con la palma de la mano y me sonríe con malicia.

—Bueno, pues sí, sí que has hecho un gran trabajo —añado, riendo.

—Lo sé —me dice.

Me coge de la mano para ayudarme a salir del coche. Subimos en ascensor hasta la planta cuarenta del edificio de la Bolsa. En realidad, nunca he estado aquí, pero se supone que el restaurante es muy agradable.

La vista es impresionante. Cómo no, Imogen ha conseguido la mejor mesa. Desde aquí se ve la inmensa panorámica de las luces de la ciudad y del vacío color tinta del lago.

Los demás ya están sentados. Nessa lleva un mono cortito de flores y el pelo castaño claro recogido en una coleta alta. Ahora que hace más calor, se le ven más pecas. Riona tiene el pelo suelto, algo poco habitual en ella. La verdad es que su pelo es el más alucinante que he visto nunca: espeso, ondulado y de un color increíble. Creo que lo que no le gusta a ella es lo vívido que parece. Lo mucho que llama la atención.

Sin embargo, esta noche Riona está casi de tan buen humor como el resto. Todos hablamos, reímos y pedimos lo más exquisito y caro del menú. Miro a mi alrededor, a la familia de Cal, y por primera vez no me siento como una extraña. Me siento cómoda en la mesa. Incluso feliz de estar aquí.

Estamos hablando del libro más largo que hemos leído nunca.

—¡Yo he leído *Guerra y paz*! —les cuento—. Soy la única persona que lo ha hecho, creo. Me quedé tirada en una cabaña, y era el único libro que había en la estantería.

—Yo creo que puede que *Apocalipsis* sea la más larga —reflexiona Riona—. La versión no resumida, obviamente.

—¿Tú lees a Stephen King? —le pregunto asombrada.

—Me los he leído todos —dice Riona—. Menos el último, porque no he tenido tiempo.

—*It* le daba mucho miedo —dice Callum—. Todavía le dan pavor los payasos.

—No me dan «pavor» —dice Riona altiva—. Simplemente no me gustan. Hay una gran diferencia...

—¿Quieres más vino? —me pregunta Cal con la botella en alto.

Asiento con la cabeza y me rellena la copa.

Cuando deja la botella, posa la mano sobre mi regazo. Encuentra mi mano —la que no está enyesada— y entrelaza sus dedos con los míos.

Su mano es cálida y fuerte, y aprieta lo justo.

Con su pulgar acaricia suavemente el mío, y luego vuelve a quedarse quieto.

Cal y yo hemos follado muchas veces. También nos hemos besado. Pero esta es la primera vez que nos cogemos de la mano. No lo hace para aparentar porque estemos en público. Ni para acercarme a él. Me coge de la mano porque quiere.

Nuestra relación se ha desarrollado de la forma más curiosa: básicamente al revés. Primero el matrimonio. Luego el sexo. Después, conocernos. Y finalmente... lo que sea esto. Esta sensación de calidez, deseo, afecto y conexión que me llena el pecho, una sensación que se intensifica por momentos, sobre todo cuando miro al hombre que está sentado a mi lado.

No me lo puedo creer.

Creo que me estoy enamorando.

24

CALLUM

Estoy sentado a la mesa rodeado de mi familia, disfrutando del fulgor de la victoria. Mis padres están más felices y orgullosos de lo que nunca los he visto. Mis hermanas están de buen humor, mientras se ríen y bromean sobre un tío que anda detrás de Nessa.

Es una escena que tengo ensayada desde hace meses en mi cabeza y por la que me he dejado la piel.

Y, sin embargo, ahora estoy desconectando de la conversación porque lo único que quiero hacer es mirar a Aida.

No me puedo creer que se quedara en el almacén de Zajac por mí.

Podrían haberla matado o, como mínimo, retenerla de nuevo y quedársela como rehén hasta que sus hermanos les devolvieran el dinero que habían robado.

Podría haber huido en cuanto salió del despacho del almacén. Pero no lo hizo. Porque sabía que yo estaba en algún lugar del edificio, que probablemente me estarían torturando, puede que asesinando.

Habría sido una forma facilísima de librarse de nuestro contrato matrimonial.

Ya no estoy tan seguro de que ella quiera librarse. O, al menos, no tanto como antes.

Yo desde luego sí que sé que no quiero perderla.

He llegado a respetar a Aida. Y también me gusta. No solo ella, sino el efecto que tiene sobre mí. Me hace más temerario, pero a la vez más centrado. Antes de conocerla, me limitaba a hacer todo de manera automática. Hacía lo que se suponía que tenía que hacer sin preocuparme de nada en realidad.

Ahora quiero lograr las mismas cosas, pero con renovada intensidad. Y quiero lograrlas con Aida a mi lado, e insuflarle vida a toda la empresa.

Le cojo la mano y se la estrecho, le acaricio suavemente el pulgar con el mío. Ella levanta la vista, sorprendida pero no molesta. Me sonríe y me aprieta la mano.

Le suena el móvil. Lo saca a escondidas del bolso para leer el mensaje. Lo mira por debajo de la mesa, así que no puedo ver la pantalla. Pero noto el cambio inmediato en su expresión: cómo exhala un pequeño suspiro de emoción y se pone colorada.

—¿Qué pasa?

—Oh, nada —responde ella—. Solo un mensaje de mi hermano.

Guarda el teléfono rápidamente. Me doy cuenta de lo entusiasmada que está y de que apenas puede estar quieta.

Retiro la mano y me bebo el vino, mientras trato de ocultar mi cabreo.

¿Qué tengo que hacer para que Aida sea completamente sincera conmigo? ¿Cuándo se abrirá del todo a mí y dejará de tratarme como a un supervisor coñazo?

Está demasiado contenta como para notar mi cambio de humor.

—¡Deberíamos pedir postre! ¿Cuál es tu favorito?

—Yo no como dulce —digo enfurruñado.

—Tienen un *gelato* de pomelo —bromea—. Seguro que es sanísimo.

—Quizá tome un poco del tuyo —digo en una clara cesión.

—No pienso comerme eso —se ríe Aida—. Me voy a pedir un *coulant* de chocolate.

A la tarde siguiente, tengo que ir al ayuntamiento a ver mi despacho nuevo. Me paso por casa por si Aida quiere acompañarme. Para mi sorpresa, ya está vestida, y con las llaves del Jeep de Nessa en la mano.

—¿Adónde vas?

—Tengo que hacer unos recados —dice vagamente.

—¿Qué tipo de recados?

—De todo tipo —dice mientras se sube al coche y cierra la puerta.

Lleva un diminuto *crop top* y unos vaqueros cortos, el pelo recogido en una coleta y unas gafas de sol con forma de corazón a modo de diadema. Para lo que es ella, va bastante arreglada. Me pica la curiosidad.

Me apoyo en la ventana del coche, claramente molesto de que no venga conmigo. Quería enseñarle el ayuntamiento y tal vez ir a tomar algo juntos.

—¿No puede esperar? —le pregunto.

—No —dice ella con pesar—. Y me tengo que ir ya, además…

Doy un paso atrás y dejo que arranque el motor:

—¿A qué viene tanta prisa?

—No hay prisa. ¡Nos vemos esta noche! —dice y mete la marcha atrás.

Aida me saca de las putas casillas cuando no responde a mis preguntas.

No puedo evitar pensar que está demasiado guapa como para ir echando leches a correos, por ejemplo. Porque ¿qué tipo de recados puede tener que sean urgentes?

¿Y quién le envió el mensaje anoche? ¿Quizá Oliver Castle? ¿Se estará yendo a reunirse con él ahora mismo?

Estoy a punto de reventar de los celos.

Sé que debería hablar con ella cuando vuelva a casa esta noche, pero no quiero esperar hasta entonces.

Ojalá me hubiese acordado de robarle el teléfono. Al final sí que descubrí su clave de acceso al mirar por encima de su hombro mientras la introducía: es 1799. Nada difícil de recordar. Pero con toda la locura de lo de Zajac y las elecciones, me olvidé de cotillearle los mensajes.

Debería haberlo hecho anoche mientras estaba dormida. Ahora me está royendo por dentro.

Saco mi teléfono del bolsillo y llamo a Jack. Contesta inmediatamente.

—¿Qué pasa, jefe?

—¿Dónde estás ahora mismo?

—En Ravenswood.

—¿Hay un rastreador GPS en el Jeep de Nessa?

—Sí. Tu padre se los puso a todos los coches.

Dejo escapar un suspiro de alivio.

—Bien. Quiero que lo sigas. Aida se ha ido a hacer un par de recados; quiero que veas lo que hace y adónde va.

—Muy bien —dice Jack.

No pregunta por qué, pero seguro que lo intuye.

—Mantenme informado. Cuéntame todo lo que haga. Y no la pierdas la pista.

—Entendido.

Cuelgo el teléfono.

No me gusta encargarle a Jack que siga a Aida, sobre todo teniendo en cuenta lo que ella siente hacia él. Pero tengo que saber lo que está haciendo. Tengo que saber de una vez por todas si el corazón de Aida le pertenece a otra persona o si está disponible. Con suerte, puede que para mí.

Todavía debo ir al ayuntamiento, así que me llevo a mi padre en vez de a Aida. En cuanto llegamos, él me empieza a hablar de cómo vamos a aprovechar mi nuevo cargo para una campaña a la alcaldía dentro de un par de años. Por no hablar de todas las formas en que podemos usarlo para, entre tanto, hacernos de oro.

Pero yo apenas le presto atención. Meto de nuevo la mano en el bolsillo para tener el teléfono listo y cogerlo en cuanto llame Jack, que, después de unos cuarenta minutos, me manda al fin un mensaje:

> Está en algún lugar cerca de Jackson Park. Veo el coche, pero aún no la he encontrado a ella. Estoy buscando por las tiendas y las cafeterías.

Estoy más en tensión que la cuerda de un piano.

¿Qué hay en Jackson Park? ¿Con quién se va a reunir? Sé que ha quedado con alguien; lo noto.

Mi padre me pone la mano en el hombro y doy un brinco.

—No pareces contento. ¿Qué te pasa? ¿No te gusta la oficina?

—No. —Sacudo la cabeza—. Está genial.

—¿Qué es, entonces?

Dudo. La relación con mi padre se basa en el trabajo. Todas nuestras conversaciones se centran en el negocio familiar: problemas que tenemos que solucionar, tratos que tenemos que cerrar, formas de expandirnos... No hablamos de cosas personales, de emociones, de sentimientos...

Aun así, necesito consejo.

—Creo que me he equivocado con Aida.

Me mira a través de sus gafas, confundido. No se esperaba que yo dijera eso.

—¿Qué quieres decir?

—He sido frío y exigente. Hasta cruel. Y ahora puede que sea demasiado tarde para volver a empezar…

Mi padre se cruza de brazos y se apoya en el escritorio. Probablemente no quiere hablar de esto. Yo tampoco quiero. Pero me está comiendo vivo.

—Anoche no se la veía en absoluto resentida —me dice.

Suspiro y miro por la ventana, hacia los rascacielos de enfrente.

Aida aguanta muy bien los golpes. Eso no significa que no la hayan herido. Como tampoco quiere decir que vaya a ser fácil conquistarla. Es un hueso duro de roer. ¿Qué hace falta para que se abra del todo y para encontrar ese núcleo vulnerable que lleva dentro?

—¿Cuándo te enamoraste de mamá? —pregunto porque me acuerdo de que el matrimonio de mis padres tampoco fue precisamente tradicional.

—No soy una persona sentimental —dice mi padre—. Creo que tú y yo nos parecemos en eso. No pienso mucho en el amor ni en lo que significa. Pero sí te diré que llegué a confiar en tu madre. Me demostró que podía confiar en ella, pasara lo que pasase. Eso fue lo que nos unió. En aquel momento supe que ya no estaba solo. Porque, al menos, podía contar con alguien.

La confianza como base del amor.

A primera vista, no suena muy romántico.

Pero, sobre todo en nuestro mundo, tiene mucho sentido. Cualquier gángster sabe que los amigos pueden disparar por la espalda con la misma facilidad que los enemigos; o más, incluso.

La confianza escasea más que el amor.

Es poner tu destino, tu felicidad y tu vida en manos de alguien. Y esperar que todo eso lo mantenga a salvo.

Mi teléfono vuelve a vibrar.

—Dame un minuto —le digo a mi padre antes de salir al pasillo a atender la llamada.

—La he visto un segundo —dice Jack—. Estaba en un restaurante con un tío. Él le ha dado algo, una especie de cajita. Y Aida se la ha metido en el bolso.

—¿Quién era el tío? —pregunto con la boca seca y la mano sujetando el teléfono con fuerza.

—No lo sé —dice Jack disculpándose—. Solo le he visto la nuca. Tenía el pelo oscuro.

—¿Era Castle?

—No sé. Estaban sentados en la terraza. He entrado al restaurante a ver si me daban una mesa para poder acercarme y escuchar. Pero, mientras estaba dentro, se han largado. No he vuelto a encontrarla.

—¿Dónde está su coche? —exijo saber.

—Bueno, eso es lo raro. —Oigo a Jack respirar entrecortadamente, como si caminara y hablara al mismo tiempo—. El Jeep sigue en el mismo sitio. Pero Aida no está.

Se habrá ido con el tío.

¡Joder!

El corazón me va a toda pastilla. Me siento mal.

¿Estará con él ahora? ¿Adónde van?

—Sigue buscándola —ladro al teléfono.

—Muy bien —dice Jack—. Solo hay una cosa más…

—¿Qué?

—He encontrado un zapato.

Estoy a punto de explotar. Lo que dice Jack no tiene sentido.

—¿De qué cojones estás hablando?

—Había una zapatilla en el aparcamiento, junto al Jeep. Es una bamba de chica, una Converse *slip-on*, del treinta y nueve, color crema. El pie izquierdo.

Me devano los sesos intentando recordar qué llevaba puesto Aida cuando ha entrado en el Jeep. Un *crop top* color lavanda. Pantalones cortos vaqueros. Las piernas al aire. Y en los pies... zapatillas, como siempre. De esas que puedes ponerte sin atarte los cordones. Blancas o color crema, estoy prácticamente seguro.

—Quédate ahí —digo al teléfono—. Quédate junto al Jeep. Quédate con el zapato.

Cuelgo el teléfono y vuelvo corriendo al despacho.

—Tengo que irme —le digo a mi padre—. ¿Te importa si cojo el coche?

—No, ve. Pediré un taxi para volver a casa.

Me apresuro a bajar de nuevo a la planta principal. La cabeza me va a mil.

¿Qué coño está pasando? ¿Con quién estaba Aida? ¿Y cómo ha llegado a perder un zapato?

Mientras conduzco para reunirme con Jack, intento llamar a Aida una y otra vez. Su teléfono suena, pero no lo coge.

La cuarta vez que llamo, salta directamente el buzón de voz sin ni siquiera sonar. Lo que significa que el teléfono está apagado.

Empiezo a preocuparme.

A lo mejor soy un idiota, y Aida está ahora mismo en alguna habitación de hotel quitándole la ropa a otro hombre.

Pero no lo creo.

Sé qué pinta tiene todo, pero no me lo creo. No creo que me esté poniendo los cuernos.

Lo que creo es que está en aprietos.

25

AIDA

Estoy sentada a la mesa con mi nuevo mejor amigo, Jeremy Parker. Me pasa la cajita que tanto he deseado y esperado toda la semana, y abro la tapa para mirar lo que hay dentro.

—Dios mío, no me lo puedo creer…

—Lo sé. —Se ríe—. Nunca me había costado tanto. Tardé tres días enteros.

—Haces milagros. De verdad.

—¿Te importa si lo subo todo a mi canal de YouTube? Llevaba la GoPro y tengo unas imágenes estupendas —me dice con una sonrisa que denota que está casi tan alegre como yo.

—¡Claro que no me importa!

Cierro la caja. No me puedo creer lo que tengo en la mano. Meto la caja en el bolso, de donde saco un sobre finito con dinero que le doy a Jeremy: la cantidad que acordamos, más un extra por salvarme el culo.

—Bueno, llámame si vuelves a necesitarme —me dice con un pequeño gesto.

—Ojalá no te necesite más. —Me río—. No te ofendas.

—En absoluto. —Se ríe entre dientes y levanta la mano para llamar a la camarera.

—Ya he pagado yo —le digo.

—¡Ah, gracias! No tenías por qué hacerlo.

—Era lo menos que podía hacer.

—Vale, pues entonces me voy.

Se despide con la mano y sale del restaurante. Atravieso directamente la terraza y cruzo la calle, porque es la ruta más rápida hacia el aparcamiento donde he dejado el Jeep. Tengo la sensación de que apenas toco la acera con los pies. Esto es tan alucinante que debe de ser algún tipo de señal. Un auténtico milagro.

Además, hace un día precioso. El sol brilla, sopla una brisa suave que viene del lago y las nubes parecen esponjosas y uniformes, como sacadas de un dibujo de niños.

Me muero por ver a Cal. Me sentí fatal por no conocer su nuevo despacho, pero esto no podía esperar; no podía arriesgarme a que algo saliera mal. Cuando vea lo que tengo, se le pasará cualquier cabreo.

El Jeep de Nessa está blanco y radiante a luz del sol. Lo he lavado y le he llenado el depósito para agradecerle a Nessa que me lo preste tan a menudo. Hasta he aspirado los asientos y he tirado todas sus botellas de agua vacías.

Aun así, el Jeep se ve eclipsado por el coche que está aparcado a su lado. Un coche que me suena bastante.

Me detengo a medio camino y frunzo el ceño.

No veo a nadie por aquí. Probablemente lo mejor que pueda hacer es subirme al Jeep y largarme lo más rápido posible.

En cuanto toco la manilla de la puerta con los dedos, noto cómo me clavan algo duro y afilado entre las costillas.

—Hola, pequeña —me susurra al oído una voz profunda.

Me quedo muy quieta, y empiezo a repasar mentalmente qué opciones tengo: luchar. Huir. Gritar. El teléfono.

—No sé lo que estás tramando, pero ni se te ocurra —gruñe detrás de mí—. No me gustaría tener que hacerte daño.

—De acuerdo —digo y trato de mantener un tono de voz despreocupado.

—Súbete a mi coche.

—Muy bien.

—En el maletero.

Joder.

Coopero porque en este momento me parece la mejor opción, o al menos la que más posibilidades tiene de mantenerlo tranquilo.

Pulsa el botón del llavero y se abre el maletero. Intento mirar a mi alrededor sin que se dé cuenta. El solar del aparcamiento está medio vacío. No hay nadie en las inmediaciones que pueda ver cómo me meten en el maletero de un coche.

Así que hago lo único que se me ocurre. Me quito una de las zapatillas, la izquierda. Mientras me meto en el maletero abierto, giro el pie para empujar el zapato y que acabe debajo del Jeep. Luego subo las rodillas y escondo el pie desnudo bajo la pierna para que no se dé cuenta.

—Túmbate —dice—. No quiero darte en la cabeza.

Hago lo que me pide. Cierra el maletero de golpe y me sepulta en la oscuridad.

26

CALLUM

Estoy de pie delante del Jeep de Nessa, y no dejo de darle vueltas a la zapatilla con la mano.

Es de Aida, estoy seguro.

Pero ¿cómo habrá podido perder el zapato?

Ha pasado más de una hora desde que Jack le ha perdido el rastro. Y ella no ha vuelto al Jeep. La he llamado a su teléfono veinte veces. Y sigue saltando el buzón de voz.

Dante y Nero llegan en un antiguo Mustang. Salen del coche de un brinco y ni se molestan en cerrar las puertas tras ellos.

—¿Dónde estaba Aida? —dice Dante enseguida.

—En aquel restaurante de allí. —Señalo la terraza que hay al otro lado de la calle—. Había quedado con un amigo. Después de comer, ha desaparecido.

—¿Qué amigo? —pregunta Dante.

—No lo sé.

Me mira con extrañeza.

—A lo mejor se ha largado con el amigo misterioso —dice Nero.

—Quizá —admito—. Pero ha perdido un zapato.

Lo levanto para que puedan verlo. Es evidente que lo reconocen, porque Nero frunce el ceño, y Dante empieza a mirar a su alrededor como si creyera que a Aida se le puede haber caído algo más.

—Qué raro —dice Nero.

—Sí, sí que lo es. Por eso os he llamado.

—¿Crees que se la ha llevado el Carnicero? —pregunta Dante, con voz grave y sonora.

—Pues, si se la ha llevado, ¿qué coño hacemos aquí como tres pasmarotes? —exclama Nero, que tiene pinta de que le acaba de recorrer el cuerpo una corriente eléctrica. Está nervioso y deseando entrar en acción.

—No sé si ha sido Zajac —digo.

—¿Quién más podría ser?

—Bueno… —Parece una locura, pero tengo que decirlo—. Podría ser Oliver Castle.

—¿«Ollie»? —se burla Nero, con las cejas tan levantadas que le llegan casi al nacimiento del pelo—. Ni de puta coña.

—¿Por qué no?

—Porque, por un lado, es un auténtico pringado y, por el otro, Aida ya no quiere tener nada que ver con él.

Aun bajo estas circunstancias, sus palabras me llenan de felicidad. Si Aida aún sintiera algo por su ex, lo sabrían sus hermanos.

—No he dicho que se fuera con él. He dicho que él podría habérsela llevado.

—¿Qué te hace pensar eso? —pregunta Dante, frunciendo el ceño.

—La zapatilla. —La levanto—. Creo que Aida me la ha dejado como señal. Por algo que me dijo una vez.

«Oliver y yo no encajábamos. Como un zapato en el pie equivocado».

Parece una locura. No me hace falta ver las caras a sus hermanos para saber que no están convencidos para nada.

—Todo es posible —dice Dante—. Pero primero tenemos que centrarnos en el mayor peligro, que es Zajac.

—Es martes —apunta Nero.

—¿Y?

—Que hoy al Carnicero le toca visita de cortesía a su chica.

—Eso si asumimos que se ciñe a su horario normal y que no se haya tomado la noche libre para asesinar a nuestra hermana —dice Dante sombríamente.

—La amiga de Aida nos dio la dirección —les recuerdo—. Suponiendo que dijera la verdad, porque justo después nos echó droga en la bebida.

—Yo iré al piso de su chica —propone Dante—. Nero, tú ve a las casas de empeño y a los desguaces de Zajac. Cal...

—Yo voy a buscar a Castle.

Soy consciente de que Dante piensa que es una pérdida de tiempo. Mira a Jack con recelo. Creo que sospecha que he sido yo quien ha mandado a Jack que siga a Aida. Se piensa que soy un celoso irracional.

Puede que tenga razón.

Pero no puedo evitar pensar que Aida intentaba decirme algo con esta zapatilla.

—Me voy al piso de Castle —digo con firmeza. Pero entonces me paro y me lo pienso mejor. Oliver vive en un rascacielos en medio de la ciudad. ¿Secuestraría a Aida y se la llevaría allí? En cuanto ella gritase, los vecinos llamarían a la policía—. Jack, ve tú a su piso. —He cambiado de idea—. Yo me voy a buscarla a otro sitio.

—Muy bien. Nos mantendremos todos en contacto —dice Dante—. No dejéis de llamar a Aida. En cuanto alguien la encuentre, avisad a los demás e iremos todos juntos.

Todos asentimos con la cabeza.

Yo tengo claro que, si veo a Aida, no voy a esperar ni un segundo a nadie más. Iré directamente a recuperar a mi mujer.

—Toma, llévate mi coche —le digo a Dante lanzándole las llaves—. Yo cogeré el Jeep.

Dante y Nero se van por un lado, y Jack se va por el otro, a su camioneta. Subo al Jeep y percibo el característico aroma femenino de mi hermana pequeña: vainilla, lila y limón. Y a continuación, más tenue pero perfectamente claro, el aroma a canela y especias de Aida.

Salgo de la ciudad, en dirección sur por la I-90. Espero no estar cometiendo un terrible error. El lugar al que voy está a más de una hora de distancia. Si la cago, estaré demasiado lejos de donde esté Aida para poder ayudarla. Pero tengo una corazonada: es como si un imán invisible me atrajera en esa dirección.

Aida me llama hacia allí.

Me ha dejado una señal.

Oliver Castle se la ha llevado, lo sé.

Y creo que sé exactamente adónde se dirige: a la casita de la playa que Henry Castle acaba de vender. La que a Oliver tanto le gustaba. Y que ahora está completamente vacía, sin nadie alrededor.

27

AIDA

No me habría metido en el puto maletero si hubiese sabido lo lejos que iba a conducir Oliver. Me siento como si llevara aquí dentro una eternidad. Además, he bebido mucha agua con la comida y me estoy meando. También me preocupa lo que pueda haber hecho Oliver con mi bolso. Por desgracia, no ha sido tan estúpido como para dejármelo aquí conmigo. Tengo miedo de que lo haya tirado por la ventana o algo así, porque eso significaría que ha vuelto a desaparecer mi preciado paquetito.

Pasa un largo rato en el que tengo la sensación de que vamos por la autopista sin cambiar de dirección. Finalmente, nos desviamos y nos adentramos lentamente en carreteras mucho más estrechas y en peor estado. En un par de ocasiones, el coche da una sacudida tan fuerte que me golpeo la cabeza con la parte superior del maletero.

No he dejado de buscar en la oscuridad cualquier cosa que pueda servirme. Si aquí detrás hubiese una barra de hierro, la usaría para reventarle el cerebro a Oliver en cuanto abriese el maletero.

El coche frena al fin. Creo que hemos llegado a donde coño hayamos estado yendo. No he encontrado ningún arma, pero eso no me va a detener. Espero, agazapada y preparada, a que Oliver abra.

Oigo el crujido de los neumáticos sobre la grava, que ruedan hasta detenerse. La puerta del coche se abre y noto cómo se levanta la suspensión cuando el corpulento cuerpo de Oliver sale del asiento delantero. Luego lo escucho caminar hacia la parte trasera del coche.

El maletero se abre.

Aunque está atardeciendo, la luz sigue siendo brillante en comparación con la oscuridad del maletero y me deslumbra. Aun así, doy una patada con los dos pies, tan fuerte como puedo, en dirección a la entrepierna de Oliver.

Da un brinco hacia atrás. Mis pies apenas le rozan el muslo. Los malditos reflejos de atleta.

—Qué previsible eres, Aida. —Suspira—. Siempre en guardia. —Me agarra del pie y me saca del maletero de un tirón. Se detiene cuando ve que me falta una zapatilla en un pie—. ¿Qué le ha pasado a tu zapatilla?

—¡Y yo qué sé! Estaba ocupada mientras me secuestraban y me metían en un maletero. Más te vale no haber perdido también mi bolso.

—No lo he perdido —dice Oliver.

Me suelta. Me pongo de pie y miro a mi alrededor.

Ha aparcado delante de una casita de playa azul. El agua está a menos de cien metros, a través de la arena fina de color crema. La casa está rodeada de frondosos árboles, y el agua se ve perfectamente desde la parte trasera.

Nunca había estado aquí. Pero sé exactamente dónde estamos.

Oliver no dejaba de hablar de este sitio: es la cabaña de su familia.

Quería traerme aquí. Habíamos estado en una muy parecida, justo a la entrada del Indiana Dunes State Park. Aquella fue la noche de la que Oliver habló en la recaudación de fondos, la noche en que yo llevaba el biquini blanco y echamos un polvo en las dunas.

Al parecer, para él fue una noche mágica. Para mí, fue fría e incómoda y me acribillaron los putos mosquitos. Ahora estamos en una situación igual, solo que esta vez en la residencia de los Castle. Oliver venía aquí de pequeño. Me contaba que eran los únicos momentos en que veía a sus padres juntos durante más de diez minutos seguidos. Me parece muy triste, pero no lo suficiente como para hacerme olvidar que me ha secuestrado.

—¿Qué te parece? —dice Oliver con una expresión esperanzada.

—Es… tal cual la describiste.

—Sí, ¿verdad? —comenta alegremente, haciendo caso omiso de mi falta de entusiasmo.

—No te olvides de mi bolso —le recuerdo.

Vuelve a abrir la puerta del conductor para cogerlo del asiento delantero.

En cuanto se agacha a por él, salgo pitando hacia el agua.

Habría sido más fácil correr hacia la carretera, pero daría conmigo en dos segundos. Espero poder esconderme en algún lugar entre los árboles o las dunas.

En cuanto mis pies tocan la arena, me doy cuenta de lo estúpido del plan. Yo no corro una mierda, y menos por arena blanda. Es como una pesadilla en la que esprintas tan fuerte como puedes, pero apenas te mueves.

Y Oliver solía hacerse las cuarenta yardas en 4,55 segundos. Puede que haya engordado un poco desde sus días de gloria, pero, cuando baja la cabeza y mueve los brazos, corre por la arena como un *linebacker* en defensa.

Me derriba con tanta fuerza que me saca hasta la última molécula de oxígeno de los pulmones. Se me han quedado tan vacíos que me sale una arcada espantosa, antes de poder aspirar un poco de aire por fin.

Me duele la cabeza. Estoy llena de arena; la tengo en el pelo y en la boca. Y, lo que es peor, en la escayola. Y eso sí que me va a volver loca, joder.

Oliver ya se ha levantado de nuevo y me observa con una mirada despiadada.

—No sé por qué te haces esto, Aida. Mira que eres autodestructiva.

Me dan ganas de decirle que no me he placado yo solita, pero apenas respiro, por no hablar de que soy totalmente incapaz de pronunciar una sola palabra.

Mientras yo trato de respirar entre arcadas continuas, Oliver rebusca en mi bolso. Encuentra mi teléfono. Se arrodilla en la arena, coge una piedra del tamaño de su puño y rompe la pantalla. Tiene la cara roja del esfuerzo, los músculos de los brazos y los hombros en tensión. Mi teléfono acaba explotando prácticamente bajo la piedra mientras Oliver lo golpea una y otra vez.

Recoge los restos de metal y los cristales rotos, y los arroja al agua.

—¿Eso era realmente necesario? —le pregunto una vez que he recuperado el aliento.

—No quiero que nadie te siga.

—Nadie me... —Me paro y me quedo con la boca abierta.

Estaba a punto de decir: «Nadie me ha puesto un localizador en el teléfono», pero en este momento me he dado cuenta de que eso no es verdad. De que Oliver sí que me lo ha puesto. Debió de hacerlo cuando éramos novios. Por eso sabía siempre dónde encontrarme. En los restaurantes, en fiestas... y, más adelante, en la recaudación de fondos de Callum.

Y probablemente así es como me ha encontrado hoy. Lleva desde entonces sabiendo a dónde voy. La mayoría de las veces, a lugares aburridísimos, como a la universidad. Aun así, me pone enferma saber que soy un puntito en una pantalla, siempre bajo su atenta mirada.

Oliver deja mi bolso tirado en la arena.

—Venga —me dice—. Vayamos a la casa.

No quiero levantarme, pero tampoco quiero que me lleve en brazos. Así que me levanto como puedo y voy tras él casi a rastras, con una sola zapatilla y una escayola llena de arena que —lo sabía— ya me está volviendo loca.

Intento sacudir la arena de la escayola.

—¿Qué te ha pasado? —dice Oliver

—Que me pillaron la mano con un maletero. —Se me escapa una risita perversa cuando me doy cuenta de que ya van dos veces esta semana que me meten en un maletero. Un nuevo récord para las cero veces que me había pasado antes.

Oliver me observa. Él no sonríe.

—Sabía que pasaría esto —dice—. Sabía que no sería capaz de cuidar de ti.

Frunzo el ceño, mientras sigo a pisotones por la arena. Nunca he querido que nadie «cuidara» de mí. Oliver siempre intentaba hacerlo, y esa era una de las cosas que me desquiciaban de él. Una vez jugamos al *pickleball* con otra pareja, y Oliver casi se lía a puñetazos porque el chico me lanzó la pelota directamente a mí. Oliver quería jugar con galantería. Yo quería jugar a muerte.

Siempre me llamaba «princesa» y «ángel». Y yo siempre pensaba: «¿A quién coño te refieres? Porque seguro que a mí no».

Supongo que yo tampoco interpreté bien las señales que daba Oliver. Porque nunca pensé que se le iría la olla de esta manera.

Le sigo hasta la parte trasera de la casa de la playa. Subimos los desgastados escalones del porche. Oliver me abre la puerta.

Me sorprende encontrar la casa casi totalmente vacía. Estamos en la zona de estar-comedor-cocina, pero no hay mesa ni sillas ni sofás. Solo un colchón mondo y lirondo en el suelo con una manta encima.

No puedo decir que me guste más así.

—¿Por qué está todo tan vacío?

Oliver mira a su alrededor con resentimiento, como si estuviese contando todas las cosas que le faltan.

—Mi padre ha vendido la casa. Le pedí que no lo hiciera, pero me dijo que había llegado al máximo de su valor, y que ahora era el momento de vender, antes de que construyeran más propiedades en Chesterton. Como si necesitara el dinero. —Suelta una carcajada áspera, de loco—. Este lugar no significaba nada para él. Yo era el único al que sí le importaba venir aquí —dice con pesar.

Me conozco muy bien el tipo de educación de hijo único mimado pero ignorado que le han dado a Oliver. No tenía hermanos ni amigos de verdad, solo los compañeros de colegio con los que «se suponía» que debía llevarse bien. Me contaba los celos que le producía que yo tuviese hermanos. Sin embargo, nunca los conoció. Sinceramente, yo estaba convencida de que no se llevarían bien.

—Bueno —digo en un intento por apaciguarlo—, me alegro de haber podido verla, por fin.

Se vuelve para mirarme, y las pupilas se le ven inmensas en la penumbra. Y la cara parece una máscara. Seguramente ha engordado unos diez kilos desde que salíamos, y eso ha hecho que tenga la cara más ancha y avejentada, más parecida a la de su padre. Eso sí, sigue siendo grande y musculoso; de hecho, el peso que ha ganado hace que le resulte mucho más fácil vencerme, como demuestra nuestra breve pelea en la playa. No sé cómo coño voy a escapar de él. Es mucho más fuerte y rápido que yo.

—Ojalá hubieses podido verla antes —dice Oliver—. Con todos los cuadros y libros. Y los sofás. Pero está bien. He traído esto para que tuviésemos un sitio donde sentarnos, al menos.

Se hunde en el colchón, que cruje bajo su peso.

—Vamos, siéntate —dice dando unas palmaditas al sitio que hay a su lado.

—En realidad, me estoy meando y no me aguanto —le digo.

Es verdad. Noto la vejiga a punto de reventar, sobre todo después de la leche que me ha dado Oliver en la playa.

Me mira con desconfianza, como si no me creyera. Cambio mi peso del pie descalzo al que tiene el zapato. No estoy exagerando para nada.

—El baño está por aquí —dice Oliver al fin para después ponerse de nuevo de pie.

Me conduce por el pasillo hasta un bonito cuarto de baño con revestimiento de madera en las paredes y un lavabo en forma de concha. Estoy convencida de que aquí había toallas y jabón con temática náutica cuando la casa estaba amueblada.

Al intentar cerrar la puerta, Oliver la detiene con una mano rolliza.

—Me da que no.

—Tengo que hacer pis —le digo otra vez, como si lo hubiese olvidado.

—Puedes hacerlo con la puerta abierta.

Le fulmino con la mirada, en un pulso entre su cabezonería y mi vejiga a punto de reventar.

Pero yo solo aguanto unos segundos. Me bajo las bragas y me siento en el retrete. El pis sale con fuerza y más dolor que alivio.

Oliver está de pie en la puerta, mirándome, con una sonrisita en la comisura de los labios. Entrecierra los ojos. Esto le chifla.

Ojalá se diese la puta vuelta y me dejara un poco de intimidad. O, como mínimo, ojalá no tardara yo tanto en terminar de hacer pis. Me parece que dura una eternidad, y es la hostia de humillante.

Pero él tiene razón: si me hubiese dejado sola en el baño, habría salido por la ventana en cinco segundos.

Cuando termino, me subo los pantalones cortos y me lavo las manos. Me las tengo que secar en la ropa porque no hay toallas.

Oliver observa todo con el ceño fruncido. Creo que está mirándome otra vez la escayola. Solo entonces me doy cuenta de que en realidad su mirada está fija en la mano izquierda y en el anillo de compromiso.

Últimamente lo llevo más, no solo cuando voy a un acto con Cal.

Noto el odio que le provoca a Oliver el mero hecho de mirarlo. De hecho, en cuanto volvemos al salón, me ladra:

—Quítate eso.

—¿Esto? —digo levantando la mano izquierda.

—Sí —sisea.

Me lo saco del dedo de mala gana.

Cuando me lo dieron por primera vez, aborrecí este anillo, pero ya no me importa tanto. Cuando le da la luz del sol, tiene un brillo muy bonito. Y ya no me parece tan extraño y engañoso como al principio.

Estoy a punto de metérmelo en el bolsillo para guardarlo cuando Oliver dice:

—No. Dámelo.

No quiero entregárselo. Me parece una traición. Pero, si me niego, lo más seguro es que me lo arranque de la mano. Así que se lo paso en silencio.

Hay una bolsa de herramientas en el suelo de la cocina, junto a un trozo de pared un poco más pálido que probablemente tenía problemas de humedad hasta que alguien lo arregló.

Oliver abre la bolsa y saca un martillo. Deja mi anillo en la encimera de la cocina. Y, como ha hecho antes con mi teléfono, lo golpea una y otra vez.

El metal se dobla, las garras del engarce se sueltan de los diamantes y las piedras se dispersan. Aun así, sigue martilleando hasta que la banda está retorcida y estropeada y la piedra principal ha salido rodando por el suelo.

No me esperaba que me doliese tanto ver destruido el anillo.

Pero lo que realmente me inquieta es cómo le está arrancando enormes trozos de madera a la encimera maciza con el martillo. A Oliver le importa un bledo el estropicio que está montando. Sabiendo lo que siente por esta casa, esto no puede ser buena señal.

Martillea una y otra vez con una furia que da miedo. Le brillan los ojos, tiene la cara colorada. Está sudando tanto que le han salido en la camiseta manchas oscuras a la altura del pecho, la espalda y las axilas. Golpea el anillo unas cien veces.

Por fin, se detiene. Está jadeando. Me mira. Sigue sujetando el martillo.

Da un paso hacia mí. Yo doy un paso atrás, con el corazón a mil.

Creo que se está volviendo loco de verdad.

Cuando conocí a Oliver, me pareció un tío bastante agradable. A veces un poco superficial. A veces un poco pegajoso. Pero en general un tío normal con alguna rareza.

Ahora es una persona completamente distinta: parece colgar del precipicio de la locura, pendiente solo de un hilo. No sé cuál es ese hilo. ¿Esta casa? ¿Su atracción por mí? ¿O es solo esa apariencia de calma, tan frágil y fácil de romper?

Da un paso más cuando parece recordar que lleva el martillo en la mano. Lo deja sobre la encimera antes de sacar el móvil del bolsillo.

—Pongamos un poco de música.

Hace un *scroll* en una lista de reproducción, selecciona una canción y deja el teléfono sobre la encimera para que se oiga.

El sonido metálico de «Make You Feel My Love» llena la pequeña estancia.

Oliver avanza hacia mí. En realidad, no hay forma de negarse. Me agarra la escayola con la mano izquierda y me rodea la cintura con la otra. Empezamos a mecernos de un lado a otro, no del todo sincronizados con la música.

Siento el calor que irradia su cuerpo. Coge con su mano sudorosa la mía. Su sudor tiene un ligero aroma metálico. No sé si siempre ha sido así o si esto es nuevo.

En contraste con nuestra postura aparentemente romántica, cada músculo de mi cuerpo está tenso, cada una de mis terminaciones nerviosas me recuerda que estoy en peligro, que necesito alejarme de este hombre.

Esto no tiene nada de romántico. Me cuesta entender cómo pude salir con Oliver. Supongo que nunca debí de hacerle mucho caso. Yo buscaba diversión, y él me acompañaba.

Ahora que le miro de verdad a los ojos, no me gusta lo que veo: necesidad, resentimiento y un atisbo de locura.

—Nunca fuimos los dos solos a bailar —dice Oliver de mal humor—. Siempre querías ir con tus amigos.

—Oliver, lamento que…

—Antes me llamabas «Ollie». Me gusta mucho más que «Oliver».

Trago saliva incómoda.

—Todo el mundo te llamaba así.

—Pero sonaba tan bonito cuando lo decías tú…

Me aprieta más contra su cuerpo. Intento mantener el espacio entre nosotros, pero es como nadar a contracorriente. Es mucho más fuerte que yo.

Me arrima contra su pecho, de modo que tengo que estirar el cuello para mirarle.

—Dilo —ordena—. Llámame «Ollie».

—Vale…, Ollie… —le digo.

—Perfecto. —Suspira.

Baja la cabeza para besarme. Noto sus labios gruesos y fofos sobre los míos. Están demasiado húmedos. También hay una nota metálica en su saliva.

No puedo hacerlo. No puedo besarle.

Lo aparto lo más lejos que puedo y me limpio la boca con el dorso del brazo.

Oliver cruza los brazos sobre el pecho y frunce el ceño.

—¿Por qué lo tienes que hacer todo tan difícil? Sé que te sientes como una mierda con los Griffin. Yo te he sacado de allí y te he traído a este lugar, el más bonito del estado. ¡Mira qué vistas! —Señala por la ventana la suave arena iluminada por la luna y el agua oscura al fondo—. A mí no me besas, pero a él sí, ¿no? Probablemente también te lo has follado. ¿Verdad? ¿VERDAD?

Sé que mi respuesta solo va a conseguir que se enfade todavía más, pero no tiene sentido mentir al respecto.

—Estamos casados —le recuerdo.

—Pero tú no le quieres —dice Oliver con los ojos encendidos—. Di que no le quieres.

Debería seguirle el rollo. El martillo sigue en la encimera, a solo un par de metros. Oliver podría volver a cogerlo. Podría estampármelo contra el cráneo con la misma furia con que ha destrozado el anillo. Debería decir lo que él quiera. Hacer lo que él quiera. Nunca le he dicho a Callum que le quiero; no debería ser difícil decir que no le quiero.

Abro la boca. No sale nada.

—No —dice Oliver negando con la cabeza lentamente —. No, eso no es verdad. No le quieres. Te casaste con él porque tenías que hacerlo. No le quieres. No.

Aprieto los labios con fuerza.

Pienso en Callum empujándome contra los asientos de cuero y metiendo la cara entre mis muslos en la parte trasera de la limusina. Pienso en cómo me rodeó con los brazos al saltar a aquella tubería cuando los hombres del Carnicero nos estaban apuntando con una pistola. Pienso en cuando me dijo que deberíamos ir a trabajar juntos todos los días. Y en cómo me cogió de la mano anoche en la cena.

—En realidad… —digo lentamente—. Sí que le quiero.

—¡NO, NO LE QUIERES! —ruge Oliver.

Me cruza la cara de un bofetón. La siento como el zarpazo de un oso. Es tan fuerte que todo el cuerpo se me queda inerte, antes de caerme al suelo.

Noto un sabor a hierro en la boca. Me pitan los oídos. Escupo un poco de sangre.

—Llévame a casa —murmuro—. No vas a conseguir lo que pretendes.

—No vas a volver a casa —dice Oliver sin ninguna emoción—. Sois todos iguales. Tú, mi padre, el puto Callum Griffin… Creéis que podéis darle algo a alguien, dejar que lo use y se piense que es suyo para siempre. Pero luego se lo quitáis de las manos porque sí, porque os apetece. Pues eso no va a pasar. Otra vez no.

Oliver va de nuevo a la bolsa de herramientas y saca una cuerda enrollada.

No creo que sea una bolsa de herramientas. ¿Por qué coño hay una cuerda dentro?

Lo que creo es que Oliver lleva planeando algo más que un par de chapuzas domésticas desde hace mucho tiempo.

Intento salir corriendo, pero no tengo prácticamente fuerzas. A Oliver le resulta muy fácil atarme como a un pollo e introducirme un trapo en la boca.

Se agacha frente a mí, con la cara a escasos centímetros de la mía.

—A ver si te metes esto en la cabeza, Aida —me dice con la voz grave pero cantarina—. No puedo obligarte a que seas mía. Pero sí puedo impedir que le pertenezcas a otro.

Murmuro algo a través de la mordaza.

—¿Qué? —dice Oliver.

Lo repito, pero no más alto que antes. Oliver se inclina aún más.

Echo la cabeza hacia atrás y le golpeo la nariz con la frente lo más fuerte que puedo.

—¡Aaay, joder! —Oliver pega un chillido y se lleva la mano a la nariz mientras la sangre se le derrama por los dedos—. ¡Joder, Aida, zorra de mierda!

Oliver me vuelve a pegar. Esta vez, al caer del todo al suelo, me sumo en una oscuridad espesa y silenciosa.

28

CALLUM

No tengo la dirección exacta de la cabaña de los Castle, pero sé que está a las afueras de Chesterton y conozco su localización aproximada respecto al lago. Espero poder distinguirla por el color y por la zona. Por desgracia, encuentro la hostia de casitas de playa azules a lo largo de esta orilla del lago. Además, está oscureciendo y no hay muchas farolas en este tramo de la carretera. Apenas puedo distinguir qué casas son azules y cuáles son grises o verdes.

Así que intento divisar el Maserati de Oliver. Ojalá no haya cogido otro coche.

Al menos, no me va a hacer falta mirar en los lugares iluminados y donde haya ruido y risas; dondequiera que esté Aida, seguro que es una casa en silencio y estará relativamente apartada.

Bajo la ventanilla para ver mejor algunas de las cabañas que están alejadas de la carretera, medio ocultas entre los árboles.

Algunos de los caminos de entrada están tan poco iluminados que apenas veo nada. De hecho, casi me paso de largo una casa porque las tenues huellas entre la hierba son prácticamente imperceptibles. Hasta que huelo por un instante a humo.

La sensación es tan suave que apenas sé qué olor he captado. Entonces siento la reacción automática: se me eriza el pelo de la nuca y se me acelera el corazón. Es un olor primario y aterrador. Una advertencia de peligro.

Freno bruscamente y giro a la izquierda. Luego sigo el sinuoso sendero hacia una doble fila de árboles. Entre esos árboles se encuentra la pequeña casita de playa azul que vi una vez en una fotografía antigua.

El Maserati plateado de Oliver está aparcado junto a la casa. El maletero está abierto.

Lo sabía, joder.

Detengo el coche, con la esperanza de que Oliver no haya oído el motor o me haya visto venir por el camino. Salgo por el lado del conductor y me agacho detrás del coche, intentando echar un vistazo a la casa.

Envío un mensaje rápido a los hermanos de Aida. Estoy a una hora de Chicago. No llegarán pronto.

Ahora sí que huelo a humo. De hecho, por encima del sonido del viento en los árboles, me parece oír el crepitar de la madera al quemarse. Todas las luces están apagadas, pero de la parte trasera de la casa emana un alarmante resplandor anaranjado.

Joder, no puedo esperar a nadie. Si Aida está ahí dentro, tengo que sacarla ya.

Corro hacia la cabaña intentando pasar lo más desapercibido que puedo. Llevo conmigo mi Beretta y la desenfundo. No me atrevo a utilizarla en la oscuridad sin saber dónde está Aida. Una bala perdida a través de una pared podría darle por error.

Rodeo la parte trasera de la casa y me asomo a las ventanas. No veo nada. Así que pruebo con la puerta de atrás, que no está cerrada con llave. En cuanto la abro, sale disparada una nube de espeso humo negro. Me agacho, ahogando la tos en el pliegue del brazo.

El aire fresco que ha entrado al abrir yo la puerta aviva el fuego. Oigo cómo se come el oxígeno y se extiende en tamaño y temperatura. La cocina está en llamas; arden los armarios, las encimeras, el suelo y el techo.

Rodeo las llamas y tropiezo con algo que hay en el suelo. Es relativamente blando. Por un segundo, albergo la esperanza de que sea Aida, pero luego me doy cuenta de que no es más que un viejo colchón.

Quiero llamarla a grito limpio, pero no puedo arriesgarme a alertar a Oliver, dondequiera que esté ese cabrón. Busco en la planta baja entre el humo lo mejor que puedo, porque soy incapaz de entrar en la cocina o llegar al pasillo que hay más allá.

Tiene que estar arriba. Tiene que estar allí, porque si no la casa entera va a quedar reducida a cenizas antes de que la encuentre, y no me puedo permitir pensar en ello.

Me tapo como puedo la cara con la camisa y subo corriendo las escaleras. En mi mente solo tengo a Aida.

Así que bajo la guardia. No mantengo el arma en alto.

Oliver me embiste por el costado con la velocidad y la técnica del atleta que fue en su momento. Se abalanza sobre mí con tanta fuerza que nos estrellamos contra la pared opuesta, contra los paneles de pladur. Mi pistola sale disparada por el pasillo, golpea el marco de la puerta y desaparece en una de las habitaciones.

Oliver me aporrea con ambas manos, me lanza puñetazos y golpes al cuerpo absolutamente salvajes. Desgraciadamente, y sin quererlo, uno de sus golpes cae directamente sobre mi recién improvisada apendicectomía, me desgarra los puntos y me hace rugir de dolor.

Es unos dos centímetros más bajo que yo, pero seguramente pesa quince kilos más.

Además, seguro que se ha metido en un montón de peleas de fraternidad.

Sin embargo, no es un luchador experto. Tras la conmoción inicial y la salvaje embestida, levanto las manos y bloqueo varios de sus puñetazos antes de asestarle yo uno en el estómago y otro en la mandíbula.

Apenas se inmuta con los golpes. Tiene la cara casi irreconocible, con el pelo enmarañado, un brillo maníaco en los ojos y sangre seca incrustada que parece una macabra perilla.

—¿Dónde está, puto psicópata? —grito con los puños en alto.

Oliver se pasa el dorso de la mano por la cara mientras le brota sangre fresca de la nariz.

—Ella me perteneció a mí primero y me pertenecerá al final.

—¡Nunca ha sido tuya!

Oliver se abalanza de nuevo sobre mí, esta vez agarrándome por las rodillas. Es tan temerario y está tan enfurecido que me tira de espaldas hacia las escaleras. Caemos de escalón en escalón, y me golpeo un lado de la cabeza contra uno de los peldaños de madera.

Pero Oliver se lleva la peor parte. Cuando nos desplomamos los dos en el rellano, él está debajo. Se queda inconsciente. O eso parece.

El humo es más denso que nunca y también me cuesta respirar por la pelea. Me doblo con un ataque de tos tan fuerte que siento un dolor agudo en las costillas, como si una se hubiese salido de su sitio. O como si Oliver me la hubiese roto al placarme con su gigantesco cuerpo.

Me arrastro de nuevo escaleras arriba.

—¡Aida! —grito—. Aida, ¿dónde estás?

Los gritos me arañan la garganta llena de humo. Toso con más fuerza que nunca y me empiezan a llorar los ojos.

Oliver me agarra del tobillo y tira de mí hacia atrás. Caigo de bruces sobre el último peldaño y me golpeo la mandíbula contra el borde de madera. Doy una fuerte patada con el pie, me deshago de las garras de Castle y le clavo el tacón de mi zapato de vestir directamente en el ojo. Oliver retrocede dando tumbos de nuevo hasta el rellano.

Vuelvo a subir los escalones. La planta de arriba de la casa está llena de humo. Noto el calor abrasador que sube desde la cocina. El fuego debe de haberse propagado ya a toda la planta de abajo. No sé si podremos volver a bajar las escaleras, suponiendo que Aida esté aquí arriba.

Porque tiene que estar aquí arriba. Si está en cualquier otro lugar de la casa, ya estará muerta.

Corro por el pasillo, abro cada puerta y miro en todas las habitaciones por las que paso: el cuarto de baño; la alacena de la ropa blanca; un dormitorio vacío. Entonces, por fin, al final del pasillo, encuentro la suite principal. Está desprovista de muebles, como todas las habitaciones. La han vaciado para la venta. Pero hay alguien tendido en medio del suelo, con las manos atadas por delante, los pies amordazados con una cuerda y la cabeza apoyada en una almohada. Me alegro de que Oliver se asegurara de que estuviese cómoda antes de intentar quemarla viva.

Corro hacia Aida antes de levantarle la cabeza y girarle la cara para asegurarme de que está bien.

Le apoyo los dedos en la garganta; al menos tiene pulso. Al ladearle la cara, parpadea y las pestañas le rozan la mejilla.

—¡Aida! —grito acariciándole la mejilla con el pulgar—. ¡Estoy aquí!

Abre los ojos, nublados y aturdidos, pero vivos. No cabe duda.

—¿Cal? —grazna.

No tengo tiempo de desatarla. La levanto y me la echo al hombro. Cuando me doy la vuelta hacia la puerta, nos bloquea el paso una figura corpulenta.

Con cuidado, dejo de nuevo a Aida sobre las tablas del suelo. Siento el calor que irradian, y el fuego es cada vez más fuerte. Debemos de estar justo encima de la cocina. El papel pintado empieza a ennegrecerse y a arrugarse. Las paredes también están ardiendo.

—Ya basta, Oliver —le digo levantando las manos—. Tenemos que salir de aquí antes de que toda la casa se venga abajo.

Oliver sacude la cabeza de un modo extraño, como si tuviese una mosca zumbándole alrededor de la oreja. Está encorvado y cojea un poco de una pierna. Aun así, tiene los ojos fijos en mí y los puños apretados a los lados.

—De aquí no se va ni Dios —dice.

Carga contra mí una vez más. Me golpea el pecho como un yunque con su hombro. Forcejeamos. Nos arañamos. Le asesto puñetazos en la cara, en la oreja, en los riñones, en cualquier parte que pueda alcanzar.

Veo por el rabillo del ojo que Aida empieza a golpear el alféizar con las manos. No, no son las manos. Es la escayola. Está intentando romper la escayola de la mano derecha. Con un gruñido de dolor, golpea la escayola una vez más, y la rompe. Ahora puede soltar la mano de la cuerda. Tantea las ataduras de los tobillos, pero sus dedos rotos son torpes y los nudos están demasiado apretados.

La pierdo de vista cuando Oliver y yo volvemos a rodar, agarrados el uno al otro con todas nuestras fuerzas. Ambos somos grandes y siento que el suelo cruje peligrosamente bajo nosotros. Cada vez hace más calor, y el aire es tan negro y denso que apenas puedo ver a Aida.

Ella se pone de pie de un salto.

—¡Coge el arma, Aida! Está en una de las habitaciones… —le grito.

Pero no va a poder encontrarla. Si yo no la he visto antes, menos la va a ver ella ahora que está diez veces más lleno de humo.

En realidad, yo solo quiero que Aida salga de aquí. El fuego ruge bajo nosotros. Tengo la sensación de que estoy a punto de precipitarme al infierno.

Rodeo con las manos la garganta de Castle y lo inmovilizo. Aprieto todo lo que puedo. Los ojos se le empiezan a salir de las órbitas. Me araña los brazos, trata de asestarme golpes a la cara y al cuerpo, cada vez más débiles. Aprieto con más fuerza cuando noto que el suelo empieza a moverse y a crujir debajo de nosotros.

Cede toda la esquina de la habitación. El suelo se convierte en una superficie inclinada, un tobogán que baja desde la puerta hasta el pozo en llamas que se ha abierto bajo nosotros. Oliver Castle y yo, encima de él, nos escurrimos, resbalando hacia las furiosas llamas que antes eran una cocina. Me suelto de Castle e intento retroceder, pero es demasiado tarde. Me deslizo más deprisa de lo que puedo subir; no hay forma de salvarme. Hasta que algo me agarra de la manga.

Aida se aferra al marco de la puerta con una mano y a mi muñeca con la otra. Tiene la cara desencajada por el esfuerzo, los dientes apretados en un rictus de dolor mientras intenta agarrarse al marco con la mano rota.

No la cojo del brazo porque veo lo débil que es su agarre. No pienso arrastrarla conmigo.

—Te quiero, Aida —le digo.

—¡Ni se te ocurra! —me grita—. ¡Cógeme el brazo o salto detrás de ti!

Con cualquier otra persona, esa sería una amenaza inútil. Pero Aida es la única persona que conozco lo bastante cabezota como para hacerlo de verdad.

Así que me agarro a su brazo y me arrastro hacia arriba, justo cuando ceden las vigas y toda la habitación se viene abajo. Oliver chilla al caer sobre las llamas. Aida y yo nos lanzamos a través de la puerta y corremos cogidos de la mano por el pasillo. No podemos volver a bajar las escaleras, eso es evidente. Así que nos dirigimos hacia el extremo opuesto de la casa y encontramos una habitación infantil con pósters de veleros aún pegados a las paredes. La antigua habitación de Oliver.

Arranco el alféizar de la ventana y salgo, liberando una nueva columna de humo. Me cuelgo del marco de la ventana y me dejo caer, luego alzo las manos para coger a Aida.

Salta a mis brazos, todavía con un solo zapato.

Mientras nos alejamos corriendo de la casa, oigo el lejano ulular de las sirenas.

Voy tirando de Aida por el camino hasta el Jeep. Me suelta la mano y grita:

—¡Espera!

Corre por la arena hacia el agua, más allá del infierno de la casa.

Se para y se agacha para recoger algo: su bolso.

Luego vuelve corriendo hacia mí. Tiene la cara tan sucia que mientras sonríe le brillan los dientes blancos.

—¡Lo tengo! —dice triunfante.

—Puedo comprarte un bolso nuevo —le digo.

—Ya lo sé.

Estoy a punto de arrancar el motor, pero hay algo para lo que yo tampoco puedo esperar ni un segundo más.

Agarro a Aida y la beso; saboreo la sangre y el humo en sus labios. La beso como si nunca fuera a dejarla marchar.

Porque no lo haré. Jamás.

29

AIDA

Callum y yo giramos hacia la carretera principal justo cuando el camión de bomberos sube a toda mecha por el carril contrario, en dirección a la casita de playa de los Castle, o a lo que queda de ella.

Les veo las caras a los bomberos cuando nuestro coche pasa junto a su camión: nos miran con las cejas levantadas, incapaces de impedir que huyamos del lugar.

—¡Menuda puta excursión! —grito, con el corazón aún galopando como un caballo de carreras—. ¿Tú sabías que Oliver estaba así de loco? Yo creía que era un loco normal, del rollo «no quiero que nadie toque mi comida» o «hablo solo en la ducha», no tipo *El resplandor*.

Callum conduce demasiado rápido, con las manos pegadas al volante. Contra todo pronóstico, sonríe casi tanto como yo. ¿Es posible que mi estirado marido esté empezando a disfrutar de nuestras aventuras?

—No me puedo creer que te haya encontrado —dice.

—¡Sí, madre mía! ¿Encontraste mi zapatilla?

—¡Sí, la encontré! Y me acordé.

Me mira. Le brillan los ojos azules en su piel teñida de humo. No sé cómo pude llegar a pensar que sus ojos eran fríos. Son la hostia de bonitos. Los ojos más impresionantes que he visto en mi vida.

Y todavía me alucina más que entendiera mi señal, que recordara nuestra conversación. Eso casi significa más para mí que el hecho de que viniera a rescatarme.

—En realidad, debe de estar por aquí en alguna parte —dice Cal girándose para buscarla en el asiento trasero.

—¡Mira a la carretera! —le digo.

Un minuto después encuentro yo la zapatilla y me la vuelvo a poner en el pie. Es cómico lo limpia que está en comparación con la otra. Ya no parecen a juego.

—Ya está —digo—. Totalmente vestida de nuevo.

Cal posa los ojos en mi mano izquierda desnuda.

—No del todo —dice.

—Joder —gruño—. Me había olvidado de eso.

—¿Te lo has dejado en la casa? —pregunta Cal.

—Sí, pero Oliver me lo destrozó.

—No creo que hubiese sobrevivido de ninguna de las maneras —dice Cal. Me aprieta el muslo—. No te preocupes. Te quería comprar otro igualmente. Ya sabes que yo no elegí ese.

—Lo sé. —Sonrío—. Estoy empezando a conocer bastante bien los gustos de Imogen.

Cal gira hacia la autopista, y nos dirigimos de nuevo al norte, hacia la ciudad.

—Será mejor que llames a tus hermanos —me dice—. Pensaban que fue Zajac quien te raptó.

—Me habría ido mejor si hubiese sido él. —Arrugo la nariz—. Sinceramente, creo que sus discursos de villano eran mejores. Zajac sí que es un malo de los de verdad. Y Oliver era un quejica, en plan culpable… rollo… mira, colega, métete en Tinder y supéralo de una vez.

Callum me mira fijamente durante un segundo y luego se empieza a reír con tanta fuerza que le tiembla el cuerpo.

—Aida, estás como una puta cabra.

Me encojo de hombros.

—Era solo una crítica constructiva.

Le cojo prestado el teléfono a Callum para llamar a Dante. Me contesta Nero.

—¿Aida? —pregunta.

—Sí, soy yo.

—Menos mal, joder. Pensaba que iba a tener que irme conduciendo hasta allí en un segundo.

—¿Por qué? ¿Dónde estás?

—En el hospital. Han disparado a Dante. Pero está bien. Zajac le dio en el costado, no ha tocado ningún órgano vital.

—¡Ese hijo de puta! —me enfurezco—. Pagará por ello.

—Ya ha pagado —dice Nero con indiferencia—. Dante tiene mejor puntería que el Carnicero.

—¿Está muerto? ¿Estás seguro?

Cal me mira, prestando atención a mi conversación, pero igual de incrédulo.

—Totalmente seguro —dice Nero con firmeza—. A menos que tenga otra cabeza de repuesto por ahí, se acabó.

—Al fin, coño —digo dejándome caer en el asiento. Menuda nochecita tan completa.

Miro a Callum, y vislumbro palidez en su cara bajo el hollín. Tiene un corte muy feo sobre la ceja derecha y cada vez que respira hondo hace un pequeño gesto de dolor.

Ahora que lo pienso, yo tampoco estoy fenomenal precisamente. Me palpita la mano al compás de los latidos del corazón, y se me han vuelto a hinchar los dedos anular y meñique. Tal vez necesite otra escayola.

—¿En qué hospital estáis? —le pregunto a Nero—. Puede que tengamos que pasarnos nosotros también.

Callum y yo estamos un par de horas en el Saint Joseph para que nos limpien y curen las heridas. Dante estará ingresado al menos unos días: le han tenido que poner un litro y medio de sangre. Jack y Nero se han quedado con él. Me impresiona verles las caras así de magulladas y maltrechas.

—¿Qué demonios os ha pasado?

—Mientras Dante se liaba a tiros en el piso de la amante, Jack y yo no logramos encontrar al Carnicero, así que en su lugar nos ha pateado el culo uno de sus matones.

—No solo uno —dice Jack. Tiene un ojo tan morado que ni siquiera puede ver por el lado izquierdo—. Eran al menos cuatro.

—Jack es un luchador de primera —dice Nero impresionado—. Les has hecho un *ground and pound* de toda la vida que los ha dejado K.O., ¿verdad, Jackie?

—Supongo que, cuando está de nuestra parte, no es tan malo —digo.

Jack me dedica una media sonrisa. Eso es lo único que puede permitirse porque la otra mitad de su cara está demasiado hinchada para moverla.

—¿Eso ha sido un cumplido? —me pregunta.

—Que no se te suba a la cabeza.

—Vosotros dos tampoco tenéis una pinta maravillosa precisamente —me informa Nero.

—Bueno, al menos no hemos pasado frío. —Suelto una risita—. Con un poco más de calor, seríamos briquetas de carbón.

Aunque tengamos el Jeep aparcado fuera, Fergus Griffin nos viene a recoger.

—Dos visitas al hospital en una semana —dice con una mirada muy seria a Cal y a mí a través de sus gafas de pasta—. Espero que esto no se esté convirtiendo en una costumbre.

—No —dice Cal mientras me rodea los hombros con el brazo en el asiento trasero del Beamer—. No creo que vayamos a hacer ninguna locura la semana que viene. Bueno, excepto buscar un piso, a lo mejor.

—¿Ah, sí? —Fergus hace una pausa antes de meter la marcha atrás. Nos mira por el retrovisor—. ¿Queréis buscaros una casa para los dos solos?

Callum me mira.

—Sí —dice—. Creo que ya toca.

Siento que el corazón me pesa y me arde en el pecho. Me encanta la idea de encontrar un lugar con Cal. Ni mi casa ni la suya, sino una que elijamos juntos.

—Eso está bien —dice Fergus, asintiendo—. Me alegra oírlo, hijo.

Pero cuando llegamos a la mansión Griffin, curiosamente, me siento como en casa por primera vez. Como aliviada. Sé que es un lugar seguro donde poder recostar la cabeza. Y, joder, qué agotada estoy de repente.

Doy un traspié al salir del coche. Estoy rígida y me duele todo el cuerpo de estar sentada. Y, aunque sé que está igual de agotado y probablemente más dolorido que yo, Cal me coge en brazos y me lleva hasta la casa como un novio que pasa con la novia por debajo del umbral.

—¿No deberías guardarte eso para nuestro nuevo piso? —me burlo.

—Voy a llevarte así a todas partes —dice Cal—. En primer lugar, me gusta. Y, en segundo lugar, así nadie más te secuestrará.

—A ti también te secuestraron una de las veces —le recuerdo.

Me lleva hasta las escaleras.

—¡Vas a volver a romperte las costillas!

—Ah, si siguen rotas —me asegura—. En el hospital no me han hecho nada. Ni siquiera me han vendado. Solo me han dado un gramo de paracetamol.

—¿Y te ha servido de algo?

—Absolutamente de nada —dice gruñendo y resoplando cuando por fin llegamos a lo alto de la escalera.

Cuando me deja en el suelo, me pongo de puntillas para besarle suavemente en los labios.

—Gracias —le digo.

—Aún no he terminado de cuidarte. Todavía te tienes que lavar.

—Nooo —gimo al recordar que estoy hecha un auténtico asco—. Deja que me vaya a dormir. Lo haré en el suelo.

—Al menos lávate los dientes —dice—. O te odiarás por la mañana.

Refunfuño, pero me voy al baño para cepillarme los dientes y pasarme el hilo dental. Cuando termino, Cal ha abierto la ducha y ha preparado unas toallas frescas y esponjosas para después.

Me enjabona todo el cuerpo, hasta que la espuma que corre por el desagüe pasa del negro al gris y, luego, al blanco. Me masajea el cuello y los hombros rígidos con los dedos. Junto con el agua caliente, su masaje me va relajando todos los puntos tensos y llenos de nudos hasta que, en vez de un *pretzel*, me siento como un espagueti mojado.

Cuando los dos estamos limpios del todo, ya no estoy cansada. En realidad, algunas partes de mí están francamente despiertas.

—Mi turno —digo y me pongo a frotar a Cal con su toalla.

Se la paso por la curva de la ancha espalda, luego por el culo perfecto, los bultos de las corvas y las pantorrillas.

Está cubierto de moratones, arañazos, ronchas, además de los profundos cortes que le dejó el Carnicero. Sin embargo, nunca he visto un cuerpo tan increíble. Este hombre es perfecto: perfecto para mí. Me encantan sus formas, su olor, el modo en que me envuelve con sus brazos.

Le doy la vuelta y empiezo a secarle la parte delantera, primero por los pies y empiezo a subir. Paso por los muslos hasta llegar a esa polla gruesa e inmensa, caliente y limpia de la ducha. La cojo con la mano, y noto cómo se expande en ella. La piel es tan suave. La acaricio a lo largo con la punta de los dedos. Su polla se estira hacia mi mano, casi como si tuviese voluntad propia. Aprieto el cuerpo de su miembro, justo por debajo del glande, y Cal gime.

Tira de mí para acercarme.

—Se supone que debo cuidar yo de ti —gruñe.

—Y puedes. Dame solo un minuto.

Me llevo su polla a la boca, y empiezo a chuparle la punta con suavidad. Llega a su máxima extensión, y está tan dura que la piel se tensa. Subo y bajo la lengua a lo largo con movimientos lentos y delicados, y luego con ligeros golpecitos burlones. Vuelvo a meterme en la boca todo lo que puedo e inclino la cabeza hacia atrás, para que me entre hasta la garganta.

Es muy difícil lidiar con una polla de este tamaño. He comenzado a experimentar un profundo respeto por las estrellas del porno. ¿Cómo demonios consiguen metérsela entera? Yo tendría que ser un maldito tragasables.

Llego más o menos a la mitad antes de atragantarme y tener que volver a subir.

A Callum no parece importarle. Creo que me dejaría practicar con él toda la noche. Ya he aprendido algunas cosas: sé cómo le gusta que le tire suavemente de los huevos y se los acaricie mientras deslizo los labios por su pene. Eso le hace gemir con tanta fuerza que casi le retumba el pecho.

En realidad, podría estar haciéndole esto toda la noche. No hay nada más íntimo y que más confianza inspire que tener la parte más vulnerable de ti en la boca de la otra persona. Nunca he deseado con tantas ganas hacer sentir bien a alguien como quiero hacerlo sentir a él ahora mismo, en este preciso momento. Callum me ha salvado la vida esta noche. Me habría quemado hasta morir. Puede que no me hubiese llegado a despertar. Lo mínimo que puedo hacer es conseguir que se corra como nunca en su vida.

Cal me encontró, tal y como había prometido. No han sido ni mi padre ni mis hermanos, sino mi marido. Un hombre al que ni siquiera quería. Ahora no puedo imaginarme la vida sin él.

Debería adorar su cuerpo toda la noche. Besar cada rasguño y cada magulladura.

Pero, como de costumbre, Cal tiene sus propios planes. Tira de mí hacia la cama para que nos quedemos tumbados uno junto al otro, con su cabeza pegada a mis pies. Me mete la cabeza entre los muslos y empieza a comerme el coño como si estuviese hambriento.

Y yo vuelvo a dedicarme por entero a su polla. Solo me resulta un poco más difícil rendirle pleitesía desde este ángulo invertido, pero no importa. Le doy placer, y él me lo da a mí; paso la lengua por su piel lisa y suave, y noto el mismo calor y la misma humedad en mí. Es íntimo. Estamos conectados. Y, sobre todo, siento que somos iguales. Que los dos estamos aprendiendo a dar y a recibir.

No pensé que Cal me encontraría. No creía que nadie lo hiciera.

Pero en el futuro, si vuelvo a tener problemas, sé que mi marido vendrá a por mí.

Dios, qué bien se le da esto. Ya noto cómo empiezan a recorrerme los impulsos de placer, cada vez más intensos.

Pero no quiero correrme así. Quiero sentirle dentro de mí.

Así que me doy la vuelta y me subo encima de él, a horcajadas sobre sus caderas, antes de bajar sobre su polla. La mete dentro de mí con facilidad, humedecida por mi propia saliva al igual que yo por la suya.

Miro su rostro serio y apuesto. La intensidad de esos ojos azules solía asustarme. Ahora ansío sentirlos fijos en mi rostro. Enciende mis neuronas, me hace sentir deseosa, salvaje y atrevida. Creo que yo haría cualquier cosa por mantener su atención, por prender esa mirada de hambre en sus ojos.

Me pone las manos en las caderas, y me agarra con esos dedos largos y fuertes. Cada vez me queda menos para correrme y quiero cabalgarle más fuerte, más rápido. Me obliga a ir más despacio, a mantener el mismo ritmo constante.

Mi clímax va de nuevo a más, aprieto el coño en torno a su polla. Mi cuerpo me pide que aumente la presión, que lo lleve al límite. Callum empuja sus caderas hacia arriba y me folla hasta el fondo. Tengo las palmas de las manos apoyadas en su pecho, con los brazos rígidos del esfuerzo de montarlo.

Cal pasa las manos de mis caderas a mis pechos. Los presiona fuertemente entre sus manos. Ahora puedo acelerar un poco, y ruedo las caderas para deslizar mi coño arriba y abajo sobre su polla.

Sus manos siguen el ritmo de mis movimientos. Me aprieta los pechos, y con cada apretón desliza los dedos hasta los pezones. Empiezo a correrme, echo la cabeza hacia atrás y aprieto con fuerza mi clítoris contra su cuerpo.

Callum me pellizca los pezones en un largo y prolongado apretón, y me provoca una sacudida de placer que me recorre de arriba abajo, desde el pecho a la ingle. Intensifica el orgasmo, hace que se repita una y otra vez.

Es tan fuerte que ya ni siquiera puedo mantenerme encima de él. Me palpita el coño, noto cómo me late tras el clímax.

Pero aún no he terminado. Quiero acabar lo que he empezado antes.

Me bajo de Callum y me arrodillo entre sus piernas. Vuelvo a meterme su polla en la boca, noto mi sabor en su piel. Es un sabor cálido, almizclado y ligeramente dulce que combina bien con el aroma de su piel y el ligero sabor salado del líquido transparente que le gotea del glande.

Quiero más.

Se la chupo con más fuerza que antes. Tengo los labios hinchados y sensibles tras mi propio orgasmo. Siento en la lengua cada pequeña protuberancia, cada vena de su polla. Siento cómo le late la polla, cómo se le tensa y le palpita a medida que se acerca cada vez más al límite.

Sujetándole la base, le chupo con fuerza la punta. Él se echa hacia atrás.

—¡Oh, joder, Aida! —grita al explotar en mi boca.

Su esperma es espeso, resbaladizo y caliente. Me encanta su sabor mezclado con mi propia humedad. Estamos hechos el uno para el otro, él y yo. Salados y dulces.

Cuando le he sacado hasta la última gota, me envuelve de nuevo en sus brazos, y entrelazamos las piernas bajo las sábanas. Creo que hasta puedo sentir nuestros corazones latiendo al unísono.

30

CALLUM

Al día siguiente, llevo a Aida a buscar casa por toda la Gold Coast y por Old Town, por si prefiere estar en su antiguo barrio. Vemos casas adosadas, áticos, pisos sin ascensor, pisos de lujo en elegantes edificios y *lofts* reformados a la última. Todo lo que creo que le puede gustar.

Al final elegimos algo intermedio: una antigua iglesia reconvertida en bloque de viviendas. Nuestro piso está en la última planta, así que incluye un rosetón entero dentro de un arco apuntado, que ocupa casi toda la pared del salón.

A Aida le gusta tanto que dejamos un depósito en el acto.

Después, me dispongo a solucionar la otra cosa que faltaba en nuestro matrimonio: me llevo a Aida a comprar un anillo adecuado. Uno que ella misma elija para que se ajuste a sus gustos y preferencias. En vez del anillo sencillo que me esperaba, me sorprende al optar por una pequeña piedra central talla esmeralda con *baguettes* en filigrana. Tiene líneas limpias y un toque *vintage*. Le queda perfecto. Cuando se lo deslizo en el dedo, repito los votos que tan descuidadamente pronuncié la primera vez. Solo que esta vez saboreo cada palabra, y le hablo desde el corazón.

—Yo, Callum Griffin, te tomo a ti, Aida Gallo, por esposa. Prometo serte fiel en las alegrías y en las penas. En la salud y en la enfermedad. Te amaré y te honraré todos los días de mi vida. Te lo prometo, Aida. Siempre estaré a tu lado. Nunca te defraudaré.

—Lo sé —dice sin apartar los ojos de mí—. Sé exactamente lo que harías por mí.

Para celebrar el comienzo de nuestra nueva vida juntos, la llevo a comer a Blackbird.

Cuando nos sentamos, Aida deja su bolso sobre la mesa, entre los dos, y sonríe alegremente.

—Yo también tengo algo para ti —dice.

—¿Qué es? —le pregunto.

Desconozco qué puede ser. No sé si alguna vez he recibido un regalo que me haya hecho ilusión de verdad. Estoy acostumbrado a poner una sonrisa cuando me regalan unos gemelos o una colonia.

—Casi me siento idiota diciendo que es un regalo —dice Aida mientras me pasa una cajita plana—. Porque ya es tuyo.

Levanto la caja, que para mi sorpresa pesa bastante. Cuando abro la tapa, veo un reloj de bolsillo de oro. Es exactamente igual que el reloj de mi abuelo, pero sé que no es posible. Debe de haber encargado una réplica.

—¿Cómo lo has hecho? —le pregunto asombrado—. Es exactamente igual. Incluso un poco desgastado…

—Probablemente, más desgastado de lo que estaba —dice Aida con un tono de culpabilidad—. Lleva semanas en el fondo del lago.

—¿Qué? —digo con incredulidad—. No es el mismo reloj.

—Desde luego que lo es —dice Aida triunfante.

—Pero ¿cómo puede ser?

—¿Has visto alguna vez a Jeremy Parker?

—No. ¿Quién es?

—Hace vídeos en YouTube sobre búsqueda de tesoros hundidos. Es submarinista. En fin, vi un vídeo en el que encontraba el pendiente que a una mujer se le había caído al río. Y pensé: si puede hacer eso…

—¿Y le llamaste?

—Así es —dice Aida—. Es decir, le pagué, obviamente. Y le dejé que lo usara para su canal. Tardó tres días y utilizó dos detectores de metales diferentes, ¡pero lo encontró!

Le doy la vuelta al reloj, incapaz de creerlo, aunque lo tenga en las manos. Miro el rostro esperanzado y culpable de Aida.

Solo Aida pensaría que podía recuperar el reloj. Yo ni siquiera me planteé si sería posible. Pero, antes de rendirse, ella habría hecho drenar el lago si hiciera falta.

Amo a esta mujer. El día que prendió fuego a mi casa fue el más afortunado de mi vida. Sí que debe de ser así la suerte de los irlandeses: perversa, inexplicable. Y absolutamente fantástica.

—¿Me perdonas por haberlo perdido? —me pregunta, deslizando su delgada manita en la mía.

—No debería decirte hasta qué punto podrías salirte con la tuya, Aida —digo y sacudo la cabeza—. Pero ya sabes que te perdonaría cualquier cosa que hicieras.

—¿Cualquier cosa? —dice sonriendo con picardía.

—Sí —le digo—. Pero, por favor, no pongas a prueba esa teoría.

Aida se inclina sobre la mesa para besarme. Se aparta un poco para que su nariz toque la mía.

—Te quiero —dice ella—. ¿Te lo he dicho ya?

—No. —Sonrío—. Dímelo otra vez.

EPÍLOGO EXTRA

CALLUM

Un año después

El viernes es el cumpleaños de Aida.

Quiero hacer algo especial por ella. Realmente especial.

El mes pasado fue una mierda. Yo estuve trabajando demasiado, y ella estaba enferma. No creo que saliéramos juntos ni una sola noche para hacer algo que realmente nos gustara.

Los miércoles me voy con Enzo al parque a jugar en uno de los tableros de ajedrez de piedra. Quiere jugar incluso cuando el tiempo no puede ser peor. Sostengo un gran paraguas de golf sobre los dos.

Le pido ideas, por si Aida ha dejado caer algo que quiera. Y Enzo me dice que debería sacar el piano de su madre de la sala de música del desván y llevarlo a nuestra nueva casa.

Actúo como si yo fuese incapaz de quitárselo a Enzo, aunque por supuesto lo deseo al instante. Aida adora ese piano como si tuviese el alma de su madre encerrada dentro.

Sin embargo, no quiero que a Enzo le dé un infarto. Por lo menos, no antes del cumpleaños de Aida.

—¿Estás seguro? ¿No te gusta subir allí y... verlo a menudo?

Lo cierto es que Enzo no toca el piano. Solo se sienta en el banco y toca las teclas.

—Demasiado a menudo —dice Enzo con la mirada perdida.

Joder.

Enzo es la viva imagen de mi peor pesadilla. Pensar en que Aida pueda morir y en mí viviendo solo en nuestra casa el resto de mi vida me provoca un ataque de pánico. Todo el rato.

—Estás sudando —dice Enzo—. ¿Te preocupa volver a perder?

—Ya te gané la última vez.

—Y perdiste las tres anteriores.

—¿Estoy mejorando o te estás volviendo senil?

Enzo resopla.

—Hoy sabremos en qué queda.

Toca su alfil y mueve su reina. Lo hace para fastidiarme. Aun así, repaso dos veces todos los potenciales movimientos de su alfil.

—Dante te ayudará a trasladarlo —dice Enzo volviendo al tema del piano.

—No me lo puedo llevar.

—Ya está decidido. —Enzo adelanta su caballo.

—Hablas como un padrino —le digo para picarle.

—Tu padre solía hacer ese chiste —replica Enzo, porque sabe exactamente cuánto me cabrea eso. Siempre debe tener la última palabra.

Y luego tuvo una hija que se empeña en tener las dos últimas, y yo me he casado con ella, joder. Así que… ¿de verdad soy yo el que gana?

Pienso en la sonrisa traviesa de Aida, cuando esta mañana me ha mirado antes de meterse bajo las sábanas para devorarme entero.

Sí, claro que gano yo.

—¿De qué te ríes? —dice Enzo.

—De esto. —Deslizo mi torre—. Jaque.

—Llévate el piano —dice Enzo al tiempo que mueve su alfil para bloquearla—. Iré a vuestra casa para oír cómo lo toca Aida.

Le doy las gracias y permito que se lleve a mi rey, exaltado por lo feliz que se va a poner Aida.

Cuando lo dejo en la puerta de su casa, Enzo me dice:

—Iba a ganar de todas formas.

El viernes por la mañana despierto a Aida con la cabeza entre sus muslos. Está somnolienta y caliente, y ya gime de placer antes de despertarse del todo.

Levanto la cabeza para decir:

—Sabes como si estuvieses soñando con algo sucio…

—Y así es —ríe Aida, arqueando la espalda y separando las rodillas. Me mete las manos en el pelo, y me lleva la boca contra ella—. Continúa. ¿Es que es mi cumpleaños?

Me sumerjo del todo en ella.

Aida huele a canela y naranjas, probablemente porque anoche estuvo comiendo tostadas de canela y mandarinas en la cama.

La pelusa de su coño es suave como la piel de un kiwi. Aprieto mi cara contra ella, y la hago chillar y reír.

Le tengo las piernas inmovilizadas, y le lamo el coño con largas caricias. La cubro con almohadas y sábanas, exponiendo solo pequeñas partes de ella al mismo tiempo. Le levanto la camiseta y le descubro los pechos. Le lamo y le chupo los pezones mientras el resto de su cuerpo se sumerge en plumas de ganso. Eso la vuelve loca, y se retuerce y chilla, forcejeando conmigo hasta que los dos acabamos jadeando.

Se abalanza sobre mí y me atrapa la polla con su boca. Yo ya estoy empalmado. La primera vez que tuve a Aida en mis brazos fue cuando intenté ahogarla en la piscina de mis padres. Por muy retorcido que suene, aún me pone cachondo la fuerza con que se defiende.

Rodamos de lado, mi cara enterrada en su coño y su boca alrededor de mi polla. Sus muslos, suaves y mullidos, me tapan las orejas. Le rodeo las piernas con los brazos, le agarro el culo con las dos manos y le separo las nalgas para poder hundir más la lengua.

Gime con mi polla en la boca, emitiendo sonidos de deseo. Mueve la cabeza arriba y abajo y yo imito su ritmo y su presión. Va más deprisa, más fuerte, y yo la imito lametón a lametón, caricia a caricia. Su coño tiene un sabor cálido, almizclado y delicioso. Soy adicto a desayunármela.

Le chupo suavemente el clítoris, mordisqueo ligeramente con los labios, sorbiendo suavemente mientras mi lengua la acaricia por debajo. Mi polla está enterrada en su garganta.

Nos corremos a la vez despacio, húmedos y calientes, yo bombeando en su boca y ella cabalgando sobre mi lengua.

Llevo toda la noche con las pelotas en ebullición. Cada vez que la polla se me ablanda, se me vuelve a poner dura en cuanto el muslo desnudo de Aida roza el mío, o cuando capto el aroma que desprende su cuero cabelludo.

Se traga la carga matinal que he estado acumulando durante toda la noche. Hundo mi lengua en lo más profundo de su suavidad, haciendo que se corra con mi polla en la boca, y acompaña cada sacudida de sus caderas con un apretón de su garganta.

Rodamos sobre la espalda, jadeantes, con la piel desnuda teñida por el caleidoscopio de colores de la vidriera de la pared.

—Feliz cumpleaños, nena —le digo con un beso.

El beso empieza dulce, pero se vuelve obsceno cuando me saboreo en su boca.

Media hora más tarde, hemos terminado la segunda ronda y necesitamos desesperadamente una ducha.

Aida me enjabona la espalda donde no llego, y yo le lavo el pelo porque le encanta la sensación. Me sonríe y me pregunta:

—Entonces ¿qué vamos a hacer el día de la Aida Absoluta?

—Creía que habíamos dicho el día de la Aida Asombrosa.

—¿Y el día de la Aida Angelical? —Se enmarca la cara con las manos e intenta parecer inocente.

—Eso me encantaría verlo.

—No, no te encantaría para nada.

—Desde luego que no.

La atraigo hacia mí y vuelvo a besarla, y deslizo mi mano hacia abajo para toquetearle el pecho enjabonado.

—¿Tercer asalto? —se burla Aida, con los ojos encendidos—. Sí que es mi cumpleaños, sí.

—No quiero que llegues tarde.

—¿Para qué? ¡Dímelo! —exclama, expectante.

—Te he reservado un día de spa.

Le desaparece la sonrisa.

—Joder, no. No pienso volver a caer.

—Pensé que dirías eso..., así que le he reservado a Nessa el mismo tratamiento.

—Pervertido.

Le doy una palmada en el culo, y da un gritito.

—Eso quiere decir que estás perfectamente a salvo.

En realidad, lo que quiero es que Aida esté ocupada para poder trasladar el maldito piano a nuestra casa. Así es como acabo en el último piso de la decrépita mansión de los Gallo, intentando izar un instrumento de novecientos kilos por una ventana.

Dante está sudando como un toro y Seb y Nero están en el extremo opuesto. Yo estoy lidiando con las poleas.

El viejo piano chirría, la madera cruje, las cuerdas se tensan... Lo hemos rodeado de cuerdas, para que no se descuajeringue, pero la caja de resonancia ha empezado a inclinarse.

—¡No puedes levantarlo así! —brama Nero—. ¡Lo vas a partir por la mitad!

—¡Y tú no lo estás levantando de ninguna manera! —le grita Dante—. ¡Tengo todo el peso en mis hombros!

—No creo que quepa por esa ventana —comenta Seb.

—Cabrá —digo yo, obstinadamente.

No cabe. Ni siquiera después de quitar la ventana y el marco. Y es evidente que por la puerta menos.

—Para empezar, ¿cómo coño metisteis esta cosa aquí arriba? —exijo.

—Lleva aquí desde que se construyó la casa —dice Seb—. Probablemente la construyeron a su alrededor.

Eso tiene sentido. El piano de cola tiene pinta de tener más años que todos nosotros juntos, con todas esas tallas y volutas, pájaros, flores y enredaderas. El artesonado solía estar pintado, pero ahora solo quedan algunas motas de turquesa descolorido aquí y allá.

Volvemos a dejar el piano en el suelo. Tres de las cuerdas se rompen.

—Jodeeer. —Me cubro la cara con las manos, totalmente decepcionado.

—No creo que podamos sacarlo sin cargárnoslo —dice Seb, lamentablemente. Adora a Aida, y no quiso dejar de ayudar en la «entrega» del piano, a pesar de cómo tiene la rodilla.

Hasta Nero parece haberse quedado jodido, observando atentamente el armatoste polvoriento que es este piano inamovible del demonio.

—¿Y ahora qué? —Dante se pasa un brazo fornido por la frente chorreando en sudor.

—Llévale otro piano —dice Nero.

Niego con la cabeza:

—No pienso regalarle otro piano viejo que no sea este.

—¿Sabéis…? —reflexiona Seb—. Tienen uno muy parecido en el campus…

Sebastian sigue yendo la Universidad Estatal de Chicago, aunque le jodí la beca de baloncesto. Me ha dicho que ya es agua pasada, pero sigo sintiéndome como una mierda cada vez que le veo la pequeña cojera.

—¿Dónde está?

—En el museo de arte.

—¡Ja, en el museo, dice! —se burla Nero—. Probablemente sea una antigüedad. No nos lo van a dar así como así.

Seb sonríe.

—¿Quién ha hablado de dar?

Una hora más tarde, Nero distrae al vigilante del museo, mientras yo desactivo las cámaras de la parte trasera del edificio y soborno al guardia de seguridad para que se tome un descanso para comer extralargo.

Dante se detiene en el muelle de carga del museo con un camión de mudanzas hecho polvo lleno de alambres y oxidado

—¿De dónde has sacado esa cosa tan chunga? —dice Seb.

—Los mendigos no pueden elegir —gruñe Dante.

—Pero sí robar —digo mientras arrastro la plataforma rodante que contiene un piano bicentenario robado de la sala de Música Antigua. No es ni de lejos tan grande como el piano de cola de la madre de Aida, pero Seb tenía razón: sí que tiene el mismo artesonado en turquesa y el mismo atril con hermosas volutas donde se colocan las partituras.

—¿Por qué este tiene mejor pinta que el nuestro? —dice Nero al tiempo que se alisa el pelo hacia atrás con ambas manos.

—Probablemente porque no ha tenido a tres generaciones de niños trepando por encima —dice Seb—. ¿Te acabas de follar a la guía del museo?

—Dijiste que la distrajera.

—Con «conversación».

—Entonces tendría que hablar con ella.

Seb niega con la cabeza a Nero:

—A lo mejor deberías intentarlo alguna vez.

—Cuando necesite consejos sobre citas de mi hermano pequeño, me despertaré y volveré a la realidad en la que no necesito consejos de citas de mi hermano pequeño.

—Seb tiene razón —gruñe Dante

—Oh, cierra la puta boca —suelta Nero—. Al menos yo sí que quiero ser un soltero de verdad. No quiero oír gilipolleces de vosotros dos, panda de tristes.

Yo me mantengo al margen, porque, aunque soy el único que tiene pareja, estoy de acuerdo con Nero en que lo mejor para la parte femenina del planeta es que él se quede soltero.

Cargamos el piano en el camión de mudanzas.

Justo cuando estamos a punto de cerrar las puertas traseras, la guía sale corriendo de la exposición del Renacimiento, con el pelo revuelto y la camisa mal abrochada. Divisa a Nero y al piano y empieza a chillar mientras corre hacia nosotros.

—¡Vamos, vamos! —brama Nero a Dante, cerrando de golpe las puertas del camión.

Mientras nos alejamos, oigo un grito:

—¡Me las pagarás por esto, Greg!

Miro a Nero, que está en cuclillas junto al piano robado.

—¿Le dijiste que te llamabas Greg?

Nero se encoge de hombros.

—¿Y?

Seb resopla:

—¿Por qué Greg?

—No lo sé. —Juraría que Nero se ruboriza un poco—. Fue el primer nombre que me vino a la cabeza.

La idea de que Nero sea «Greg» nos hace gracia a todos, incluso a Dante.

—¿Por qué decís que el nombre es más raro que mi nombre real? —exige Nero, con un cabreo de mil demonios.

—Porque lo es —se ríe Dante.

Estoy agachado en la parte de atrás con Nero y Seb, sujetando el piano mientras Dante trata de maniobrar con el destartalado camión.

—Llevemos esto al piso —digo—. Antes de que algo más salga mal.

Sé que no debo decir esas cosas en voz alta.

Pero, antes de que haya terminado la frase, algo nos golpea desde un lado y el mundo entero explota.

AIDA

Mi día de spa con Nessa es tan delicioso como prometió Cal. Nos pasamos toda la mañana haciéndonos masajes en los pies y pintándonos las uñas, sumergidas en baños de barro mientras comemos no sé cuántos cuencos de uvas heladas.

Le cuento a Nessa la historia de mi primera cita en el spa. Se ríe hasta que se le saltan las lágrimas.

—No me puedo creer que no os hayáis matado.

Sonrío.

—No será por falta de ganas.

Nessa me entrega una caja gigante envuelta con un lazo rojo:

—¡Feliz cumpleaños!

—¿No quieres dármelo después?

La familia de Cal y la mía van a venir a casa a celebrarlo: solo tarta y champán, y una lista de reproducción con la que Imogen no podrá tocarme las narices en absoluto. No pienso escuchar a Brahms en mi cumpleaños.

—En realidad, es para la fiesta —sonríe Nessa.

—Bueno, en ese caso…

Rompo alegremente el papel y el lazo, y rasgo la caja como un mapache rabioso.

Dentro hay un montón de tul carmesí abullonado, salpicado de relucientes fresas rojas.

—Es un vestido —dice Nessa a modo de indicación.

Lo saco de la caja mientras me río a carcajadas de puro placer:

—Cal se va a volver loco.

—No le digas que es de mi parte —se ríe Nessa.

Me ayuda a maquillarme. He mejorado mucho acicalándome yo sola con todos los actos a los que he tenido que ir con Cal, pero no sé si alguna vez tendré la firme mano que requiere el lápiz de ojos.

Nessa da un paso atrás y silba con aprecio:

—El rojo es tu color. ¿Te queda bien?

—Me va un poco apretado —admito.

—Puedo cambiarlo…

—No, es la talla correcta. Probablemente debería dejar de desayunar tarta de calabaza.

Nessa se ríe.

—¿De dónde sacas siquiera tarta de calabaza en esta época del año?

—La hice yo. Tenía ganas y no podía esperar a noviembre. Me queda un poco, así que deberías venir a probarla. He puesto zumo de naranja en el relleno. Te cambiará la vida.

Me interrumpo porque Nessa me mira raro:

—¿Qué pasa? —le digo.

Ladea la cabeza, frunciendo ligeramente el ceño.

—Estás…

—¿Comestible? ¿Loca?

Se ríe.

—Iba a decir… radiante.

—Ahora sí que sé que me mientes.

La esteticista vuelve con un cubo frío de Moët y dos copas:

—Cortesía de su marido. —Me sonríe, descorcha, llena las copas y nos pasa una a cada una.

—¿Por qué brindamos? —le pregunto a Nessa, levantando mi copa.

Ella aparta la suya sin tocar.

—Antes quiero preguntarte algo…

Nessa me deja en mi piso una hora más tarde. El corazón me va a mil por hora y me zumba la cabeza. Tengo tantas ganas de ver a Cal que olvido que aún llevo puesto el vestido de fresa.

Abre la puerta de un tirón en cuanto oye mi llave en la cerradura.

—¡Aida! —Me arroja a sus brazos—. Dios mío, ese vestido… Es digno de un viaje a urgencias.

Lo miro atónita, porque quien parece que acaba de venir de urgencias es mi marido.

—Cal, ¿qué ha pasado?

Se observa a sí mismo con la camisa rota, el corte en el brazo y las manos.

—Es… una larga historia.

Me coge de la mano y me lleva al salón.

Allí me encuentro con un montón de leña que podría haber sido un piano. Dos de las patas están rotas, el teclado está partido por la mitad y las cuerdas salen en todas direcciones.

No puedo evitar reírme.

—¿Qué es esto?

—Tu regalo de cumpleaños —dice Cal totalmente derrumbado.

Tiro de él hacia el sofá para besar su pobre frente magullada, sus labios ensangrentados y sus mejillas sucias.

—¿Qué ha pasado, mi amor?

Me cuenta toda la historia, empezando por la grúa que alquiló para intentar sacar el piano de mi madre por la ventana, y terminando con el camión de la panadería que se saltó un semáforo en rojo y destrozó el segundo piano… junto con mi querido esposo y mis tres hermanos.

—¿Y están todos bien?

—Sí, están bien. Es decir, se parecen bastante a esto —Cal se señala a sí mismo—, pero no hay nada roto.

—A excepción del piano —resoplo.

—Sí, a excepción del piano —dice Cal sin sonreír ni un ápice—. Quería que el día de hoy fuera especial para ti. Pero todo ha salido mal.

Hunde los hombros y baja la cabeza.

Mi pobre y perfeccionista marido. Todo lo que ha hecho para hacerme feliz hoy me llena de una alegría casi dolorosa. Se me hace un nudo en el pecho y noto los ojos vidriosos.

Le paso el brazo por los hombros y le beso un lado de la cabeza.

—Me encanta mi nuevo piano. Le diremos a todo el mundo que es arte moderno.

—Quería que tuvieses un cumpleaños perfecto… —murmura Cal.

Le cojo la cara entre mis manos y le obligo a mirarme.

—Mi amor…, sí que es el cumpleaños perfecto.

—Solo intentas que me sienta mejor.

—No, no lo hago.

No puedo contener mi alegría. Cal busca mi cara. Ya está un poco más animado, aunque todavía ni se lo he dicho.

—¿Qué pasa…? —me pregunta.

—Tengo un regalo para ti.

—Se supone que es tu cumpleaños.

—Es un regalo para los dos.

Me mira a los ojos. Veo cómo empieza a comprender, y se le ilumina la cara como el sol de la mañana.

—No querrás decir…

Le agarro las manos con fuerza:

—Vamos a tener un bebé.

Cal emite un sonido entre carcajada y sollozo.

—¡Aida!

Se levanta de un salto del sofá, me coge y me zarandea. Luego se acuerda y me deja en el suelo con suma delicadeza, como si yo no tuviese precio.

—¿Cuándo te has enterado?

—Hace como una hora. —Me río—. En realidad, fue tu hermana quien me lo dijo; supongo que Nessa prestó más atención que yo en educación sexual.

—Esta es… —A Cal se le quiebra la voz— la mejor noticia que me han dado en mi vida. No me lo puedo creer, Aida. Dios, qué feliz estoy…

Me abraza de nuevo, con el tipo de abrazo en el que parece que todos nuestros sentimientos fluyen el uno hacia el otro hasta que estamos llenos hasta los topes.

Cuando nos separamos, me sujeta por los hombros y me mira de arriba abajo antes de decir:

—Debería haberlo sabido: estás resplandeciente.

Cal parece haber pasado por un huracán, pero también está resplandeciente, con los ojos vidriosos y brillantes y una sonrisa que le ocupa toda la cara.

—¿Crees que será niño o niña? —me pregunta.

—Sea lo que sea, más te vale que se parezca a su padre.

Cal entrelaza sus dedos con los míos:

—Lo que quiero es que sea como nosotros dos. Porque juntos somos mejores.

SOBRE LA AUTORA

Sophie Lark escribe sobre personajes inteligentes y fuertes a los que se permite ser imperfectos. Vive en el oeste, en las montañas, con su marido y sus tres hijos.

Love Lark Letter: geni.us/lark-letter
Love Lark Reader Group: geni.us/love-larks
Página web: sophielark.com
Instagram: @Sophie_Lark_Author
TikTok: @sophielarkauthor
Contenido exclusivo: patreon.com/sophielark
Obras completas: geni.us/lark-amazon
Listas de reproducción de libros: geni.us/lark-spotify